泮溪丛书

从传统到现代

——初始期中国女性期刊的叙事文学(1898—1921)

苏 晨 著

上海大学出版社

·上海·

图书在版编目(CIP)数据

从传统到现代：初始期中国女性期刊的叙事文学：1898—1921 / 苏晨著. —上海：上海大学出版社，2022.3
（泮溪丛书）
ISBN 978-7-5671-4446-0

Ⅰ.①从… Ⅱ.①苏… Ⅲ.①妇女文学－文学研究－中国－1898—1921 Ⅳ.①I206.6

中国版本图书馆 CIP 数据核字（2022）第 031635 号

责任编辑　贾素慧
封面设计　缪炎栩
技术编辑　金　鑫　钱宇坤

从传统到现代
——初始期中国女性期刊的叙事文学（1898—1921）

苏　晨　著

上海大学出版社出版发行
（上海市上大路 99 号　邮政编码 200444）
(http://www.shupress.cn　发行热线 021-66135112)
出版人　戴骏豪

*

南京展望文化发展有限公司排版
江阴市机关印刷服务有限公司印刷　各地新华书店经销
开本 890mm×1240mm　1/32　印张 10.75　字数 223 千
2022 年 6 月第 1 版　2022 年 6 月第 1 次印刷
ISBN 978-7-5671-4446-0/I·656　定价　108.00 元

版权所有　侵权必究
如发现本书有印装质量问题请与印刷厂质量科联系
联系电话：0510-86688678

文字承载着现代化的想象(代序)

刚拿到苏晨博士的这本著作的时候,我着实诚惶诚恐了很久。苏晨博士曾就读于清华大学,我和她有师生之缘,她在自己的学习中展现出了对于文学叙事的独特理解和关注,正因为如此,她的博士论文从事了中国新闻传播历史上,也是中国文学历史上一种独特的文本——女性期刊的研究。但是我自己并不完全从事文学叙事的研究,所以在早期女性期刊的叙事方面没有太多的发言权。

当我读完了这本专著之后,我的确觉得有必要介绍几句。这个专著本身所指向的研究,是中国早期现代化观念的一个缩影。因为无论从哪个学科的角度看,这个时期的文字,都是现代化的重要想象。中国人在近现代的历史上,通过文字构建了一个更加现代意义的世界观和中国观。这其中,必然要包括本书所讨论的女性期刊。

在中国近现代新闻传播历史的起点上,期刊是一种现代性的标志。李欧梵先生在《上海摩登》中,就对《良友》杂志作了独到的分析,认为《良友》是构建上海现代性的独特标志。固然在当时的中国,期刊带有很强的精英化色彩,但是期刊的普及对于当时的知识界和中产阶级来说，提供了更加完整的观念视角，而不仅仅是信息本身。一方面，期刊为形形色色粉墨登场的现代化提供了一个充分的展示舞台，在这里中国的媒介第一次成为了麦克卢汉所说的"人的延伸"；另一方面，期刊也为不同的角色和观念展示了一种独特的手段。

从中国新闻传播史的视角来看，早期报人对于中国的现代性所产生的作用是不可忽略的。这个时期的期刊，用新闻传播的方式，打开了当时国人对于自身和世界的想象大门。在中国近现代史的早期，期刊不仅提供了一定的信息量，而且引导了生活方式，在一定程度上提供了新的观念，甚至构建了一部分群体独特的世界观和价值观。方汉奇先生在《中国近代报刊史》中引用《瀛寰琐记叙》所说办刊宗旨："或可以助测星度地之方，或可以参济世安民之务，或可以益致知格物之神，或可以开弄风吟月之趣，博搜广采，冀成巨观。"

女性期刊，则又有十分独特的角色。正如苏晨博士自己在书中所说："'女性期刊'这一概念的提出，本身就意味着性别意识、平权意识的觉醒和女性地位的现状。"很让人惊讶的是，中国的女性期刊的出现竟然如此之早；其议题和内容竟然如此之丰富。当然，如果你仔细阅读苏晨博士的这本书，你就会从中看到十分有趣的内容提供方式，从戏剧、诗歌、游记，到文明生活的引导，应有尽有。在当时的女性期刊中，大量的戏文、诗词、平话，是和当时女性的阅读习惯密切联系在一起的。其中也包含了大量与女性相关的时事内容，如珍妃之死、秋瑾就义等，也足见当时期刊的受众导向。

在近现代新闻史的研究中,这个群体得到的关注相对比较少。但是这个时期的女性期刊,其实并非今天意义上的女性杂志。女性期刊所关注的议题、讨论的内容甚至是表达的语态,都受到当时社会环境的限制。尽管我们不能极端的将女性叙事从性别、内容和对象上进行限定,但是女性叙事的独立和成熟确实是一个相对漫长的过程。德国女汉学家梅薏华(Eva Müller)曾经从20世纪50年代开始,就高度关注中国女性文学作品的创作,但是她自己也认为,从那时起一直到80年代,女性文学的发展仍然处在一个相对缓慢的过程。那么更毋论近现代早期的中国。这就意味着,这一时期女性期刊还无法完全从女性的独立视角来看待,更应当从当时的历史环境、文化环境和媒介环境来综合看待。

中国处在近代的巨变阶段,无论主观还是客观上,都大量迎接来自异域的现代化冲击,媒介既是一种手段,又是一种信息,更是一种进步方式。女性作为在中国封建历史上长期受到压抑的一个群体,能够拥有相对独立的信息渠道,已经是一种现代化的表征了。

如果仔细看待这个时期,可以用三个关键词来概括这一时期的女性期刊,首先是视野的变化。在本书所讨论的时期,女性的权利觉醒还处于极其萌芽的地位。女性期刊无疑是女性权利的一种先声,这种先声在封建社会所形成的对女性的垄断环境中,与男权开始了第一次不算系统和全面的争夺。之所以说不算系统全面,是因为女性首先通过视野的扩大,获得了不同于家庭范围的大量社会信息,部分意义上唤醒了自身的认同。这些认同中固然包含了大量当时的文化道德因素,但是女性或者作为"新主角"登上传媒舞台,或者将社会上的其他女性的故事作为一种重要传播内容。有趣的是,书中提到当时期刊将名剧《罗密欧与朱丽叶》改编为近代乡村——"天赐村"世代积怨的两大姓、吴家和黄家儿女之间的爱情悲剧,提供了对于新型家庭关系、对婚姻爱情自由的思考。

其次是观念的变迁,视野的变化必然带来观念的冲击。在这段历史时期中,中华大地上激荡着不同的思想观念。有些是缘起自身的文明进步和鼎故革新,有些则是洋务运动和西学东渐所带来的工业化、现代化思潮。当时的女性解放运动,首先是对妇女自身独立观念的探索。这其中包括了情感的独立、生活的独立、事业的独立,并逐渐能在中国政治经济文化中占有一席之地。和后来的"妇女能顶半边天"所不同的是,书中所述历史时期虽然有秋瑾这样能够独当一面的出色女性,但是大多数中国女性在近现代所遭遇的苦难和依附,难以简单的通过经济手段改变。这个阶段,观念变迁就显示出其自身的长久性和革命性。

再者是惯习的变化。女性真正获得独立的社会角色,是需要一定的社会惯习的形成的。在中国革命中对被解放者的惯习培养,如卫生、学习、讨论、辩论,或者自由选择、自由决定、自由迁徙,都曾作为女性解放的标志。而期刊在这个方面,成为了当时较好的平台。女性通过这些信息,首先理解了行为的独立性,并进而理解了知识和判断的独立性。因此,在当时的女性期刊中,有不少文明社会惯习的介绍,整个社会也需要通过这些细节了解现代化的各个层面,包括女性角色和其生活层面。即便在今天社会的女性群体中,也有通过惯习主张自身独立性的特点。

在当时,独立的女性拥有什么样的视野、观念和惯习,期刊作为启蒙的一种手段,势必要回答这些问题。尽管在当时的女性期刊中,也存在简单的二元划分,道德判断或者是"轻飘飘的'为什么不觉醒啊'?"但是期刊本身的存在,就值得好好的书写。而且女性期刊的发展,并未止步于本书的历史时期。在后来的近现代史上,女性杂志也曾延续了繁荣的局面。如日本作家芥川龙之介访问中国时所写的《长江游记》,就发表在1924年9月号的《女性》杂志上。

1938年,美国女作家赛珍珠在其《大地》获得诺贝尔文学奖之后的获奖感言中说:"在心灵上,我自己的祖国和我的第二祖国——中国,有许多相似之处,其中最重要的,是我们都有一份对自由的热爱。在今天,在整个中国都在为争取自由而战斗的时候,这一点更为明显。我看到,为了反抗共同的敌人,她比历史上任何时候都更为团结,这使我对她的敬佩之情达到顶峰。在极为深刻的意义上,自由是她的基本天性之一,而现在,正是由于她争取自由的决心,我感到她是'不可征服的'。"我们在感念赛珍珠对中国苦难的深刻描写的同时,也应当感念她所具备的独特女性视角。她用细腻的笔触和深沉的情感所描绘的中国人中,就有大量与她一样的女性。只不过那个时候,中国女性所期待的现代化还远没有到来。

然而,应当意识到,文字的想象并不意味着观念的必然成熟。观念的成熟本身是一个渐进的历史进程,有太多的因素和变量在影响这个进程。尽管在近代的报刊史上,报人对于当时开观念之先,举解放之旗,尊多元之意,不仅限于所说的女性期刊;但当时的报人,并没有完全意识到女性的独立,对于家庭、社会和政治文化结构所产生的巨大影响。而从某种意义上说,今天对当时女性期刊的界定,势必带有当代人的视角。我们依然需要追问的是,在当时的社会文化中,究竟有多少女性真正受惠于这些女性期刊,抑或这些女性期刊首先是报人自身主张的体现;而这些女性期刊所传递的信息,在整个社会运动中产生了什么样的影响。

积跬步以致千里。百余年后的今天,女性独立已经成为了全社会共同尊重的基本观念,然后这种观念的落地和真正实现的程度,其实在不同的地方、不同的行业甚至是不同的领域依然有所不同。即便是在我们争论现代性和后现代的时髦学术话语中,我们也忽略了在这个世界的很多地方,女性的角色、地位和身份仍然没有得到真正意义上的解放。这个社会在用多种形式阐述女性价值、勾勒女性角色,描述女性地位的时候,对她们的再规制其实并没有停止。甚至从某种意义上说,今天的女性期刊是否真正实现了百余年前的报人们在办杂志时的现代化初衷,都值得我们追问。这可能也是苏晨博士的专著所给我们提出的新问题。

周庆安[*]

2022 年 1 月

---

[*] 周庆安,清华大学新闻与传播学院教授。

目　录

文字承载着现代化的想象（代序） ………………………… 1

引　言 …………………………………………………………… 1

第一章　中国女性期刊初始期概述 ………………………… 39
　　第一节　中国女性期刊初始期的确立：
　　　　　　1898—1921年 ………………………………… 41
　　第二节　初始期中国女性期刊的思想内容 ……………… 53
　　第三节　初始期中国女性期刊的现代性 ………………… 57

第二章　初始期中国女性期刊的小说 ……………………… 65
　　第一节　初始期中国女性期刊的原创小说 ……………… 68
　　第二节　初始期中国女性期刊的翻译小说 ……………… 131
　　第三节　初始期中国女性期刊中小说概念的形成 …… 141

第三章　初始期中国女性期刊的戏剧 ……………………… 147
　　第一节　初始期中国女性期刊的传统戏曲 ……………… 149

第二节　初始期中国女性期刊的翻译、原创话剧 …… 197
　　第三节　初始期中国女性期刊戏剧的概念形成与
　　　　　　戏剧的发展过程……………………………… 215

第四章　初始期中国女性期刊小说、戏剧的现代性 ……… 219
　　第一节　从说部到小说、从戏曲到话剧 ……………… 221
　　第二节　女性的妻职母职与自我实现 ………………… 231
　　第三节　新旧并行、中西杂糅的时代精神 …………… 242

结　语 …………………………………………………… 251

附　录 …………………………………………………… 257
　　Ⅰ：1898—1921 年初始期中国女性期刊（报纸）
　　　　目录 …………………………………………… 259
　　Ⅱ：1898—1921 年初始期中国女性期刊小说目录 …… 266
　　Ⅲ：1898—1921 年初始期中国女性期刊戏剧目录 …… 311

参考文献 ………………………………………………… 315

后　记 …………………………………………………… 327

引 言

一

近代中国女性期刊不仅仅是当时社会动态、思想演变、风俗文化的记录,更是中国文学、女性文学内部嬗变和外部扩展的参与者。从对原始材料的搜集开始,本文论题的确定过程,包含了对中国女性期刊本身定义的研究与思考,对中国女性期刊整体的爬梳、整理和分期,以及对中国女性期刊初始期特质的考察,最终确定将初始期中国女性期刊的叙事文学——小说、戏剧作为研究重心。接下来笔者研究了它们的概念的内涵与外延、它们的形式与内容、它们与所处时代、所居世界的互相影响。

第一章是对中国女性期刊初始期的确立原因、历史背景、思想内容的研究。首先,在对1898—1949年的中国女性期刊进行分期后,确立以1898—1921年的初始期女性期刊为研究对象。其次,阐述初始期女性期刊的思想内容。最后,探讨初始期女性期刊的现代性。

第二章研究初始期中国女性期刊的小说。首先,研究期刊的原创小说。其次,研究期刊的翻译小说。最后,考察期刊中小说概念的形成。

第三章研究初始期中国女性期刊的戏剧。首先,探讨期刊的传统戏曲。其次,研究期刊的翻译、原创话剧。最后,考察期刊中的戏剧概念以及戏剧的发展过程。

第四章探讨初始期中国女性期刊的叙事文学的现代性。首先,总结小说、戏剧作为文体概念的古今演变。其次,探讨小说、戏剧中的革命女性形象,分析叙事文学中女性的爱情、婚姻与自我。最后,探讨小说、戏剧的时代精神。

综上所述,对1898—1921年作为中国女性期刊初始期的考察,对初始期女性期刊的小说、戏剧的研究,使我们得以重返清末民初叙事文学发展演变的一个侧面的现场。这一本身具有新旧并行特质、丰富生动内容、思想观念与社会时代互动互搏的侧面,是中国文学由传统向现代过渡的过程中不可或缺的组成部分。仔细深入地梳理出它的具体构成,以期对中国文学由传统走向现代的完整过程的丰富层面,有更为深刻、细致、清晰的认识。

二

从中国文学古今演变的角度考察近代女性期刊,是一个值得探讨和深入的话题。而学界对这一时期中国女性期刊的研究大多以史学、社会学、新闻学的专业角度,注目一两种特定期刊,缺乏对女性期刊的明确定义、对中国女性期刊的整体考察和对其整体文学性的研究。事实上,近代中国女性期刊不仅仅是当时社会动态、思想演变、风俗文化的记录,更是中国文学、女性文学内部嬗变和外部扩展的参与者。从对原始材料的搜集开始,本书论题的确定过程包含了对中国女性期刊本身定义的研究与思考,对中国女性期刊整体的爬梳、整理和分期,以及对中国女性期刊初始期特质的考察,最终确定将初始期中国女性期刊的叙事文学——小说、戏剧作为研究重心。基于这些问题在本文中的显要性和基础性,笔者将首先对论文题目进行解题,这一过程伴随着相关文献综述,也将凸显选题的原因、价值与意义。

(一) 中国女性期刊的定义

首先,我们需要从词源学和历史生成上考察期刊的定义。期刊,也称杂志,是有固定刊名,以期、卷号或年、月为序,定期或不定期出版的印刷读物。它根据一定的编辑方针,将特定领域的作品汇集成册出版。"杂志"一词,英文为"magazine",源自法文"magasin",本意是仓库。从这个词源出发,我们可以分辨出期刊与报纸的差别。报纸登载的是具时效性的新闻;期刊所登载的内容则是分门别类、可以长期收藏。事实上,期刊的最初样态是形成于罢工、罢课或战争中的宣传小册子。这种类似于报纸注重时效的手册兼顾更加详尽的评论,一种新的媒体就这样应运而生。在产生时期,期刊和报纸的形式、内容都很相似。后来,报纸趋向于登载有时间性的新闻,期刊则专刊时评、小说、游记和娱乐性文章,两者在内容上的区别越来越明显。在形式上,报纸的版面越来越大,可以对折,而期刊则经装订,加封面,成了书的形式。期刊与报纸的样态就此基本定型。

在追溯期刊起源的过程中，我们看到期刊的两个基础功能：政治宣传品和文化娱乐消费品。

这两大功能主导着期刊随社会进程而演进的轨迹。政治、娱乐、文化从来都是相互渗透、相互影响的，期刊就是在这其间游走的过程中获得了它丰富而兼容的独特性。

接下来，我们需要确定中国女性期刊的概念。如上文所言，期刊是政治和文化娱乐的产物，而女性一直以来参与着政治统治和文化娱乐消费，这一境况和地位时至今日被越来越多的人觉察和评判，而话语权的"被审视"仍未在根本意义上改变。"女性期刊"这一概念的提出，本身就意味着性别意识、平权意识的觉醒和女性地位的现状。同为文化产品，"文学书写"产生于期刊出现之前，电影产生于期刊出现之后，"文学书写"更偏向个人写作、阅读的主体性经验，电影更偏向大众的观看体验，期刊的私人性和大众性阈值又恰好在"文学书写"和电影之间。作为某种意义上的同质性的客体，我们可以观察"女性"这一元素的加入是怎样影响到期刊本身概念的发展变化的。我们可以借鉴"女性文学"和"女性电影"概念的提出，参考女性期刊自身的发展历程，在前人所作定义基础上，尽量给予"女性期刊"一个最恰切的概念阐释和定义。

关于"女性文学"概念的提出和形成，西方以1929年英国作家弗吉尼亚·伍尔夫的《一间自己的房间》和1949年西蒙·德·波伏娃的《第二性》的出版为源头。在对玛丽·埃尔曼、朱蒂斯·菲特利等人的女性形象进行批评后，从1970年凯特·米利特的《性的政治》开始，女性文学有了理论和批评的力量，后期通过受到构造主义和解体主义影响的法国理论家海伦·西苏的"女性写作"理论,女性文学获得了更大的动力。

> Fortunately, when someone says "woman", we still don't know what that means, even if we know what we want to mean…… In any case, she is not a woman. She is plural. Like all living beings, who are sometimes invaded, drawing life from others, giving life. Who do not know themselves.[①]

海伦·西苏在上文中讲道:"幸运的是,当我们说到'女人',我们仍然不知道它的真实含义,即使我们明白我们想要它意味着什么。无论如何,她不被视作一个女人,她被视作一个复数,就像其他时常被侵入、永远从他人那里获得和给予生命的生物,那些不自知的生物。"女性作家从社会对女性的权力分配、文化对女性的形象规定、女性群体的自我规范约束的质疑和反抗中,找到真实的独立的个体,重新发现了女性的主体性。女性文学通过对经典的批判和对自我的重建,重新发现和建构了以女性为经验主体、思维主体、审美主体和言说主体的文学。传统文学中的女性作品在这一视角中也焕发出新的意义。

在女性文学中,女性是创作的主体,且觉察到了自己的主体性。这是最接近核心的概念性质规定。而"女性电影"的提出和形成,则要从1971年《成长中的女性》《三生》《女性的电影》

---

① Hélène Cixous, "*Coming to Writing*" and Other Essays, Harvard University Press, 1992, pp.78–103.

三部女性主义纪录片的诞生开始。1972年,纽约举办第一届国际妇女电影节。1970—1972年,第一份专门研究女性主义电影的先锋刊物《女性与电影》出现。电影这个最具有大众娱乐消费属性的媒介,才开始出现创作和内容上女性主体性的严肃讨论。

电影理论学者朱迪斯·梅恩把女性电影分为两类:一是根据消费对象而言,针对女性观众的爱情电影,号称"泪水片"(weepies),如1940年的《魂断蓝桥》。这种影片在女性电影中一直占据主体地位,直到2017年获得第89届奥斯卡最佳导演奖的《爱乐之城》,仍是典型的"girls' movie"。二是依据作者而言,由女性导演拍摄的影片。然而实际上一些优秀的反映、呈现女性自我思想生命体验的电影往往是男性导演拍摄的,如史蒂芬·戴德利的《时时刻刻》。思维惯性主导了梅恩的视角,虽然女性导演可以拍出较好的女性自己的电影,但事实并不能一概而论。

更公允地说,女性电影应包括三类:以女性为消费对象的电影、以女性为导演拍摄的电影、以女性为内容主体的电影。三者会出现交集,界限并非是泾渭分明的。

在将作为媒介发展阶段性成果的期刊同书籍和电影作比照,并观察文学书写和电影中女性要素的加入和影响之后,我们可以推断出女性期刊的内涵和外延:女性期刊包括三类,即以女性为目标受众的期刊、以女性为编辑写作者的期刊、以女性思想生活为主要内容的期刊。三者之间互有交集,而出于对女性主体性的强调,以女性为编辑写作者的女性期刊更具革命性意义。

世界上最早的女性期刊可以追溯到英国1709年创刊的《女闲谈者》、1744年创刊的《女旁观者》和1770年创刊的《女士杂志》。前两者的主要内容为政论、道德及文学,后者的主要内容为文学及女性生活。在英国知识女性参与社会事务的稳定传统影响之下,女性期刊最早的面貌是严肃性的、政治性的、文学性的。而美国1867年创刊的《哈泼时尚》、1886年创刊的《大都会》、1892年创刊的《时尚》,则开创了以娱乐生活为主要内容的女性期刊的派别,这三种期刊以其顽强的生命力发展至今,不得不令人惊叹。英美不同文化传统影响下的女性期刊,显示出女性期刊发展的不同路径,但都可以被上段对女性期刊的定义所囊括。

中国最早的女性期刊是1898年创刊于上海,由中国女学会主办的《女学报》旬刊,而国内真正将"女性期刊"作为研究主体,提出"女性期刊"概念并以此对过往历史期刊进行研究,是受到十九世纪六七十年代西方女性主义思潮的延迟影响,在1978年改革开放,二十世纪八十年代对外开放、九十年代女性期刊盛行之后,对中国女性期刊的研究从新千年开始广泛进入研究视域。我们对"女性期刊"概念的界定,是在西方的女性期刊研究基础之上进行的。

针对女性期刊概念的定义,吴敏娟的《中国女性期刊史》认为"女性期刊是指以女性为主要阅读对象的期刊"。显然还有一种情况:以女性生活为内容的期刊未见得仅以女性为阅读对象,但并不妨碍它属于女性期刊,如1914年创刊的《香艳杂志》。可见此处应对中国女性期刊做一次整体梳理和考察。尹深的《中国近代妇女报刊与妇女解放思想》(内蒙古大学2013年硕士学位论文)采用北京市妇女联合会编撰的《北京妇女报刊考(1905—1949)》中对"妇女报刊"的定义,即"内容重在探

图引言-1 《女学报》

讨妇女问题,反映和指导妇女生活与斗争"。显然,这里重点考虑的是革命话语影响下的一类女性期刊。尹晓蓉的《清末民初女性期刊的演化与传播探析》(西北大学 2007 年硕士学位论文)对"女性期刊"的定义是:"重在研究、讨论妇女问题,反映、指导妇女生活与斗争;特殊情况下,尚需强调以'妇女'为名目的,尤其侧重妇女与整个社会环境的叙述的期刊。限制其内容属于人文科学范畴。"可以看出仍是以《北京妇女报刊考(1905—1949)》的定义为准。李谢莉的《中国近现代妇女报刊研究(1898—1949)》(四川大学 2003 年硕士学位论文)将"妇女报刊"界定为"由妇女自己创办、发行,并以妇女为读者对象,同时以研究、讨论妇女问题,反映、指导妇女生活和斗争为主要目的的公开出版物"。作者进一步将概念缩小到了妇女创办者、妇女读者及内容均为妇女问题,这对覆盖"妇女报刊"应该涉及的广大对象还有一定空间。以上以"女性意识"主导的女性期刊研究虽然突破了一种单向度的狭窄视野,但要想对"女性期刊"作出符合其真实面目的定义还有待深究。女性期刊不仅以女性关注的内容为主,以女性读者为主要阅读对象,还以描写或讲述女性喜闻乐见的各种社会现象、反映女性生存状况并为其服务为主。综合考量之后,笔者认为以目标受众、编辑写作者、主要内容三要素来界定女性期刊符合逻辑与事实。

通过对国内外"女性期刊"定义的考察,结合对中国女性期刊真实刊发情况的整理研究,本书提出对中国女性期刊的界定:中国女性期刊是以女性为目标受众和/或以女性思想生活为主要内容的周期性出版的刊物,编辑写作者一般为女性。

（二）中国女性期刊的文本文献

在界定了中国女性期刊的定义范围后，笔者首先要做的就是以此为辨别依据，对中国女性期刊进行全面搜集和整理。前人的相关研究中，至今还未有对1949年之前女性期刊的尽可能巨细靡遗的整理和收录，但已有了具有一定体量的汇编选集，比较值得注意的是由王长林、唐莹策划的《中国近现代女性期刊汇编》，线装书局出版①。此书选录了1903—1949年间出版的女性期刊，影印出版，是比较翔实可信的史实资料。女性期刊的选刊汇编出版，为1989—1921年的女性期刊的整体研究提供了可资查阅的文本文献。

按本书对中国女性期刊的界定，以女性为目标受众、以女性思想生活为主要内容这两个因素，任具其一便可视之为女性期刊。本书将以此为判断标准，以1949年作为时间节点，整理1949年之前（包括1949年）的中国女性期刊，除对《1833—1949全国中文期刊联合目录（增订本）》进行全面排查，还通过其他渠道对此进行增补，最终统计出1949年前的女性期刊共453种。篇幅所限，期刊的具体名目见于文末附录中。在此基础资料的爬疏归纳之后，笔者确定了本书的研究分期。

（三）中国女性期刊的分期与初始期女性期刊的提出

对中国女性期刊的搜集整理工作完成之后，笔者在此基础

---

① 《中国近现代女性期刊汇编（全一四八册）》，北京：线装书局，2006年。《中国近现代女性期刊汇编（二）（全七十二册）》，北京：线装书局，2007年。《中国近现代女性期刊汇编（三）（全八十五册）》，北京：线装书局，2008年。

上，对1949年前女性期刊的整体情况进行了初步的查考。1949年前的女性期刊是当时的社会存在现状与社会意识的反映，但它不是已死的标本，它们中间凝结着当时有智识、有危机感、有对变革的自觉与渴望的男性与女性群体的每一步与世界和内心的交流与碰撞，它们中间显现着文学与社会是怎样微妙地互相影响、互相裹挟着前行，它们的价值并不局限在历史学和社会学上。而作为中国文学研究而言，将古代与现代文学联成一个整体，寻找、发现中国文学发展轨迹和演变规律是文学专业的着力方向。产生于新旧交接之际的女性期刊，是中国文学载体的新形式——期刊，首次将女性阅读、创作作为主体呈现的连续出版物，是连续出版物直接关注女性思想生活世界的特殊文化商品。而女性解放的程度，标志着社会的文明程度，在由传统走向现代的过程中，国家、民族与个人，男性与女性，公共话语与私人空间，中国与西方，传统诗文与小说新诗等议题与内容都以极具冲撞的丰富性、极具现场感的姿态出现在这一新的媒体形式——女性期刊中。这也就成为笔者研究的兴趣所在。而要彻底地把握中国女性期刊的发展进程，对其分期情况的考察就成为必要。那么前人相关的专著和论文中，对中国女性期刊是怎样分期的呢？

中国女性期刊的研究专著方面，有吴敏娟所著的《中国女性期刊史》（中国社会科学出版社2015年出版），对中国近现代女性期刊的产生、发展以及现状做了大致的勾勒和展现。但此书的主要篇幅放在中国二十世纪八十年代后的现代女性期刊的现状描述上，对1949年前的女性期刊的情况一笔带过，无法对

1949年前女性期刊的分期提供过多参考。

中国女性期刊的研究论文方面，对女性期刊的分期及其依据如下：

白蔚的《传媒中的中国女性与现代性》（上海大学2007年博士学位论文）以1900—1999年的中国传媒作为社会事实，以现代性作为背景，从社会性别视角，探讨中国女性如何面对和遭逢所谓的"现代性"。它在对百年女性报刊的整理中将其分为：辛亥革命和"五四"运动时期、国民党控制时期、计划经济时期、"文革"时期、改革开放时期。作者认为，辛亥革命和"五四"运动时期，中国女性的人身解放运动成为先进的中国人颠覆传统社会规范，建构现代国家的武器，之后的四个时期，女性经过争取平权的运动，追求一种典型的植根于职业化、效率、秩序、科学、技术进步和理性的男性化生活模式，女性就这样与现代性紧密相连。高伟云的《中国女性期刊的发展和演变》（《宁波大学学报》2012年第5期）简要梳理了近现代女性期刊的整体情况。作者将女性期刊分为辛亥革命前、1912—1949、1949—1980、1980—至今四个时期。作者对女性期刊的考察比较粗略，划分时段也仅仅是以历史政治事件为节点。李谢莉的《中国近现代妇女报刊研究（1898—1949）》（四川大学2003年硕士学位论文）对"中国近现代妇女报刊（1898—1949）"进行概述之后做了基于历史时段划分的分期，将中国近现代女性报刊分为四阶段：1898—1919兴起阶段、"五四"运动到"大革命"时期发展阶段、1927—1937低谷时期、1937—1949蓬勃发展时期。这是以社会革命发展阶段来界定，与现代文学的大致分期相符合，不是按照女性期刊的本身实际情况进行分期的。

综上所述,已有研究对中国女性期刊的分期大多依据历史进程,没有深入到对女性期刊本身发展进程的考察。唯有白蔚基于社会学角度的女性期刊分期有一定的启发价值。基于此,有必要对全面整理后的1949年前中国女性期刊进行分期。

中国女性期刊在当时作为一种新兴的出版物,具有自身独特的要素。概括起来有:刊名、出版周期、发行地、创刊与结刊时间、创刊宗旨、出版社、主编、主笔、栏目结构、基本内容、篇幅容量、涵括图像、定价、经销渠道等。笔者将1898—1949年的所有中国女性期刊的以上要素析出之后,作以整理分析。依据其要素的阶段性变化,将1949年前女性期刊分为四个阶段。

初始期(1898—1921)

女性期刊的出版周期大多为一个月。出版社大部分在上海,个别刊物出版于广州、北京、杭州、成都及日本东京。定价在四角到二元之间,多为二角左右。

主编、主笔男性、女性兼有,文苑栏目内作品一般为女性。较为著名的女性主编、主笔有秋瑾,于1907年创办《中国女报》;唐群英,于1912年创办《女子白话旬刊》;高剑华,于1914年同丈夫许啸天创办《眉语》。

栏目的安排力图从理论、历史、文艺、科学、时事、家政、艺术各个方面介绍推广西方文明,从历史、文艺方面继承发扬传统文化。总体以启蒙新知为中心。又因期刊处于草创期,有进德篇、益智篇、卫生篇、学艺门等带有古意的称谓。文艺或文苑栏目中以诗词为主、古文次之,戏曲又次之。小说栏目常细分为各个功能性门类。期刊内常设有前代、当代女性诗文集。1920—1921年,期刊中的小说栏目回归一栏,且开始关注社会阶级和劳工问题。引进的翻译小说大增,从之前的侦探、爱情小说扩展到西欧各国、美国等十九、二十世纪经典小说家的作品。

这一时期,中国女性期刊从无到有,从旧到新,从大体将论说、时闻、史传、文艺、生活常识合并成册的内容形式转变为具备现代期刊运转机制和成熟样貌的文化商品。

稳定期(1922—1936)

这一时期女性期刊的出版周期缩短,多以半月、一旬、一周、三日为出版周期。出版社由初始期的绝大多数位于上海的情况,扩散到中国各省的主要城市甚至向下延伸到县级区域。发行地遍布上海、杭州、苏州、南京、广州、北京、天津、西安、开封、信阳、成都、重庆、嘉陵、昆明、桂林、邕宁、武汉、衡阳、湘乡、平江、安庆、涪陵等。定价在一分到二元之间。

主编、主笔为女性的情况鲜见。

栏目编排趋于稳定,栏目结构以社论为中心,妇女问题、妇女动态等成为常见栏目。文艺栏内以小说为主,散文、新诗次之。话剧取代了戏曲。前代、当代诗文集基本不再出现。这一时期女性期刊的文学内容开始关注并表现更广阔的社会阶级和更广泛的社会问题。

巨变期(1936—1942)

这一时期女性期刊的出版周期延长,大多为一个月,有的出版周期长达三个月、半年。出版社集中在重庆,此外散布在成都、上海、金华、西安、延安、兰州、南昌、贵州、桂林、福州,北京、广州的日伪政权也有创办女性期刊。此阶段的女性期刊除了战时根据地如金华、延安以外,大多发行于省会一级的城市。定价在四分到两元之间。

主编、主笔为女性的情况较少。

栏目编排精简,主要栏目为社论、战况和妇女动态。文艺栏内包含小说、散文、新诗、诗词、话剧。全面抗日战争爆发,中国进入全民抗日阶段。这一时期的女性期刊以抗日工作为主,抗战成为压倒一切的主题。

分流期(1943—1949)

这一时期中国女性期刊的出版周期稍稍缩短,大多为一个月,也有的周期为半月、一周。出版社集中在重庆、上海,此外分布在南京、成都、广州、梅州、香港、吉林、北京、湘潭、江西。

主编、主笔为女性的情况较少,但仍有一些女性主编、主笔比较有影响力,如《女声》月刊的编辑、主笔关露,《天地》的创办者、主编、主笔苏青,《现代妇女》的主编曹孟君等。《女声》是日本大使馆与海军报道部在上海合办的杂志,1942年5月关露作为中共地下党员,肩负政治任务而参与了它的编辑与撰写。《天地》是苏青受陈公博资助而于1943年在上海一手创办的。《现代妇女》创办于重庆,从1943年一直发行到1949年。这三种期刊的政治立场各有不同,但都倡导女性独立,帮助加强现代女性于社会谋求独立的思想与经济、文化基础。

栏目内容中的职业、家庭、生活方面比重加强。增加了为职业妇女而设立的栏目,如职业生活、事工介绍等。此阶段的期刊

图引言-2.1 《现代妇女》

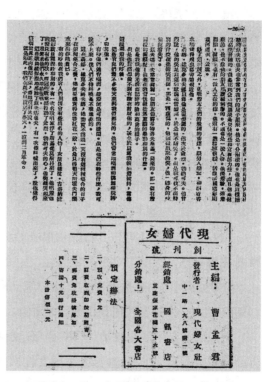

图引言-2.2 《现代妇女》主编 曹孟君

还经常在每期中设立一特辑,集中介绍讨论某方面的问题,如1946年10月创刊的《香港女声》的宗教之页、女工之声、青年问题之页、圣诞之页等,又如1947年3月创刊的《新妇女》的婚姻问题专辑、妇女职业特辑、认识苏联特辑、恋爱问题特辑、认识美国特辑、女作家初集、青春常驻特辑、健康问题特辑、新闻自由特辑、音乐节特辑、营养问题特辑、论知识分子特辑、妇女与电影特辑、读书问题特辑、认识英国特辑、认识法国特辑等。

以上,是笔者在对1949年前中国女性期刊的各要素进行系统整理的基础上,依据其自身特性做出的分期。上述中国女性期刊的四个阶段中,初始期女性期刊从形式到内容跨越较大、改变较多,体现了新旧兼具的多样性和流动性。它的变化过程与中国文学在这一时期的古今演变有某种暗合。

(四)初始期(1898—1921)中国女性期刊与中国的现代性研究综述

分期之后,本书选取最能体现从传统到现代特质的初始期(1898—1921)中国女性期刊作为研究重点。

清末民初是中国在政治、军事、经济、文化、教育、出版各个方面逐步走入现代的关键时期,中国女性期刊的诞生和形成也出现在这一时期。1898年7月,中国女学会创办《女学报》旬刊,地点在上海,经12期停刊之后,在1902年由苏报馆的陈撷芬再次出版。这是迄今为止中国最早的一份妇女报纸。自此而后四十余年,女性期刊见证与记录了清王朝的覆亡与民国的建立、发展与消亡,影响与展现了革命、反清、民族资本主义、社会主义等等思潮在中国的兴起，女性期刊作为女性教育的工具和成果，作为女性生活娱乐的指南和消费品，塑造和想象了现代女性的形象、思想，引导着她们的思维与生活模式，构筑了知识女性群体、职业女性群体、广大劳动妇女群体的概念和实质，展示和引导了文学新的内容和动向。1949年新中国成立，女性期刊整体进入新时代的发展轨道，在适应国家建设中发挥着宣传作用。女性期刊从传统到现代的演化至此告一段落。而在对1949年前的中国女性期刊的研究整理分期之后，笔者发现，女性期刊最具现代性和丰富性的时段是其初始期（1898—1921）。

中国从近代走向现代的时期，经历易代变革、民国草创，又恰恰与世界范围的革命风潮、女权运动风潮相交织，这一时期的女性期刊从无到有，经历了从形制到内容的巨大变化，容纳了纷繁复杂的思想潮流，展现了丰富多样的文学形式和内核。"五四"前后，整个国家经历了一次普遍的国家民族革命话语洗礼，这一风潮延续到1921年。笔者将这一时段称为女性期刊的初始期。之后的三个时期，女性期刊相继卷入意识形态之争和民族革命战争的社会主流思潮之中，自觉或不自觉地将一部分自主性职能让渡给政治宣传和思想阵线争夺，文化与文学的丰富性趋向于单一，栏目形制也处于比较稳定的成熟阶段。与后三个时期的女性期刊相比，初始期女性期刊从形式、思想到内容，都更能体现从传统到现代的剧烈变化。因此，本书以传统到现代这一向度，着重研究1898—1921年的初始期中国女性期刊。

这里笔者要提出两个方面的问题：

第一，在前人的研究中，对于1898—1921年这一时段的女性期刊,采取的是怎样的研究角度呢？是否有以现代性角度进行的研究探讨？

第二,在探讨1898—1921年这一时期中国的现代性问题时,前人采用过哪些研究角度？

让我们来看看国内外相关研究的具体情况。

国内外相关研究中,研究1898—1921年这一时段中国女性期刊的专著与论文如下：

夏晓虹的《晚清女性与近代中国》,北京大学出版社2004年版。此书的第三章《晚清女性的性别观照——〈女子世界〉研究》,以对1904年创刊的《女子世界》为研究重心,从编者、作者,期刊对于"女学""女权"的论争等方面探讨了《女子世界》所要构筑的女子世界,还关注到了续出的最后一期中秋瑾的鲜明个人风格。此外,夏晓虹的《晚清女报中的国族论述与女性意识：1907年的多元呈现》(《北京大学学报（哲学社会科学版）》2014年第4期)考察了在1907年创刊的《中国女报》《中国新女界杂志》《天义报》,从其编辑、主笔者的不同身份、不同政治立场和期刊内容所传达出的不同政治主张的比较分析中,探讨了当时有关女性与"国族"的关系论述。

陈晓华的《中国近代报刊史上的一座里程碑——论辛亥革命时期的妇女报刊》(《社会科学研究》2003年第6期)认为辛亥革命时期创办的妇女报刊,既在中国近代报刊史上占有一席之地,又对近代中国民族民主运动起了积极的推动作用。

陈建华于2016年夏在复旦大学所作的学术演讲"女性文学与文明规训——以民国初年女性杂志与公共空间为中心",以

1911—1917年初的女性期刊为研究对象，具体而详细地分析了当时智识阶层对女性身份的不同的建构预想和他们的商业文学实践构建的文化公共空间，其中发掘出从人的本真和自然的意识和话语探讨的方法，对本书的研究路径的探寻很有启发。

接下来更多的是以这一时段中的某一种刊物作为研究对象，情况如下：

《女子世界》作为辛亥革命前期创刊的女性期刊，有其标志性意义。以它为研究对象的论文如下：赵立军的《20世纪初女性报刊：〈女子世界〉研究》（东北师范大学2010年硕士学位论文）概述了《女子世界》中辛亥革命前夕女性觉醒的表现及其对历史推动的意义。

《女子白话报》是女子参政同盟会机关刊物，1912年10月创刊于北京、1913年5月停刊。张蕊蕊的《民初〈女子白话报〉研究》（郑州大学2011年硕士学位论文）对其作了初步研究，认为作为女子参政同盟会的宣传阵地《女子白话报》，其以女子参政为中心内容，用浅显的白话文字，向女界灌输新思想、新观念，是一份进步的刊物。

近现代中国女性期刊中，《妇女杂志》1915年创刊，1931年停刊，在整个女性期刊中规模、影响最大，以其为研究对象的论文也最多。在对《妇女杂志》的研究中，主要涉及近代史、近代女性思想文化史、女性主义与社会的关系、视觉语言的运用和塑造、文学的进展等方面，这些研究进行了关乎现代性的初步研究。如黄慧的《〈妇女杂志〉与女性意识的觉醒和徘徊》（山东师范大学2012年硕士学位论文）以对《妇女杂志》的沿革梳理，作为当时发生在中国近代史上思想大革命演变的轨迹的独特记录,呈现了近代在萌芽状态的女性意识在觉醒中徘徊的历史。它将《妇女杂志》分为三个阶段:前期新与旧间的徘徊;中期章锡琛主编之下的激进;后期杨润余、杜就田主编之下对女性自身现实的关怀。而王秀田的《章锡琛与〈妇女杂志〉改革》(《首都师范大学学报》2011年第3期)却认为章锡琛离开后的《妇女杂志》只是重新回归为女性软性读物。金润秀的《〈妇女杂志〉(1920—1925)的"新女性"形象研究》(复旦大学2012年博士学位论文)着重探讨了新文化运动中《妇女杂志》所提出的"个人""家庭""社会"概念对女性形象的重构。刘慧英的《从〈新青年〉到〈妇女杂志〉——"五四"时期男性知识分子所关注的妇女问题》(《中国文化研究》2008年第1期)比较了在女权启蒙上《新青年》与《妇女杂志》的异同,着重阐述1921年章锡琛担任主编后延续《新青年》的妇女解放话题——尤其是自由恋爱,从而使《妇女杂志》成为"五四"后又一个反传统的重要阵地。魏茹冰的《近代女性社会角色的建构——以商务印书馆〈妇女杂志〉为讨论中心(1915—1920)》(华中师范大学2004年硕士学位论文)从商务印书馆创办的《妇女杂志》入手,研究近代女性性别观念的转型,认为在儒家性别观、女权主义和民族主义的依次登场之后,女权主义因为其现实土壤的稀薄而迅速被民族主义话语淹没。代敬华的《〈妇女杂志〉与陋俗问题研究》(河北师范大学2013年硕士学位论文)以1915—1931年的《妇女杂志》为中心进行研究,呈现了当时的新女性及新妇女观对娼妓、妾制的不平等的社会、家庭婚姻制度的批判。刘方的《〈妇女杂志〉

女性观研究》(吉林大学 2012 年博士学位论文)以《妇女杂志》为研究文本,阐释了《妇女杂志》的女性观特点:观念理解多元化、性别认知差异化、主导核心男性化、理论基础西方化。汪文静的《〈妇女杂志〉的民国女性视觉文化研究(1915—1931)》(西南大学 2013 年硕士学位论文)是比较特殊的一篇,它着重从视觉文化视域来解读《妇女杂志》中的摄影、绘画、广告图像 1 200 多幅,从社会根源中发掘了《妇女杂志》民国女性形象的生成机制。王思侗的《〈妇女杂志〉(1915—1920)女性叙事研究》(苏州大学 2011 年硕士学位论文)以 1915—1920 年的《妇女杂志》为研究对象,探讨当时的文人在女性抒写的背后涵盖了何种情绪,以及如何通过对女性形象的塑造和言说将女性纳入近代民族国家建构诸问题。文中重点解析了叙事类作品中的三类理想女性形象——适应战时需要的理想妇女、适应现代生活需要的贤妻良母以及理想女学生,发现男性对女性言说的权威性是以对女性缺点的指责和对女性的要求来完成的。范蕴涵的《〈妇女杂志〉研究》(山东师范大学 2009 年硕士学位论文)研究《妇女杂志》的创刊演变,探讨了它为当时的女性及社会创造出怎样的模仿样板,以及这些样板所反映出来的社会变化。邱志仁的《从〈妇女杂志〉看 1920 年代的城市妇女》(上海师范大学 2007 年硕士学位论文)以《妇女杂志》为研究对象,考察和分析二十世纪二十年代中国社会中城市妇女的形象,从婚姻家庭、职业、妇女解放运动三个方面进行考察,并主要从婚姻家庭的角度对当时妇女的社会地位进行了评价。认为男性所设计的理想女性范式——传统社会的贤妻良母转向新女性,看似大的进步,然而"新女性"只是为"新青年"所设计的配搭而已。刘曙辉的《启蒙与被启蒙:〈妇女杂志〉中的女性》(《山西师大学报》2007年第2期)认为《妇女杂志》内容和精神旨趣的变化展示了二十世纪初女性从受启蒙者到启蒙者的转变,但致力于平等而不是自主的女性启蒙将使女性始终处于男权的藩篱之中。秦红梅的《从〈妇女杂志〉看"五四"时期的女性价值观》(陕西师范大学2006年硕士学位论文)通过梳理《妇女杂志》相关文章,窥视"五四"时期的女性价值观和女子教育思想。确定"五四"时期的女性价值观分为三类:第一种,女子为男子的附属品;第二种,女子的活动范围限定在家庭,女子可以在家庭里充分发挥主观能动性,女性在社会上所从事的活动,是以不影响女子对家庭的服务为前提的;第三种,女子首先是作为一个人存在的,她有着和男子同等的做人的目标、与男子共担社会改进的责任。三种女性价值观相互碰撞,第二种占据主要话语权。刘曙辉的《中国启蒙图景中的女性——聚焦〈妇女杂志〉》(《理论界》2008年第9期)认为《妇女杂志》展现了三种女性,即传统的贤妻良母、独立女性、革命女性。在中国启蒙图景中,性别话语被整合进民族主义话语之中。民族解放促进了女性作为一个整体的解放,但女性作为个人,却未能实现自主这一启蒙的终极目标。张春田的《"第四阶级女子问题":〈妇女杂志〉与"娜拉"讨论》(《枣庄学院学报》2009年第1期)也讨论到了这个问题,即《妇女杂志》对于女性问题的讨论,着眼点逐渐由性别差异转向了"阶级"差异维度。刘峰的《〈妇女杂志〉(1916)视阈下的欧美镜像》(《武汉科技大学学报》2011年第5期)通过对《妇女杂志》的内容研究,寻迹《妇女杂志》(1916)所建构的欧美镜像及其建构过程。任淑静的《〈妇女杂志〉(1915—1919)英美作品译介中女性形象的构建》(贵州大学2009年硕士学位论文)就《妇女杂志》(1915—1919)中出现的英美文学作品作为文本,对其所塑造的妇女形象进行归纳,对当时社会文化趋向、政治操控、妇女角色建构等问题进行细致分析,总结得出男性编辑、译者对通过翻译作品中女性形象塑造的倾向和改写,想要达成对女性外表、思想、心灵的改写和塑造。赵叶珠、韩银环的《外国思潮对"五四"前后妇女解放运动的影响——对〈妇女杂志〉(1915—1925年)的文献计量学分析》(《云南民族大学学报》2012年第4期)用数据分析的方式考察了《妇女杂志》中刊载涉外文章的数量、涉及的妇女议题、内容取材的变化情况。具体而言,"五四"之前的涉外文章以传播先进实用科学知识为主,"五四"初期的涉外文章开始介绍各国妇女解放运动和妇女研究新思潮,"五四"中后期的涉外文章则重在推介妇女解放思想与理论并深入探讨妇女问题。刘慧英的《"妇女主义":"五四"时代的产物——"五四"时期章锡琛主持的〈妇女杂志〉》(《南开学报》2007年第6期)中谈到,《妇女杂志》中表现出的妇女主义虽已不再局限于民族国家想象,但却依然是一种以男性主体性为根本出发点和立场的对妇女的想象,它与中国现代初期的女权启蒙一样,是一种男性话语对女性乃至女权主义的建构,而不是妇女自己创建和从事的事业。

韩燕的《论前"五四"时期男性作家的"女子救国"想象》(河北大学2013年硕士学位论文)同样涉及了男性编者、作者对女性形象的衡量和塑造,认为在这场小说启蒙中,女性并没有掌握话语权,纵然被推到了"女子救国"的地位。王萌的《论〈妇女杂志〉中的贤母良妻主义及其影响下的文学创作》(《中州大学学报》2006年第4期)认为《妇女杂志》多所阐发的贤母良妻主义实际上是男权意识在新的历史条件下对女性的重塑与规约,反映了男性对女性的理想化的苛求,并由此产生了一批"苍白"的文学作品。杜若松的《中国近代女性期刊所展现的文学性别空间》(《编辑学刊》2013年第3期)认为在近代女性期刊的文学空间中呈现出由男性建构——女性回应——身份认同的过程。这种性别空间的构成深刻影响了"五四"后女性创作和当代女性话语构建。同样,杜若松的《前"五四"时期女性期刊中的女性自叙体叙事创作》(《海南大学学报》2014年第4期)以散见于近代女性期刊中的女性创作传记、日记、书信为研究对象,尤其关注易瑜的《鬓龄梦影》、赵璧如的《赵璧如女士日记滕稿》。认为这些作品区别于近代女权小说受男权意识形态指导的"回响"状态,具有彰显女性"自我"意识,还原女性自我生活历史的特征,成为"五四"新文学的先声。

　　钱南秀的《重塑"贤媛":戊戌妇女的自我建构》,以1898创办的女学堂、女学会、女学报为研究对象,更着重关注薛绍徽这一女学会的代表人物。薛绍徽在响应梁启超兴女学的主张的同时,尝试树立女性的传统文化自信,就女学的发展亦提出更为贴合女性自身发展需要的思想和看法。她在《新闻报》1898年1月14—17日登载的《寓沪晋安薛女士之女学堂董条议并叙摘录》(原名为《创设女学堂条议并序》)中,首先反驳了梁启超的中国女性积弱导致国家积弱的论调。梁启超在《论女学》中说，妇人缺教无业、惰逸待哺。"天下积弱之本，则必自妇人不学始。"薛绍徽则认为中国女性默默无闻是"特以先王内言外言之戒，操守弥坚，贞洁其心，柔顺其道。故于中馈内助而外，若无能为也者"。况且更有灵气天纵者，"聪明难闷，发而为道蕴之才、灵芸之艺"。其次，文章提出女学教育体系三原则，另外着重强调"诗教"对女性精神修养、身心健康的作用，就梁启超、康同薇倡导的鄙弃诗词文章，认为女学应"内以拓其心胸，外以助其生计"的思想提出了基于女性自身立场的有力反驳。认为"词章之学，可以陶写性情；宫闱文选，固是妇女轨范"。在总结中，作者认为戊戌知识妇女独立思想并通过传媒自由表达的实践，其精神力量来源，虽不排除西方影响，但更主要的是对魏晋贤媛精神的有意识继承。"女学运动中，妇女参与者互称'贤媛'，或类似称呼如'贤妇''贤母''贤淑夫人''贤淑名媛'等，并以具'林下风气'互为激扬"。"林下风气"出于竹林七贤，足见"贤媛"这一名号的选择之中对平等独立自由的思想诉求。戊戌妇女改变前此明清妇女对"闺秀"的普遍认同，而选择"贤媛"作为自我表述，正因"闺秀"尚自律于儒家内外之别，而"贤媛"超越儒家传统规范。两字之差，却已是两个时代。

这篇论文的研究对象准确来说并非《女学报》，而是女学会的创办者薛绍徽。但薛绍徽对女学的看法，很大程度上影响到《女学报》的最终面目，比如诗文栏目的留存，西方科技智识、西方女性的介绍、国家事务的讨论等。从中也可以看出女性期刊从初始阶段就存在至少两种声音和两种理念，即男性视角的

"兴女权以救国"和女性视角的"救国先兴女权"。这对于本书对中国女性期刊的整体研究有一定帮助。

考虑到本书的论题是以"从传统到现代"这一角度研究中国清末民初女性期刊,现在对前文所述"从传统到现代"这一面向的中国女性期刊研究作以总结。总体而言,以上的研究论文关注到了女性期刊从传统到现代的两个方面:女性意识的觉醒,西方思想的接受。本书的研究深入到了女性的觉醒,男性的国家民族话语控制,贤妻良母话语的施加以及以此为导向的对西方思想和作品的接受和改写,关注到了女性的自我书写。但总体缺乏文学的本体研究,仅有的文学角度研究是以考察女性意识觉醒程度为目的的。清末民初女性期刊中,文学从传统向现代的演变这一方面没有被关注到,而这正是本书的兴趣所在。

综上所述,绝大多数对于清末民初女性期刊初始期的现代性角度的研究仍然停留在将它看作历史学研究的文本、社会学研究的样本。其中以性别政治、西方文化引入作为讨论切口的论文较有参考价值,但研究还停留在概括描述基本情况的程度上,亟需更深层次的理论探索和比较分析;而对此从文学角度展开的研究极其有限,且并未深入到文本核心。

接下来是对1898—1921年这一时段中国现代性的研究。这一部分的研究对象可能不直接涉及当时的中国女性期刊,但一定涉及当时的历史文化,而清末民初的社会文化在当时的期刊中有直接间接的种种反映。分析对这一时段中国现代性的研究,对本论题而言是必要的。

Lingchei Letty Cheney 的《方法论的思考:中国的现代主义

和现代性之间的文本阅读》,讨论李欧梵的《上海摩登:一种新都市文化在中国(1930—1945)》和史书美的《现代的诱惑:书写半殖民地中国的现代主义(1917—1937)》。(《中国文学》2002年12月)①Lingchei Letty Cheney,中文名为史书美。她以"五四"为界,对上海的现代性观念的不同作了明确区别。她认为"五四"前的观念中"都市物质性是现代性的一部分","五四"后的观念中则否认这一点。半殖民地的现代主义"是一种与现代性观念并无任何交互作用的特殊的现代主义。这就解释了中国的现代主义并不建立在对工业企业的存在影响的反思和反对上的原因;恰恰相反,它迷恋、肖想着现代工业企业。因此,我们可以将最早的对中国现代性的哲学思考定位在那些在作品中用实验性写作表达对在他们的国土的殖民工业和资本发展的浪潮的想象和焦虑的作家身上"②。

虽然研究对象并非中国女性期刊,但上述对于"五四"之前的上海的现代主义和现代性的阐述对笔者有所启发。早期女性期刊中对西方物质文明、政治文明、时尚等的拥抱态度正是一种现代主义的迷恋和肖想。当时大行其道的空想小说也是很好的证明。而这一风潮在"五四"之后转向。具体到中国女性期刊,1921年之前的女性期刊的固定栏目,如西方科技、西式生活方式的介绍,西方物质文明成果的展示,在1921年后的三四年时间内难觅其踪,小说也大多开始关注社会阶级问题。这也是笔

---

① Chinese Literature: Essays Articles, Reviews, 2002,12.
② Shu-mei Shih, *The Lure of the Modern: Writing Modernism in Semi-colonial Shanghai*, 1917–1937, University of California Press, 2001, p.278.

者将1921作为中国女性期刊的分期时间点的又一证据。

王德威的《中国早期现代文学究竟有多现代？——近代文学的起源》(《中国文学》2008年12月)①,此文中近代文学指从鸦片战争到清王朝灭亡之间的中国文学。文章认为近代文学中有三个最能凸显现代性指向的元素,分别是:一个诗人、一种体裁和一门学派。

一个诗人:龚自珍和他的天启预言式的诗歌。龚自珍在他的诗中敏感地觉察了旧时代的行将结束和新时代的萌动。现代性首先来源于诗中人与时代的觉醒。

一种体裁:在平息动乱中加入科学幻想。如俞万春(1794—1849)的《荡寇志》。在《荡寇志》里,宋朝军队必须获得一定的知识技术以在军事上平叛。这其实是作者火器论、骑射论的体现。在徐继畲的《瀛寰志略》(1848)、魏源《圣武记》(讲述清朝的军事历史,1942)、《海国图志》(1844)中,都渗透着这种以科技获得军事胜利的热望。在十九世纪中叶的士大夫精英群体中十分流行的《圣武记》及这一批书籍,以其世界地理、科技的视野,回应着晚清洋务运动。《海国图志》在第六卷,用八章介绍当时的军事理论,如郑复光的《火轮船图说》、黄冕的《地雷图说》、潘仕诚的《攻船水雷图说》、丁拱辰的《西洋用炮测量说》。足见其用心所在。在魏源的理论中,西方科技并不是什么新鲜东西,而是发源于中国古代,可以归结到中国传统哲学范畴,以道器、体用、本末、主副等视之。这种对现代性的"悬想"

---

① David Der-wei Wang, How Modern Was Early Modern Chinese Literature? On the Origins of Jindai wenxue, Chinese Literature: Essays, Articles, Reviews, 2008,12.

显然是十分不彻底的。在《荡寇志》中,白瓦尔罕作为帮助梁山水浒的欧洲武器技师(第113—118章)被看作西方邪恶的象征。作者意图在学到外国的技术之后征服它们。

一门学派:桐城派的改良政治。曾国藩对桐城派的文学与政治的经世致用连接起来,桐城派导向了一种真正的文学现代性。张裕钊(1823—1894)、黎庶昌(1837—1898)、薛福成(1838—1894)、吴汝纶(1840—1903)、郭嵩焘(1818—1891)作为晚清第一批在国外游历的学士,均为桐城派麾下。郭嵩涛的《使西纪程》、黎庶昌的《卜来敦记》,惊叹英国民众享受休闲时光的能力和兴趣。薛福成的《观巴黎油画记》,对油画艺术大为称赏。严复的《天演论》自不必说,林纾亦在狄更斯的小说中找到了史记的结构文法,赞扬小仲马的《茶花女》体现了情的最高的典范。通过他的翻译小说和散文,中式思想与西方感性结合成新而又并非全新的事物。虽然在胡适1917年发表《文学改良刍议》之后,钱玄同在1818年发文称桐城派为"桐城谬种""选学妖孽",但在1920年,胡适就在《五十年来中国之文学》中肯定了桐城派在十九世纪使文学走向现代的作用,而周作人则在《中国新文学的源流》中揭示:梁启超、胡适、陈独秀的文章都源出桐城派古文。

他们的欲求、实验和求索的结果并不总能合于任一场关于"现代"定义的讨论,他们的改革努力也被当时情境所限、被后来的革命所打断。但上文之所述确为他们为中国人对现代的想象图景的贡献。

这篇文章中对近代文学中现代性的三个面向的摘取:诗、

小说、古文,在早期中国女性期刊的不同栏目中都有着明显的承继和后来的新变。

综上所述,学者们对于清末民初现代性的研究对本书的思考写作有诸多启示,希望在对中国女性期刊初始期(1898—1921)的研究中,伴随此中生动的材料和历史的临场感,具体呈现出从传统到现代的各个层面、各个向度的丰富性。

(五) 1898—1921年中国女性期刊小说、戏剧研究综述

本书的研究重点是1898—1921年中国女性期刊的小说、戏剧,因此有必要回顾已有研究对这一时段的小说、戏剧的研究成果。

1. 专著

王德威著、宋伟杰译的《被压抑的现代性——晚清小说新论》(北京大学出版社2005年版),此书对晚清狎邪小说、侠义公案小说、丑怪谴责小说、科幻奇谭与社会文化心理进行连接,重新发现和探索了小说现代性的丰富形式和多种可能。清末民初女性期刊中盛行的本土、翻译小说中,也有对晚清小说这几种类型的隐藏的继承。本书对于拨开对清末民初小说的刻板印象,有非常重大的作用。

胡志德(Theodore Huters)的 *Bringing The World Home: Appropriating the West in Late Qing and Early Republican China* (夏威夷大学出版社2005年版),此书的研究对象是清末民初小说,着力于吴趼人的《二十年目睹之怪现状》《新石头记》和曾朴的《孽海花》。胡志德认为《二十年目睹之怪现状》对道德的

焦虑为老舍的《骆驼祥子》、鲁迅的《祝福》开拓了道路。而《孽海花》中所塑造的傅彩云的道德的复杂性和人物的光彩也具备了现代性。清末民初的现代性值得被强调，它与"五四"之后的现代性具备着完全不同的特质和可能性。这也是笔者选择1898—1921年这一时段的中国女性期刊作为研究对象的理由之一。

薛海燕的《民初女性小说作家研究》（中国社会科学出版社2015年版），此书考证了民初小说界女作者群体，以《礼拜六》和《眉语》分别作为男性编者、女性编者为主的小说杂志为例，研究了其中的女性作者群。此书对《眉语》的小说研究很有参考性。

马勤勤的《隐蔽的风景：清末民初女性小说创作研究》（南开大学出版社2016年版），此书对清末民初女性作者的小说创作进行了考述，主要以《眉语》《香艳杂志》《游戏杂志》《直隶第一女子师范学校校友会会报》为考察领域，概括出闺秀气质小说、"反袁"小说、商业性小说、女学生小说四种类型。

陈建华的《紫罗兰的魅影：周瘦鹃与上海文学文化，1911—1949》（上海文艺出版社2019年版），此书以周瘦鹃的小说创作、杂志编纂为主题，探索了新旧并行的民初上海的文学文化。周瘦鹃的很多小说作品登载在清末民初的女性期刊中，除参考文献材料之外，此书的研究方法也启发了本书研究的思路。

左鹏军的《晚清民国传奇杂剧文献与史实研究》（北京人民文学出版社2011年版），此书考辨了晚清民国的一百五十三种传奇杂剧，又对《申报》、《时报·余兴》副刊、《余兴》杂志、《文苑导游录》《文艺丛编》所刊的杂剧传奇作了考述。其考述的戏剧目录及考辨方式值得本书参考。此书收录的杂剧传奇并未出现在晚清民国的女性期刊中，可见晚清民国的戏剧仍有很大的研究空间。

张福海的《中国近代戏剧改良运动研究（1902—1919）》（上海古籍出版社2015年版），此书将中国近代戏剧的戏剧改良分为三个时段：1902—1911年的晚清戏剧改良；1912—1915年民初的戏剧改良；1915—1919年的"五四"新文化运动的戏剧改良。对清末民初戏剧的发展、戏剧改良的理论和实绩都有清晰的说明呈现。对本书准备进行的清末民初女性期刊内的戏剧的研究很有帮助。

2. 论文

王炜的《"说部"之概念辨析》（《中国社会科学院研究生院学报》2017年第1期），此文梳理了"说部"概念的起源、发展变化、在晚清民初与"小说"概念的混用，以及它的内涵与外延对小说的文体概念的最终形成产生的影响。这对于本书探究这一时期女性期刊内小说概念的发展过程的研究很有帮助。

综上所述，清末民初小说、戏剧的研究，已经关注到了此时发展迅速的某几种期刊中的小说、戏剧。但至今还未有以这一时期女性期刊的整体视角来研究其小说、戏剧的先例。

清末民初的女性期刊，有一个新的目的——女性现代启蒙，服务于一个新的对象——女性知识群体（包括旧式闺秀、新学堂及留学外国的女学生等），采用一种新的形式——定期发行的刊物，是与清末民初的小说、戏剧同时发展起来的。在女性的身份地位被重新规定、女性的权利义务被重新分配、女性的思想生活被重新倡导和表现的情况之下，女性的主体性真的已经被发掘和激发出来了吗？女性的客体地位有没有真正发生改变？小说、戏剧作为现代学科的概念，其内涵与外延的变动与发展是怎样呈现于这一时期的中国女性期刊的？中国女性期刊的小说、戏剧的整体状况、具体情况如何？这些问题随着笔者对清末民初女性期刊研究的深入而提出，笔者也希望在对其进行整理观察、思考论证之后，得到有启发性和说服力的答案。

三

本书的论点、论证设想和创新之处基于目前学界对中国女性期刊研究未足的现状，有两方面的规划。其一，整体呈现1949年前的中国女性期刊。以其自身发展状况为依据，对其作以分期，并选定在展现从传统到现代的转变的最具典型性的时间段进行研究。其二，以比较分析、文本分析的方法，研究初始期1898—1921年的中国女性期刊的小说、戏剧。本书预备分栏目对清末民初女性期刊的小说、戏剧进行研究，通过纵向比较分析和着眼整体性、具体性的考察，研究1898—1921年的女性期刊的小说、戏剧从传统到现代演变过程中的多重面向和真实面貌，凸显它的传统性与现代性并存的特殊价值。正文主体之后，列三篇附录。附录一为"1898—1921年初始期中国女性期刊（报纸）目录"，笔者辑录了1898—1921年的已查到的中国女性期刊（报纸），并分列其刊名、出版周期、连载年月、主办单位或主办人、主编或主笔、发行者等。以其创刊年月按升序排列。附录二为"1898—1921年初始期中国女性期刊小说目录",将所查到的初始期中国女性期刊小说,标注其发表时间、篇名、作者、译者、所属期刊名、栏目、标目及其他(其他指小说需要备注的其他情况)。附录三为"1898—1921年初始期中国女性期刊戏剧目录",将所查到的初始期中国女性期刊戏剧,标注其发表时间、剧名、作者、译者、所属期刊名、栏目。

本书将采用历史考证、综合归纳、比较分析、演绎、文本分析的研究方法。

本书有三点创新之处:一是对初始期中国女性期刊的现代性从整体到局部的细微考察;二是对初始期中国女性期刊的小说、戏剧进行深入的文本分析,将其与古今中外相关联的文学作品作分析比照;三是以女性主义视角分析此期的小说、戏剧。在对此期期刊的考察中,笔者结合期刊的创刊宗旨、栏目设置、具体内容等,关注其编者、作者、读者及与世界的关系,力图展现其作为当时的新型媒体,对时人的世界观的拓展、对女性的历史和文学的再现、对公共领域的建构等方面的作用,分析其现代性。而后从文学的古今演变向度出发,研究初始期中国女性期刊的小说、戏剧。注重在文本分析中加入女性视角,透射时代思潮的复杂样态。注意小说、戏剧作为文体概念在这一时期的形成和发展。最后,分析小说、戏剧概念的古今演变,探索叙事文学中女性的主体、客体、象征层面,展现此期期刊小说、戏剧新旧并行的丰富特质,以探讨初始期中国女性期刊叙事文学的现代性。

第一章　中国女性期刊初始期概述

本章将对 1898—1949 年的中国女性期刊进行整体状况的概述和分期。初始期 1898—1921 年的确定是依据中国女性期刊产生、发展、演变的具体过程而划分的,合乎事实逻辑。因 1898—1921 年的中国女性期刊所处的特殊时段和所具备的丰富性最能体现中国女性期刊由传统走向现代的过程,所以选定初始期中国女性期刊作为研究重点。

第一节　中国女性期刊初始期的确立：1898—1921 年

一、1949 年之前的中国近现代女性期刊的整体情况与分期

此书界定的中国女性期刊,是以女性为目标受众和/或以女性思想生活为主要内容的周期性出版的刊物,编辑写作者一般为女性。本书以 1949 年作为时间节点,整理了 1949 年之前(包括 1949 年)的中国女性期刊。在这一工作中,除对《1833—1949

全国中文期刊联合目录(增订本)》进行了全面排查和甄别,还通过其他渠道对此进行增补,最终统计出1949年前的中国女性期刊共453种。

中国女性期刊最早出现于1898年的上海。自第一份女性期刊——由中国女学会主办的《女学报》开始,女性期刊在上海、北京、广州、成都等地蓬勃发展,经历民主共和思潮、新文化运动及社会主义、共产主义等思潮,从最初的以男性为主导编纂写作,发展到女性作为编辑、作者的广泛参与,从各传统门类文集集成的形式,转变为以社论为中心的现代刊物形式,从以古诗词、古文、小说、戏曲为主的文学成分,转变为以新诗、散文、小说、话剧为主。中国女性期刊与波澜壮阔的中国近现代化的历程共同呼吸,与复杂又充满希望的中国女性争取独立、自由、自主的历程相伴相随,与中国文学从传统走向现代的发展演变的历程相互影响,到1949年新中国建立前,已成为在思想文化、历史、文学各方面具有特殊意义的具备庞大体量、时间容量和丰富价值的整体。1949年后,中国女性期刊整体进入国家新时代发展轨道,成为意识形态政治宣传媒介。中国女性期刊从传统到现代的演化至此告一段落。

以其本身形式和内容的发展阶段及特性为依据,笔者对1898—1949年的中国女性期刊进行了分期。为了较为直观地说明女性期刊的发展态势和各个阶段在整体中所占比重,笔者将首先列表展示其基本情况,再通过文字补充说明。

第一章　中国女性期刊初始期概述　43

图1-1　《女学报》　　　　　图1-2　《女子世界》

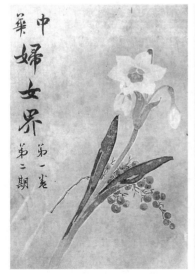

图1-3　《中华妇女界》　　　图1-4　《女铎》

图1-5 《妇女时报》

图1-6 《妇女杂志》

图1-7 《香艳杂志》

图1-8 《眉语》

第一章　中国女性期刊初始期概述　　45

图1-9　《新女性》

图1-10　《中国妇女》

图1-11　《新光》杂志

图1-12　《现代妇女》

图1-13 《职业妇女》

表 1898—1949年中国女性期刊分期表

时间		期刊数目（种）	重要刊物列举
初始期	1898—1921	45	《女学报》《女子世界》《中国新女界杂志》《天义报》《妇女时报》《中华妇女界》《女铎》《妇女鉴》《妇女杂志》《香艳杂志》《眉语》《劳动与妇女》
稳定期	1922—1936	236	《妇女杂志》《妇女周刊——世界日报周刊之二》《妇女生活图画杂志》《新女性》
巨变期	1937—1942	72	《妇女呼声》《妇声》《新妇女》《新女性》《中国妇女》《新光》
分流期	1943—1949	100	《现代妇女》《职业妇女》《趣味——女友副刊》

初始期（1898—1921）

这一时期，中国女性期刊从无到有，从旧到新，从论说、时闻、史传、文艺、生活常识合并成册的内容形式转变为具备现代期刊运转机制和成熟样貌的文化商品。重点关注其中的文学成分，可以发现传统女性诗文集、诗话词话的呈现和隐退现象，社会小说、翻译小说和新诗的出现，伦理爱情小说的坚挺，戏曲到话剧的创作探索等变化。由于历经立宪新政、清王朝覆灭、民国建立和"五四"运动，这一时期的中国女性期刊的前期即1917年前，显示出传统的惯性和与西方文化文学的融合、嫁接与并存的复杂样态，而在后期即1917年后，在引入更多现实主义、浪漫主义、象征主义各流派的西方文学的同时，显示出时代的前瞻性和先锋的改革革命气质。以性质、内容、主题、功用来论断，这一时期的中国女性期刊在四个时期中属于从形式到思想内容都最为复杂丰富、改变迅速的阶段，也是中国女性期刊从传统到现代的最重要时期。

稳定期（1922—1936）

在1921年之后，中国女性期刊从规制到内容，都呈现出了缩减领域，集中到政治领域的态势，栏目安排以社会评论为中心。在主导思想方面，民族革命的热潮退却，社会意识形态之争登上历史舞台。关注阶级矛盾、劳动妇女状况的小说、戏剧增多。

巨变期（1937—1942）

这一时期的中国女性期刊以抗日工作为主，抗战成为压倒一切的主题。这一时段的杂志因为立场的不同，天然地分成了三类话语：《妇女呼声》《妇声》《新妇女》《新女性》为国统区刊物,主张女性在支持抗战之中国民性的培养和家庭义务的协调;《中国妇女》为延安主办的刊物,主张民族解放和社会解放;《新光》杂志为日伪统治下的刊物,主张女性回到旧的道德范式,成为"贤妻良母"。立场不同的政治主体确实在很大程度上决定了这一时段女性期刊的面貌和内容。

分流期(1943—1949)

中日战争进入相持阶段之后,国民政府后方、解放区、日伪占领区呈现出三种不同思想政治领导下的女性期刊。日伪占领区的女性期刊向现代化、娱乐化靠拢;国民政府统治区的女性期刊呈现战争与和平、女性工作与生活的两种主题,而社会主义、自由资本主义的思想也流动其间,意识形态之争重回期刊的内容板块;解放区的女性期刊则以劳动妇女与全民族的独立解放为主题。抗战胜利后,国统区与解放区的女性期刊两相差别,国统区女性期刊以职业妇女的工作、生活、思想为关注重心,解放区女性期刊则以领导劳动妇女获得最终解放为旨归。两种话语体系间已经非常陌生,这种情况一直持续到新中国建立。

二、初始期中国女性期刊的特质与价值

与后三期女性期刊相比,初始期中国女性期刊在栏目形式、栏目内容、文学风格方面,都更体现社会转变中的现代性和丰富性,这是笔者以初始期中国女性期刊为本书研究重点的原因。

1. 从栏目结构的设置安排及变动看这一时段中国女性期刊的从传统到现代转变的特质

初始期的中国女性期刊在草创之初,栏目设置经常有变化

有增删,从这些变动中可以看出当时的社会变动和编撰者的思想关注领域、文学趣味、办刊宗旨的变化,而现代观念、现代杂志观念的影响就蕴藏在其中。与1898—1921年中国女性期刊的栏目编排变化的丰富迅疾相比,后三期的女性期刊形制基本定型。

下面以《中国新女界杂志》《妇女时报》《妇女杂志》这些时间跨度较大的期刊的栏目结构的变动为例,来看看当时期刊栏目设置的具体变动。

创刊于1907年2月的《中国新女界杂志》,第1期的栏目依次为:图画、论著、演说、译述、白话体《南丁格尔夫人传》《美国大新闻家阿索里女士传》、记载(国内之部、国外之部)、文艺(诗赋之部、琴歌之部)、谈薮(白话时评)、时评(文言时评)、小说(社会小说、幻想小说)。而到了1907年第5期,栏目安排已出现明显变化。栏目依次为:图画、文论、演说、传记、家庭、教育界、女艺界、通俗科、卫生顾问、文艺(七言绝句、歌谱歌词)、时评、谈薮、小说、附录。后者与前者相比,从中可见栏目变动的三个特点:第一,规范化。将相类似的如白话体《南丁格尔夫人传》《美国大新闻家阿索里女士传》这些女性传记的内容合成为传记栏目。第二,世俗化。增设了家庭、教育界、女艺界、通俗科、卫生顾问栏目,删去记载栏目。此举考虑到了广大女性生活的各个方面的需要和追求。第三,现代化。文艺的下属栏目诗赋之部、琴歌之部收起,内容衍变为七言绝句、歌谱歌词。其涵括内容虽无大改,但从形式上,却可睨出由旧诗到新诗转化的新动向。

创刊于1911年的《妇女时报》,第1期的栏目依次为:论说、妇幼卫生保健常识、西方城市游记、西方女性生活、悼文、上海女性生活、文言小说、家政常识、小说、短文(贺文、论说文、小传、祭文、墓志铭)、文苑(古诗词,只收名门闺秀之作)、编辑室。而到1916年的第21期,栏目结构有了显著变化。栏目依次为:论说、评论、西方女性工作生活、家庭实用、国内各地女性生活、妇女谈话会(妇女参政、社会组织等议题)、爱国小说、神话小说(西方童话,如《白雪公主与七矮人》)、言情小说(如翻译小说《不贞之夫婿》)、哀情小说(如《我负君矣》)、伦理小说(《歌场喋血记》)理想小说(如《中国女子未来记》)、诗话、文苑(文诗词)、编辑室之谈话。相比较而言,很明显可以看出小说栏目的兴盛和小说类型细分的盛行,小说不仅占据绝大篇幅,而且竟然出现了六种小说栏目:爱国小说、神话小说、言情小说、哀情小说、伦理小说、理想小说。可见梁启超提出的"以小说作为社会改良的工具"这一理念得到了广泛的认同和响应。与此同时悼文、短文栏目删去,为"载道"而存在上千年的古文在当时的女性期刊中逐渐退出了。

最后来看创刊于1915年、结束于1931年的《妇女杂志》。它的第1期的栏目依次为:图画、发刊辞、论说、学艺、家政、名著、小说、译海、文苑(文、诗、词)、美术、杂俎、传记、纪载、余兴、补白(《璇玑碎锦》《闺秀词话》《西神客话》等)。而到1921年12月,即第7卷第12号,栏目结构已变成图画、论说、世界妇女、世界珍闻、趣味之科学、妇女工艺、家庭卫生、家事研究、民间文学(故事、歌谣)、新游艺(益智图、幻术画)、读者文艺(读者来稿的小说、散文)、征文当选(《对于妇女杂志的希望》《怎样救济失学的妇女》)、补白(国际妇女劳动会开会、民间文学编辑者启事等)。前后相比,可以看出增设了科学、工艺、民间文学、新游艺、读者文艺、征文当选的栏目,补白的栏目名称虽未变,但其中内容从诗话词话变成了时事见闻。以上对科学、民众、读者的强调和对大众空间的拓展,可以看出新文化运动带来的民主、科学理念的体现。

综合以上的比较发现,可以看出初始期中国女性期刊的栏目变化趋势:增设家庭常识、家庭卫生、教育、科学、工艺等栏目,增设各种类型小说、民间文学、读者文艺、征文当选,减少悼文、墓志铭、古诗词等。从栏目变动中,可以看出编刊者更为注重提供女性实用技能的帮助、拓展读者与作者的社会阶层的空间,文学上更倾向于发展各种类型的小说。于是我们可以重申初始期中国女性期刊栏目变动的三个特点:规范化、世俗化、现代化。这三种趋势,又都是现代性在期刊的组织形式、受众对象、文学类型层面的展现。

2. 从栏目内容的视角,可以看出初始期中国女性期刊在向现代演进中的复杂性

以内容倾向作为分类依据,可以将这一时段的中国女性期刊分为三类:第一类以《女子世界》《中国新女界杂志》《中国女报》等为首,以国家民族观念促使女子作为国家民族一员的意识醒觉和责任担当。第二类以《女铎》《妇女鉴》《女子世界》为首,注重女子智识的发展,女子独立能力的培养和女性家庭与社会生活的关系协调。第三类以《香艳杂志》为主,表彰女性懿行、选录女性诗文逸事,将女性的容貌、逸事及才学都作为欣赏

对象。对这三类期刊内容思想的分析,我们可以看到男性视角、女性视角对期刊的影响,西方社会文化的传入对女性意识的真正醒觉的影响,男性对女性思想认识和审美倾向的控制的不同表现形式。第一类刊物,女性被期待成为"国民之母""女国民"的支持者和创造者,看似把女性地位提到了前所未有之高度,但实际上是将女性作为国家民族救亡复兴的"工具",且负有强国善种的社会责任。第二类刊物,女性被认为是家庭与社会的协调者,这种论调看似普通,但至少是女性编撰者在对自身身份的现实定位之后,发出了女性自己的声音。第三类刊物,女性被当作完完全全的客体,德言容工,女性被赋予再多的道德意义和审美意义都不能改变一个本质:《香艳杂志》这种刊物,满目皆为女性,却满心皆无"女性",没有考虑到广大女性受众读者。虽然这类杂志比重很小,但可能反映了传统及当时社会对于女性的一种普遍认识,因此不能略过。这三类刊物在后来的女性期刊中都有精神气质上的继承者,对之后女性期刊的发展有定调的意义。

3. 从《新芬》《家庭研究》《新妇女》《劳动与妇女》这批创刊于1920—1921年的杂志,可以看出"五四"新文化运动对中国女性期刊的重大影响

仅仅举出这些刊物当时的栏目文章名称,便可感受到当时社会的风潮和关注的问题。

《新妇女》1920年3月第1卷第4期要目:《把妇女问题爽爽快快的解决他一下》《妇女心理的改革》《妇女阅书问题(二)》《对于旧家庭反对女子解放的感想》《女神》《慈悲》《送年

礼》《家庭：那里是家庭和什么是家庭?》《世界妇女的事业》。《新芬》1920年第1卷第2期要目：《新妇女的新建设》《女子不能受完善教育根源何在》《女子解放的根本谈》《对于大学开女禁的感想》《女子个人解放观》《中国人的性质谈》《科学与文化》《猴》《旧家庭误我》《游戏的心得和冒险的结果》。《新妇女》1920年4月第2卷第2期总要目：《婚姻问题的三个时间》《婚制改良的研究(下)》《从文字上研究婚姻制》《悔》《新旧家庭(第三四幕)》等。

  首先,从栏目的设置来看,之前的家政、科学、杂俎类一概剔除,文苑中的古文、古诗词也基本绝迹了,代之以讨论、感叹社会问题的散文新诗。再从文章主题来看,妇女、解放、新旧家庭成为讨论和争鸣的重心,而这些语汇的提出和一再申明,本身就是新的妇女解放思潮的影响的结果。这些语汇和观念虽从西方引入,但如此切中中国女性的实质处境和发展道路要求,这些刊物的出现,也绝不只是跟风而已。但政治性的话题的主场占据,使得女性期刊的其他功能,如文艺鉴赏、科学介绍等退居其次,甚至渐次消失。

  这些出现在初始期尾部的女性期刊,预示了后面稳定期、巨变期、分流期中国女性期刊总体上理论与立场先行的宗旨和态度,作为向下一阶段的女性期刊的过渡,有形式和内容上的典型意义。

第二节　初始期中国女性期刊的思想内容

  1898—1921年中国女性期刊发生发展的这一时期,恰逢国际女权运动蓬勃发展、共产主义、社会主义思潮风云涌动的时代,而"一战"的爆发与结束,又催生了对民族国家意识和文明世界彼此联系的紧迫感。与此相呼应,立宪改革、辛亥革命、国内帝制崩解等新旧政治、思想、文化的碰撞与交融于此为盛,而社会的前进方向似乎有无限可能,中国女性期刊就是在这样一种时代背景中产生,并与时代包裹着运动前行。

下面将对中国女性期刊初始期这一时段的时代背景、刊发境遇作以简述,以历史的纵深接近对其真实的了解。

1895年甲午中日之战战败之后,中国的精英知识分子急切地想要改变国家和民族的实力、地位和境遇,又一次的"开眼看世界",从留学日本的热潮开始了。戊戌变法、辛丑条约、日俄战争、立宪运动、辛亥革命、第一次世界大战、俄国十月革命等等,这些国内国外的大事引发的深刻变化使得中国与世界的关系越来越深地牵系,而国家民族主义思想、女性平权意识、女性参政运动、民主共和思想、社会主义共产主义理念如同浩浩汤汤的潮涌,催生并参与建构了中国的女性期刊。

而庚子西狩之后,清政府作为国家政权的合法性和对社会的控制严重削弱,辛亥革命胜利后,临时约法颁布,议会初建,中国也迎来了短暂的社会团体勃兴时期。陈撷芬于1899年创办《女报》,1902年继出《女报》月刊,次年改《女学报》,由设立在上海租界的苏报馆发行;何震1907年在日本东京创刊《天义报》,是女子复权会的机关报,旨在破坏固有社会、实现人类的平等,刊载了俄国无政府理论家克鲁泡特金的《互助论》,还首次刊登了《共产党宣言》的部分译文。这也与当时俄国1905—

1907年的革命、中国同盟会的革命活动相呼应。辛亥革命期间及之后，唐群英等人于1911年创刊《留日女学会杂志》，是留日女学会的机关杂志；于1912年创刊《女子白话旬报》，是女子参政同盟会的机关刊物。创立于1913年的《万国女子参政会月刊》与《万国女子参政会旬报》，则是上海万国女子参政会中国部的机关报，亦是当时在英国盛行的妇女参政运动、妇女投票权争取影响之下的成果。一战结束后的国际政局，使得中国国内女界重燃政治热情，1919年创刊的《平民》杂志，是天津女界爱国同志会的机关刊物；同年创刊的《上海女界联合会旬报》，是上海女界联合会的机关刊物。在西方国家及东方日本对女子教育理念的影响之下，中国的开明知识分子也陆续开始创办女学，随之促成了许多女性期刊的出现，如1909年上海城东女学社的《女学生》、1919年北京女子高等师范的《北京女子高等师范周刊》。同时，基督教教会的办学、社会改良的理念也催生了早期女性期刊，如1920年苏州景海女子师范学校的《景海星》、1922年上海中华基督教女青年会全国协会的《女青年月刊》。

在国内外风潮激荡之下，这一类女性期刊复兴了中国自古以来的士人论政和才女会文的传统。当时的女性知识分子以闺秀面目，写风花雪月，亦写家国兴亡，期刊中既有师友、夫妻、姐妹团体的赠答凭吊等诗文，也有遨游西方各国的风土人情的游记记述，更有的干脆以古诗、小说等文体反清兴国、谋求光复，更与西方妇女平权运动同声相应同气相求，早已出脱闺秀、贤媛，而渐趋于真正意义上的"女国民"了。女权思想的高潮是在1911—1913年，在辛亥革命胜利后，第一部宪法《临时约法》的讨论时期,此时唐群英等人在中国历史上首次为女性群体争取参政权。但高潮随后便是低潮,女子参政的议题在各方抑制之下失败。1919年起,受1917—1919年俄国二月、十月革命的鼓舞及国内新文化运动的影响,出现了注目女性的社会阶级状况、宣传社会革命的女性期刊,如《新芬》《新妇女》《劳动与妇女》等。

与革命风潮并行的,还有立足于社会改良、女子教育及拓展女性生活的女性期刊。如1903年冯活泉在广东创刊的《岭南女学新报》,1904年陈荣衮在广州创刊的《妇孺报》,1912年上海广学会的《女铎》,1914年高剑华、许啸天于上海创办的《眉语》,同年畏尘女士于成都创办的《妇女鉴》,1915年上海发行的《妇女杂志》《家庭杂志》等等。这些杂志在此起彼伏的革命风潮中取比较中庸的立场,如成都的《妇女鉴》其创刊宗旨明言:"不主妇女之当参政,不嚣然以倡妇女之权……求妇女之行有德,求妇女知利害,知自爱自重,求女子之能孝亲,求妇女之能相夫、能教其子女,求妇女家庭之生涯,求妇女之爱国……"[①]这一类女性期刊旨在增进女性智德,拓展女性视野,丰富女性文化生活,协调女性与家庭、社会、婚姻的关系,在温和的改良中期待现代的贤妻良母的出现和社会文明的进展。它们在女性期刊创办的这二十多年中,比较持续、稳定地发出了自己的声音。它们可能在先锋态度上有所不及,但在大众接受面上比较广。其高潮

---

① 成都妇女鉴社编《妇女鉴》第1卷,1914年,见《中国近现代女性期刊汇编(全一四八册)》,第7页。《中国近现代女性期刊汇编(全一四八册)》,北京:线装书局,2006年。下引《中国近现代女性期刊汇编》皆此本,不一一注明。

是在1914—1919年。综合来看,初始期中国女性期刊的思想场域的变化,也体现了这二十年的革命与改良之争。

综上所述,中国女性期刊在十九世纪末二十世纪初的西风东渐连绵不绝的影响下产生。中国女性期刊的形成和发展,是西方现代启蒙的理念与思想和中国社会组织与有识士人才女参政论政、文会交友的传统相结合砥砺的结果。而社会改良、社会革命两条道路的选择,也展现了这一时期女性期刊的丰富样态。无论革命派、改良派,都有女性编辑、女性作者的蓬勃涌现,女性的社会参与及自我表达,与女性期刊的发生和发展紧密联系在一起,在思想剧烈变动、社会急剧变革的二十世纪初,发挥了显著的作用。

第三节　初始期中国女性期刊的现代性

笔者以创刊时间介于1898—1921年为据,共搜罗到约45种初始期中国女性期刊。期刊名目见附录一。以中国社会从传统到现代演进的视角,对这45种女性期刊的编者、作者、栏目设置及内容进行系统分析之后,大致得出了三个结论。

第一,所呈现的世界观从"天下四夷"变成了中国与世界各国。初始期女性期刊中,有一大部分常设传记、记载、译林、谈薮栏目。传记中多介绍西方女杰,从法国的贞德到英国的南丁格尔,从英国都铎时代的伊丽莎白一世到法国大革命时代的普鲁士王后路易斯,从法国吉伦特党的罗兰夫人到俄国虚无党的苏菲亚,传文表彰对国家、民族、社会进步有重要贡献的女性人物,并同时登载中国古代的女英雄，如1904年《女子世界》传记栏目、1907年《中国新女界杂志》记载栏目的《花木兰传》《秦良玉传》《梁红玉传》，1907年《中国女报》传记栏目的汉代淳于提萦传等。读者眼前的女性活动的时间轴、空间轴都空前拓展。对这些举足轻重、影响深远的中外女杰的标举，也促发了中国女性对世界舞台的呼唤。译林、谈薮栏目，则介绍欧洲各国、美国、日本女性的职业、生活状况，登载国外国内的时事新闻。如1904—1907年《女子世界》的谈薮栏目，讲述欧美女界趣闻；1907年《中国女报》的译编栏目，介绍日本看护学教程；1912年《女权》事业栏目的《美国女子之职业》，介绍美国女性从事图书馆员、小学女教师、新闻记者、看护妇、速记员、会计、杂货店主、保险经纪人、裁缝师等职业。1904年《女子世界》第1期记事栏目对日俄战争的报道，注目日本国人对战争的支持、日本妇人组织红十字会战场救援等。1907年《女子世界》第2卷第6期的特别插画《美国旧金山苛待华工之照相》，鲜明反对美国1904年延长《排华法案》，注意在美国的华工的生存境况。这些在为读者构建时代的世界图景的同时，植入了朴素的国家民族意识。此外，在1904年《女子世界》、1907年《中国新女界杂志》、1915年《妇女杂志》、1914年《女子世界》中，常设图画栏目。在其刊首和正文中有十几甚至几十幅插画，多为欧、美、日女性的肖像摄影，生活图景摄影及各国女性的结婚照、西方风景人情画、国内女学师生合照等，这些都极大地拓宽了读者的视域。

视域的变化会带来对自身的重新认识，在这样的中外图景的展现与聚焦中，期刊引导了读者对西方国家和东方日本等国家政治、经济、文化的好奇,树立了现代意义上的女性典范,呼唤国内女性对自身的历史和现实处境的重新审视,引发了改变中国女界现状、改变国家社会现状,及向国外学习的强烈愿望。同时,期刊的编辑是以平等而开放的姿态看待国外与国内的人与事的,拥有同为文明世界一员的自觉意识,期刊所呈现的中国与东西方社会,不是征服与被征服的,而是平等交流、共同进步的关系。1912年《妇女时报》第7期的各地女性事物风俗栏目,登载了英国西尔维娅·潘克赫斯特原著的《泰晤士河畔女子要求参政之怒潮》,由周瘦鹃翻译。这声援了英国的女子参政运动,并与国内的女子参政权的争取相呼应。在译文结尾处,译者对国外国内女权运动有所评论:"今我国隆隆春雷,亦已发大声于海上,一般女子渐有政治思想印入脑海之中。……幸各加勉以底于成。……其毋为彼欧西女子所笑也。风雨如晦,鸡鸣不已,记者当拭目以观女政治家联翩而登二十世纪之舞台。"[1]这是一种"良性"国际政治互动关系的体现。《妇女时报》1911年第2期的科学常识栏目中,妩灵的《人体美》从人体与服饰的关系、美的数学原理方面比较了中式、日式及西式女装的优劣,认为三者都遵循着同一美学原则,即是否避免肉感、是否精细曲线。西式女装收腰、日式女装收膝、中式女装收颈,各有千秋,但西式女装过于肉感,不及中式、日式含蓄。对各国服装的评价可以见仁见智,但作者对各国服装之美的共通之处的体察,平视的眼光都

---

[1] [英]西尔维娅·潘克赫斯特著、周瘦鹃译《泰晤士河畔女子要求参政之怒潮》,《妇女时报》第7期,1912年,见《中国近现代女性期刊汇编》之《妇女时报》第2册,2006年,第785页。

60　从传统到现代——初始期中国女性期刊的叙事文学(1898—1921)

图 1-14　任兆麟《吴中十女子集》

是让人眼前一亮的。从十九世纪后半叶,中国开始开眼看世界,但怎样看、看哪里、看完之后如何,初始期女性期刊无疑不仅是当时读者看世界的一个窗户,还是一种指南。

第二,对女性文学史的记录和构建。初始期女性期刊多在名著、附录等栏目中登载女性诗集、女性诗话、词话。其中有前代所编,也有时人所编的。《妇女杂志》1915年第1卷第5—12期,在名著栏目中登载清代任兆麟的《吴中十女子集》。《女子杂志》1915年第1期附录栏目中,登载清代周铭的《林下词选》中宋词选的部分。同期文苑栏目登载徐自华的《悲秋集》,收录秋瑾生平诗作词作,及其与同道友人的赠答诗作。《妇女时报》1912年第1卷第5—6期,登载周瘦鹃的《绿蘼芜馆诗话(附词话)》。第7期登载杨全荫女士的《绾春楼词话》,第8期登载杨全荫女士的《绾春楼诗话》,1914年第1卷第15期至1915年第16期,登载施淑仪女士的女性诗话《湘痕笔记》。把前人、今人编纂的诗集,编写的诗话、词话置入期刊连载,其保存记录女性文学史料的作用自不必说,它还开始树立和建构女性文学的历史与现实,并把它呈现给更广泛的读者。

初始期女性期刊的文苑栏目一般会登载当时女诗人的诗词曲作品。其中不乏与时事有强烈感应,抒发爱国情怀,宣扬民主思想的作品,也有很多展现日常生活情致的诗作。女性作品有了公共展示的园地,而女诗人不再需要结集,不再需要请男性文人写序提携,就可以在公众领域建立自己的文学声名。女性作家作品从明清时期的以家庭、家族、师友网络传播,即从以私人领域的写作为主体的状况,成为公众平台上的独立作者作品。

而在连载的期刊中,还可以经常看到文苑的新作者对上期文苑作品的评论或回应,"最初靠文学传达的私人空间,亦即具有文学表现能力的主体性事实上已经变成了拥有广泛读者的文学;同时,组成公众的私人就所读内容一同展开讨论,把它带进共同推动向前的启蒙过程当中。"①女性期刊对女性诗词的历史与现实的注目,为女性诗词提供的灵动场域,使得在女性作为主体的文学史的建构中,女性期刊成为其中重要的一环。

第三,公共空间的构建。女性期刊的论说、演坛、社说、时评栏目构筑了公共舆论的雏形,各期刊所设的编辑室、读者俱乐部、心声等栏目使得编辑与读者之间建立了虚拟空间的联系。当然,这公共空间仍旧局限在中上阶层女性之中。《妇女时报》1911年第3期的编辑室栏目,编辑对养猪之法的投稿做了这样的回应:"吾女子之所有事者,农业中如养蚕、养蜂、养鸡或莳花、种竹,可操之业其众。我雅不欲吾姊妹作牧猪奴之生活也,故屏之。"②显然,这份杂志预设的读者对象不包括需要养猪的阶层。

对劝止缠足、开设女子学校等议题的设置,以及对此的公共讨论,使得公民社会的舆论空间初步形成。清廷各督抚在当时其实已经有了劝止缠足的举动,其公文告示也被登载在女性期刊上。围绕劝止缠足,期刊的论说、演说等栏目作文言文、白话

---

① [德]哈贝马斯(Juergen Habermas)著、曹卫东等译《公共领域的结构转型》,上海:学林出版社,1999年,第54页。
② 《妇女时报》第3期,1911年,见《中国近现代女性期刊汇编》之《妇女时报》第3册,2006年,第361页。

文的宣讲,又由此生发到对男女平等、女性独立自主观念的宣扬,进一步在附录或专件栏目中登载女子天足会的章程、女子学校招生简章等,这就是将官方的一个举措衍化成一系列更深广的社会议题,并与社会社团实践相联动的过程。

期刊的短文、书札、悼文等栏目登载了女性朋友间的书信应答,对女性的悼文、碑铭记传表、挽诗等,使女性的思想、生活及其文字,都从私人领域进入了公众领域,成为了公众平台的思想观念论争、情感文化交流的场域的一部分。1903年《女学报》第2卷第1期的译件栏目,登载《日本女士福田英子致薛锦琴书》。第2卷第3期的尺素栏目,登载《胡女史致龚圆常书(附共爱会章程)》。共爱会,即留日女学生仿照日本女性的红十字会筹建的团体。来往信件兼具公私两重性质,而其传播范围超越了地界国界,并与社会活动、社团组织直接挂钩。1909年《女报》第5期全刊纪念秋瑾,记录与她相关的官方电文、媒体文章、悼文,登载以她的生平为创作蓝本的《神州第一女杰轩亭冤传奇》,囊括了当时对于秋瑾之死从官方到民间的震荡信息,记述了秋瑾一生的事业与价值。从私人的记述到公共记忆的构建,女性期刊使得女性从家谱、地方志,走向了更广阔的政治文化空间。

综上所述,1898—1921年的初始期中国女性期刊,作为一种全新的媒介,与时代、社会互相影响,为女性展现了新的世界,展露了新的文学历史,开辟了广阔的公共空间。它在中国社会文化从传统到现代过渡过程中所起的作用是毋庸置疑的。那么,文学的古今演变,在这一时段的中国女性期刊又有怎样的体现呢?

中国女性期刊自创办起,其文苑栏目一般为传统诗词曲,有时登载古文。而到1919年,文苑栏目中古诗词曲的比重明显减小甚至消失,新诗兴起。古代女性诗集这类在之前常见的内容也不再出现。唯一的例外是《妇女旬刊》,其中范海容的《闺秀诗话》连载到1925年。同时,贺文、悼文、祭文、墓志铭、碑传等文类消失,时评散文代之而起,关注于社会时事、社会问题。之前按曲牌赋新词的戏曲形式也变为新型的话剧剧本。小说栏目从之前的言情小说、伦理小说、忠义小说、社会小说、幻想小说等多种类型回复到固定的"小说"这一栏目名称,内容上,讨论妇女问题、劳工问题的社会小说成为主要潮流,其他主题的小说减少。期刊在戏剧栏目方面,则从最初的以传奇、杂剧为主体,到1909年之后开始出现原创话剧和翻译话剧,到1919年后话剧占据主要地位。以小说、戏剧栏目从形式到内容的丰富变化来看,中国女性期刊1898—1921年初始期是叙事文学发展的极为重要的时期。

第二章　初始期中国女性期刊的小说

在对初始期中国女性期刊的小说进行整体考察之后，笔者认为可将其细分为两个阶段：1898—1917年形成发展阶段；1917—1921年转向阶段。

1917年之前，中国女性期刊的小说栏目多细分为各种门类，如孝义小说、忠义小说、女子德育小说、哀情小说、言情小说、奇情小说、幻想小说、神怪小说、历史小说、伦理小说、家庭小说、社会小说、文言小说、短篇小说等等。这些分类除以篇幅容量分为中篇、短篇，以文言、白话分类之外，大多以功能和内容倾向区分。从这样的分类标准，可以看出当时的编者、作者相信和重视小说对社会的直接作用和影响，而无论这功能作用是政治宣传、思想启蒙还是休闲娱乐。

1917—1921年，各类型小说栏目重归为小说一栏，而小说的主题和视野下移，开始关注如女工、家庭老帮佣等劳苦大众，开始对阶级阶层间的压迫、社会的不平等有所展露和分析，而这些内容在之前都是较少出现的，此前占据主流的智识阶层爱情小说退居次席。

初始期中国女性期刊内的翻译小说的发展，亦分为两个阶段。1898—1917年,翻译小说以侠义、侦探、爱情小说为主,多翻译十九世纪的浪漫主义小说家、流行小说家的作品,如法国的William Le'Quenx、英国的柯南·道尔等。1917年之后,以社会小说为主,引入了十九世纪的现实主义、自然主义、唯美主义小说,如莫泊桑(当时翻译为莫泊三)、左拉、王尔德的作品。本土文人对西方小说的翻译、对其的仿写,其选择的类型、兴趣、关注点与本土小说的发展阶段是一致的。

本章共分三节。第一节研究初始期中国女性期刊的原创小说,第二节分析考察初始期中国女性期刊的翻译小说,第三节总结初始期中国女性期刊中小说概念的形成。

第一节　初始期中国女性期刊的原创小说

梁启超在1898年发表的《译印政治小说序》和1902年发表的《论小说与群治之关系》中对小说理论做了比较全面的申明。

> 在昔欧洲各国变革之始,其魁儒硕学、仁人志士,往往以其身之经历,及胸中所怀政治之议论,一寄之于小说。于是彼中缀学之子,黉塾之暇,手之口之;下而兵丁、而市侩、而农氓、而工匠、而车夫马卒、而妇女、而童孺,靡不手之口之。往往每一书出,而全国之议论为之一变。彼美、英、德、法、奥、意、日本各国政界之日进,则政治小说为功最高焉。英名士某君曰:"小说为国民之魂。"岂不然哉! 岂不然哉!

......

  欲新一国之民,不可不先新一国之小说。故欲新道德,必新小说;欲新宗教,必新小说;欲新政治,必新小说;欲新风俗,必新小说;欲新学艺,必新小说;乃至欲新人心,欲新人格,必新小说。何以故?小说有不可思议之力支配人道故。①

  我国的写情小说经久不衰,作者常以写情及世间一切事,以男女之情联系社会、民族、国家,联系观念的革新、知识文化的进步。而这样的写情小说,也在初始期中国女性期刊的小说栏目中占据主流。与梁启超的小说群治论相联系,梁启超为什么会认为小说的革新能够新道德、新宗教、新政治、新风俗、新学艺、新人心、新人格?答案是小说能移情,而情能支配世间万物。在他这里,小说还被认为能够宣传政治理念和议论。而这些理念和议论,是他翻译西方政治小说之后的体悟和借鉴。

  登载于初始期中国女性期刊的原创小说以女性读者为目标群体。其写作主题大致可以分为:一、女性的爱情与婚姻;二、女性的事业与"国族"革命;三、女性的处境与社会状况。中外交汇、革命与启蒙风行的时代中,女性面对世界所碰到的新的问题、新的焦虑、新的欲求、新的成长,都一一在小说中留下了痕迹。1917年后,社会革命的风潮涌入,在中国女性期刊中出现了以揭露阶级压迫、促进劳动阶级觉悟的小说。

---

 ① 梁启超《译印政治小说序》,《清议报》第1册,日本横滨新民社,1898年,第27—30页。

一、女性的爱情与婚姻

清末民初是一个民族国家的理念初步形成的时期,革命与封建、家庭社会与国家世界,甲午、庚子、辛亥,一次次国际国内的战争、革命让国家观念开始在国人心中塑形,此时的女性面对爱情与婚姻,所牵涉的权利关系就从传统的家族、家庭,又加上了社会、国家。所谓"女子者,乃国民之公母也"①,是想要把女性的家庭生活也囊括到国家民族的体系中去。西方英美的女权运动、民主自由思潮的引入,又让女性在爱情婚姻的相关方中发现了最重要的一方:自己。女性新思想与旧道德的挣扎、国家民族被压抑的群体意识、革命事业与爱情婚姻的矛盾,使得这一时期的爱情婚姻小说呈现出纷繁复杂的人物形象和社会样貌。相较于传统中女性所面对的稳定的道德秩序,此时的女性开始拥有,或者在想象中拥有更多的选择自由。而这些自由实现的过程无不充满挫折与代价,女性对自我和周遭世界的探索与碰撞都一一展现于此时段的小说中。

以女性的爱情、婚姻为主题的小说,可以分为以下两种类型:第一,展露封建传统道德、社会体制、弱国地位对女性爱情、婚姻的戕害,女性在外界与内心的重重禁锢中有所醒觉,但妥协忍受仍是常态。这类小说的女主人公常常以死亡为结局,而死亡的根本原因是女主人公即使不断地妥协,仍然无法放弃真实的自我。如1911年《妇女时报》第1期的《落花怨》,作者周瘦鹃;

---

① 丁初我《〈女子世界〉颂词》,《女子世界》第1期,1904年,见《中国近现代女性期刊汇编》之《女子世界》第1册,2006年,第13页。

第二章 初始期中国女性期刊的小说　71

图 2-1 《妇女时报》目录——《落花怨》

图 2-2 《眉语》目录——《劫后鸳鸯》

第二章 初始期中国女性期刊的小说 73

图2-3 《妇女时报》目录——《耐寒花传》

第5期的《鹍花血》，作者泰兴梦炎；1914年《妇女鉴》第1—3期的《丹枫庄》，作者畏尘；等等。也有一些小说以得偿所愿的婚姻作结，不过其重点依然在缔结婚姻之前恋人所受的磨难上，如1915年《眉语》第2卷第2号的《劫后鸳鸯》。而期刊同时登载的以西方女性为主人公的同主题小说，则显现了完全不同的面貌。女主人公基本能够掌握婚姻、爱情的自主权，能从爱情顺畅地走向婚姻，其波折与动荡多来自不测的命运或变乱的时代，例如1915年《眉语》第2卷第3号的《碧血鸳鸯》，作者明道。另外，这些小说中某些人物的内心预设中，爱情并不必然走向婚姻，他们对自我、自由的追求有时要高于美满婚姻的成就。这一时期的西方背景的小说，很多描写革命女性，其革命与爱情交织在一起，革命的自由叛逆与爱情的真诚浪漫交织在一起，婚姻的本质——以爱为基础的契约，在其中是被忽略或被直接拒绝的。如1913年《妇女时报》第9期的《绿衣女》，作者是周瘦鹃。

　　第二，展现男女在新旧交替时期的新型婚姻关系。这类小说有一种理想范式：夫妻互相尊重，平等交流，思想契合，生活上互相支持与扶助。理想范式的体现有正反两方面的例证，作者就会塑造正反两方面的女性作为对照：虚荣轻浮与内敛含蓄、自私蛮横与体贴温柔。文中褒贬一般都指向女性人物，从中亦可以看出，作者所推崇的理想婚姻关系只是相对平等，女子要服从而不顺从，独立而不依赖，对传统的改良、对西方的学习，不脱男性本位立场。这类小说，有1911年《妇女时报》第1—4期的《虚荣》，作者徐卓呆、包天笑；1914年《眉语》中许啸天的《怎不回过脸儿来》。第二节翻译小说中将要提到的登载于1911年《妇女时报》第2期的美国欧文的《耐寒花传》,也是这类小说的典型。

1911年《妇女时报》第1期《落花怨》,作者周瘦鹃。这部小说乍看是传统的痴情女子负心汉的故事,有着传统的风雅细腻的调子,所不同的是这位痴情女子是留学英国的女学生,负心汉是英国本土的美少年。两人家境相当,情投意合,私订婚姻,但最终被男方的母亲拆散。小说中男方母亲坚决反对的原因,是因为中国的半殖民地社会状况,让她将中国人视为"奴隶",认为不可以玷污门庭。

女主人公黄女士因为出身良好,谈吐有度,被寄宿的英国男方家人认为是日本人。面对英伦少年的求爱,黄女士严正解释了误会,并不讳言自己身为中国人的身份。这看起来虽并非难事,却是朴素、本能的爱国心和独立人格的体现。

> 翌日侵晨……(女主人)厉叱曰:"咄! 亡国奴,若以一世界第一等之贱种,匪特污我一片干净土,乃敢以汝之狐媚手段蛊吾子,丧吾子之人格,玷吾子之家声。若今知罪乎?吾前以若为日本人,故容汝勾留于此,不图汝乃无耻若是。速去休,吾高洁无上之居室,实不能容汝亡国奴作一日留。"
>
> ……
>
> 越数日,舟已抵新加坡,女士乃上陆觅旅舍,少年则追踪不少懈。……女士乃盈盈下床,忽觉枕畔有人,谛视之,则少年也。不觉大惊失色,神经霎时麻木。少年曰:"今可申前约矣。如固执者,我将以此事暴露于外,安有以一黄花

闺女与人同衾,若之名节亦扫地矣。……"女士俯首无言,玉手纤纤弄衣角,恍如一博物院中之石美人。①

黄女士在国外受到侮辱,便转道新加坡回国,不想英少年亦同行。男方对女方的追逐,在得知女方为中国人之后,就变成了权力的威胁、欺骗与强制,这里面有以国籍为名目的霸凌、以追求为名目的猥亵,却并没见到爱情。社会对于女性的严苛规训使得女方不得不同意婚姻,她自己的真实愿望在情势之下是无足轻重的,在作者的笔端描述中也是含糊暧昧的。

结婚后……以女士纤纤弱质,又安能长日于愁城中讨生活,故不数日间而宝靥销红,一病倒在潇湘馆里,菱花镜里形容瘦,已作憔悴姬姜矣。②

对《红楼梦》中词句意向的借用拼贴,并不符合小说情境、不贴合人物情状,只是作者对于古典美人想象的一种堆砌。女主人公形象一方面是国家地位决定个人命运的证据,另一方面是作者与读者共同完成的男性凝视的客体。自主性消隐,她成为政治与美学的双重代言。

女士被迫成婚,二人苟活于异国,生活不继,女士抑郁成疾,

---

① 周瘦鹃《落花怨》,《妇女时报》第 1 期,1911 年,见《中国近现代女性期刊汇编》之《妇女时报》第 1 册,2006 年,第 88—89 页。
② 周瘦鹃《落花怨》,《妇女时报》第 1 期,1911 年,见《中国近现代女性期刊汇编》之《妇女时报》第 1 册,2006 年,第 89 页。

此时接到男方母亲寄来的断绝母子关系的信件,女士决意速死。临死前的遗书写道:"吾中国之同胞其谛听,脱长此在大梦中者,将为奴隶而不可得。彼犹太、波兰之亡国惨状,即我国写照图也。"①

文中对情事的描写力图哀感顽艳,然而有时过分渲染,有夸张不实之感。且以女士行止为线索的叙述中,常插入观赏者视角的对其美貌美态的描写,似乎作者在将女士作为主人公的同时,还把她当作了观赏的客体。这种无处不在的男性凝视,大大削弱了小说情节的连贯性和动人力量。且英伦少年与女士的相处相恋至于结婚的过程,强迫、诱使、居高临下的意味太浓,实在让人无法理解女士的一片深情从何而来。至于遗言中写道,死后千年还要化为月亮绕行郎君化为的地球,想象新异、值得赞许,但因为对方情不至此,却如此夸张,不仅不让人感动,反而觉得有点可笑了。

文中对于女士看到男方母亲寄来的母子绝交书之后的心境情绪的描写,将一些人体科学的概念加入东方化的病美人的描写中,不失为一种创新的尝试,但给人的感觉犹如簪花仕女图中看到了一支针管,这种不大协调的感觉也让人如鲠在喉。

作者在写一个凄美哀艳的爱情故事之外,更着力表现的是身为中国人不得不面对的尴尬处境和屈辱身份。"亡国奴"的称号一日不能摆脱,无论自身家境多么优越、个人多么优秀,都无法被视作一个有尊严的人,得到外国人的平等对待。当时在

---

① 周瘦鹃《落花怨》,《妇女时报》第1期,1911年,见《中国近现代女性期刊汇编》之《妇女时报》第1册,2006年,第91页。

海外的中国人，自称为日本人的所在多有，亦为情势逼迫，不得不然。周瘦鹃一再描写英伦少年之母对黄女士侮辱性的言辞和举动，就是要激起国人同胞雪耻之心、报国之志。这才是这篇写情小说的立足点和目的。

1912年《妇女时报》第5期的《鹃花血》，作者为泰兴梦炎。这部小说的题目跟《落花怨》类似，主旨亦相近。都是表面写爱情，实则想要唤起国魂，激起民众国家意识。一以反衬，一以正写。

该文以坟墓和坟墓前痛哭的少年开篇，写将要与爱人同归坟墓的少年沈生，遇到了一位从云南到英国留学的学生。沈生将平生日记留给此人，此人对沈生日记加以润色修饰，改写为一篇讲述已死之人蕙莲与将死之人沈生的爱情故事。

沈生与蕙莲爱情的起点以社会观点互相契合、行事互相认同开始。"吾惜女界革命军固未剧耳，今缠足之害，知者十八九。而自由结婚之说，则群以为诟病。……发乎情，止乎礼，不及于乱，一衷乎正而已。"蕙莲的这一言论也是作者在文中、文末一再强调的观点。这是为新思想找到了传统经典的背书。推及用"发乎情，止乎礼"来宣传婚姻自由，从而与世俗观念调和与妥协，甚至以父母之命为不可逾越的鸿沟，其反叛的锋芒甚至弱于几百年前的《牡丹亭》了。

沈生被这一派见识折服，祈求婚姻，蕙莲的回复如下：

"沈君，学力如君，宁有几耶？妾与君知前生有香火缘矣。虽然，妾言之发乎情，止乎礼，一衷乎正，会当禀之父母。父母许，如天之福；不许，息壤在彼，无敢逾也。……"

"沈君,妾与君乃感深知己,岂若世间儿女子琐碎私情耶?愿忧乐相总,毋或忘耳。"因相视泣下,沈亦怅然,而身世良缘,于兹遂定。①

沈生因婚事未就绪,意欲拒绝校监为之谋取的官费游学英国之事,蕙莲对沈生的回答是:"沈郎奈何以儿女私情销蚀丈夫志气耶?妾望君不在小,今若此,非妾意也。果尔,妾当蹈海死以坚君志。"②

《落花怨》中男女爱情婚姻的阻碍是国籍,《鹃花血》则完全是家庭的阻挠。女方的父母因为男方家境贫寒,不同意婚姻之请。女方两次逃家,父母两次诱骗、囚禁女儿,擅自将其许嫁父母中意的对象,把人当作物品一样安排,还期待女儿能回心转意。女方送男方留学英国,不愿他为自己放弃大好前途,以期男方将来救国救民;女方自己受诸般逼迫,奄奄垂死,男方知晓后回国与之相见,想要殉情之时,女方以国家民族志士的口吻给出了这样的回应:

(沈生在临死的蕙莲床前,说要"愿相从地下,目亦瞑耳",蕙莲曰)

郎是何言也?今日何日,大势已去矣。看江山如画,中

---

① 泰兴梦炎《鹃花血》,《妇女时报》第5期,1912年,见《中国近现代女性期刊汇编》之《妇女时报》第2册,2006年,第593页。
② 泰兴梦炎《鹃花血》,《妇女时报》第5期,1912年,见《中国近现代女性期刊汇编》之《妇女时报》第2册,2006年,第593—594页。

原一发,日已西斜,雨横风狂,未知所极。甘心异族欺凌惯,可有男儿愤不平?……妾所以重君者,正为君青年志士,来日方长,本期携手同归,登帕米尔高原,长歌当哭,唤起国民魂性。……今将长别矣。愿郎整顿起爱国精神,男儿本分……演出风云阵,使妾亦得为文明大国鬼,则虽死之日,如生之年耳。①

互订良缘到劝夫留学,最后生死以之的故事与传统"发乎情,止乎礼"的孔教规训匹配,构成新型男女婚姻条件"学识、才华、思想"的组合版。虽然是男女私情、情订终生,却在言说启蒙话语时,又自然过渡到了男女婚恋不自主的问题。结合文末作者点评全篇故事,强调"发乎情,止乎礼",努力将自由恋爱和争取婚姻自由纳入旧道德礼仪的框架,以此抵御时人对"婚姻自由"的讥评,可谓半新不旧。对女主角的语言和行为的书写,看起来不像是对恋人有多么强烈的感情,而是用新时代人才的标准选择了一位丈夫。她钟情恋慕的人选、为之不惜反抗父母的动力,似乎是出于两人共同"唤起国民魂性"的事业愿景,所以她在订情时、劝男方留学英国时、临死劝阻男方殉情时,都与"儿女私情"撇开关系,一意做既忠于国家又孝于父母的"完"人,为某种宏大目标而受折磨,以至于最后牺牲,似乎是当时反抗父母之命的青年男女唯一正当的理由,但这实际上是用一种更强势的道德规训压抑原有的道德规训。个体的真正自由和个

---

① 泰兴梦炎《鹃花血》,《妇女时报》第 5 期,1912 年,见《中国近现代女性期刊汇编》之《妇女时报》第 2 册,2006 年,第 594 页。

人意志的发见,处在极其艰难的两极化语境挤压之下,这是这篇爱情小说所显示给我们的。再参照"五四"之后个人主义的风行、再之后爱情又重新被划归到民族救亡叙事、新中国成立后的国家建设叙事,直到八九十年代个性的重新张扬,我们可以看到个体的自由诉求常常以爱情小说的形式被一再叙述书写,但"爱情"却常常成为社会规训的集合、社会意识形态的载体,与小说主人公的人物塑造形成一种闭合的困境。这种困境实则是现实中的个体困境的反映。无论如何,爱情这一主题仍然最容易激起个人对自我的发见、对不合理社会制度的反抗,纵然这光芒经过重重遮蔽、扭曲与诱导,但仍唤醒、滋养着"人"之为人的主体性。《鹃花血》中通过蕙莲、沈生的故事描写,更显现了这样的光芒。

《妇女鉴》的小说栏用三期连载了畏尘的《丹枫庄》。小说梗概是一位寡妇被姑婆所迫,不得不再嫁。出嫁之日剑斩将要嫁给的丈夫的头颅,随即自刎。表彰节义的小说所在多有,但以如此激烈的行为反抗不能自主的命运,在自杀前杀掉不想嫁给的丈夫,这样的情节就极为罕见了。而小说中女性的反抗激烈度,已超出了传统守节妇女的教条。读者可以清楚地看到,女主人公并非只是为了"一女不二嫁"的规训而做出如此行动,不然不必杀掉不想嫁给的丈夫。她追求的是更本真的人格的独立与尊严,已接近真正醒觉的临界点。

《落花怨》《鹃花血》《丹枫庄》等小说中为爱情而死的女性死于不自由、死于家庭专制、死于"为国为民"诸多原因,作者以女主角的死亡来证明或强调某种价值观的正义、某种现实的不义,是小说作者的惯常手法。女主人公复杂真实的生命过程被可预见的结尾、更宏大的意识目标所简单化,死作为一切的终局和女性所追求之物的正当性的证明一再出现,其所要证明的东西与死亡本身都被作为煽情的艺术手段。女主角们的死也似乎成为了一种具备观赏性和思想性的行为艺术了。

女性爱情与婚姻小说中,有因婚姻而死的情况,也有因被耽搁婚姻之事而卧病待死的情况。如《眉语》1916年第1卷第17号的《兰闺絮语》,作者是太戆。

> 绣榻旁边有一个俊俏丫鬟蹲在地上,一手执柄葵扇,不住的凝神听那炉中沸声。那炉中放出奇香,盘绕满室,正如大观园中的潇湘妃子卧病一般。那丫鬟自言自语道:"咳,我家小姐也真算得人世间的第一可怜虫了,怎么如此年纪,还没有选着官人。咳,据我看来,那一来是老爷没主意,二来是太太作梗,三来是小姐从前太娇痴、太固执,弄到如今懊悔也是迟了。"①

这篇小说在开头的背景、场面交代之后,几乎全由主仆两人的对话组成,两人的关系,也很像《红楼梦》中黛玉与紫鹃的无话不谈。开场香炉的香味,又被提到很像潇湘馆,熟悉的联想很容易让读者进入情境,几百年以来,女性始终不能摆脱与婚姻问题有关的精神折磨,更可令人发一浩叹。小说进展到结尾,小姐

---

① 太戆《兰闺絮语》,《眉语》第1卷第17号,上海新学会社,1916年,第2页。

在细数了生母在世时的幸福、继母在的悲苦,曾经有可能成为恋人的表亲如今已有妻有子之后,所能做的只有饮泣吞声,手执《眉语》杂志自悲自怜。

　　(丫鬟)且说道:"这书表面已是齐整,内容定有可观。小姐平时常说最喜看的,岂非便是这书吗?"小姐点头说声:"是的。因这书所说的都是些香艳销魂的话。可恨我及不上那些书中人,好不惭愧啊。"①

　　小说特意提到,小姐平素喜爱阅读《眉语》中的诸般爱情故事,自己却并无这种恋爱机会,因而自悲自悼,自伤自怜。这算是《眉语》杂志的软广告了。而小说的读者看到此处,自然会觉得与小说人物、与《眉语》杂志共处于同一时空、共享同一种情感的连接与代入,这种特殊的阅读体验是期刊中小说带来的可能。小说中深闺女子的幻想寄存之地、情感投射之地、欲求纾解之地,借助期刊中小说为阵地,在闭塞困顿的生活中寻求一丝光。

　　翻到了一篇,题目叫作《夜阑人语》。仔细看了又看,说道:"婚姻误人,比比皆是。然而较之我这样老死闺中,连人都没有做完全,死也做得一个闺中孤鬼,无人同穴,岂

---

　　① 太戆《兰闺絮语》,《眉语》第 1 卷第 17 号,上海新学会社,1916 年,第 2—3 页。

不聊胜一筹?"①

将进入婚姻当作女性存在于世的不可缺环节,小说中的小姐可以自在地谈论对婚姻爱情的渴慕、对不得良伴的怨怼,与传统小说、戏剧中的女主人公的"伤春"、无来由的悲伤相比,此时期的小说中主人公对爱情、婚姻的追求,终于可以明确地说出来。

这篇小说的议程设置以小姐的恨嫁为中心,使读者的关注重心在卧病的小姐身上。丫鬟侧面交代,与小姐展开对话。

此小说讲述继母作梗小姐婚姻的主题,在当时的小说中所在多有。女性爱情与婚姻有关的小说,其由头、其样式、其结局多种多样,但无论是渴望婚姻而不得,还是不愿踏入婚姻,无论造成悲剧的原因是父母嫌贫爱富,还是生母早逝、继母一心虐待,其根本原因,都是因为没有婚姻自主的权利,自己无法掌握自己的命运。在时代背景下,这种书写,写出了无数女性在这千层棉套头中左冲右突不得出路,女性自由意志不得纾解的悲剧。小说以虚构的故事,结合时代的脉搏,反映了女权、人权的完全实现仍然任重道远。

同时期期刊登载的西方男女爱情小说,其爱情到婚姻的过程就比较顺畅,受到的社会阻碍较少,悲剧的产生原因多是因为动荡战乱的时代。

---

① 太戆《兰闺絮语》,《眉语》第 1 卷第 17 号,上海新学社,1916 年,第 3 页。

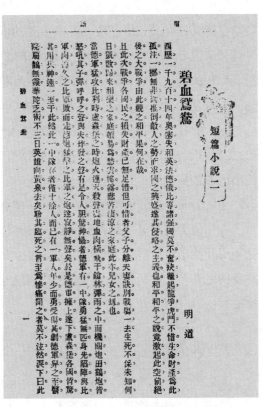

图 2-4 《碧血鸳鸯》

如1915年《眉语》第1卷第15号的《碧血鸳鸯》，作者明道。这篇小说写一场战争带给各国人民的创伤与痛苦。先以通讯的口吻发布了1914年一场德比战役的最终结果、伤亡人数。然后集中写一位重伤军人的临死之言。中间部分以这位军人的口吻自述其过往的人生经历。其中重要的事件，一是在十四岁时被父亲教导要立志成才报国，二是与未婚妻的相识、相知、相爱、求婚、诀别。最后，军人在对爱人的无限留恋中遗憾死去。他的未婚妻在得知消息后，至卢森堡为其安葬，并以身殉。

军人的自述中插入第三者视角的两人乘马车游公园的情景，虽然对于情节、情绪的连贯是有妨害的，但这种写法在当时的小说中常常出现。

主人公萌生恋爱的想法是在看了许多哀情小说之后，幻想自己有一位美貌与灵魂都相配的爱人，恋爱的契机是在书店遇见来买爱情小说《情网》和《迦茵小传》的女郎，得知女郎也是向往爱情之人。之后两人交往一年之久，主人公求婚，求婚过程这样描写：

> 余此时竟口不能止言，颤声曰："余见姑娘一年有余矣。此一年余中之岁月，固无一时不萦思姑娘。余亦不知何故姑娘为余所爱慕。所爱慕者，不知慕姑娘之声容乎？抑才学乎？抑温柔莫逆之情乎？而姑娘之与余，亦谦恭待余，情出至诚，余所感激不置所以。因克终望能得常与姑娘交臂欢会，但恐将来一旦有他故，不能欢笑如昔矣。今斗胆上达，乞婚于姑娘之前，庶几爱情可以不散，而益增伉俪之

情,不知姑娘有意否?"①

这篇小说在《眉语》上发表是在1915年,第一次世界大战还在进行之中。作者对战争的批判、和平的呼唤是很明确的。读者对这几乎同步发生的英雄美人故事的悲剧,会增添某种"邻家故事"的真实感。小说中的人物因买小说来看之事而相识、相爱,小说外的读者对小说中描写的故事,因场景与发生时间的迫近,就会更容易产生代入感。再看整个恋爱、求婚的礼节、言辞,恋爱活动的场所,主人公的衣着服饰,对东方的读者来说都是具有吸引力的,小说中的场景是陌生的景观,爱情故事的共鸣,戏剧性的饕餮,更是一种生活的母题式的想象。如同《包法利夫人》《唐吉诃德》这两部浪漫爱情小说、骑士小说的终结者,福楼拜、塞万提斯在他们的小说里讽刺因看多了爱情小说、骑士小说而走火入魔的主人公时,以细致而漫长的笔调为他们的人生和结局献上了动人的悲悯。这反而使得他们的小说成为具有新开端的、具有不可磨灭的力量的代表,因为揭示了生活中的真相,从而无法被简单地阅读之后抛弃,在一种虚构、想象的生活故事场景中发掘出源于生活而高于生活的人的共性,生活的真面目。

回到本篇小说,类似的期刊刊发的小说的大量涌入无疑会让读者开始向往与传统完全不同的爱情关系、生活方式,这一共同的由爱情引发的想象是现代性的开端。小说末有以

---

① 明道《碧血鸳鸯》,《眉语》第1卷第15号,上海新学会社,1915年,第12—13页。

"梅倩曰"为结束的总结评点,将两位青年男女的知己爱慕之情、最终共死的结局比作伯牙、钟子期之情,"无他,盖情之至,宜其然也"。①

《眉语》作为比较专题性的小说杂志,对小说名目的安排比较用心,杂志中安排《劫后鸳鸯》《帐底鸳鸯》《碧血鸳鸯》等相似篇名的小说,不同作者写不同背景、不同结局的男女爱情故事,从而产生了有规模化阅读效应的读者群体。

1915年《眉语》第2卷第2号的《劫后鸳鸯》,作者炼卿。

小说写了在家庭的幽暗环境笼罩下女性对爱情婚姻的艰难追求,文中的女主人公以刚柔并济、冷静清醒的手段与智慧在矛盾斗争中周旋,但仍然险些被继母许配给与继母私通的亲戚。继母最后东窗事发,女主人公获得美满姻缘,但得来却是侥幸。

小说故事中的男主人公担忧因家境贫富不同,婚姻不能获得准许。女方的回应是:"我只认定一个情字。……情有所钟,负情便是不贞。妹子虽愚,这贞邪界限还颇辨得清楚。哥哥放心罢。""哥哥方才说婚事困难,只是据妹子看来,什么枕席之爱、画眉之乐,这都是形式上作用,并不是情之真相。情之所在,只此一心。心心相印,任是石烂海枯,此心不变。虽不能成就良缘,即此精神上之夫妇,却已永远存立。"②这显然是东方传统的贞洁观糅合汤显祖的"情胜于理"与西方维多利亚式、以精神灵魂的理解共通为婚姻基础的多重组合。这种精神上的"洁癖"

---

① 明道《碧血鸳鸯》,《眉语》第1卷第15号,上海新学会社,1915年,第17页。
② 炼卿《劫后鸳鸯》,《眉语》第2卷第2号,上海新学会社,1915年,第8—9页。

爱情观,看轻爱情生活的"枕席之爱、画眉之乐",将爱情的道德标准严苛到"纯情"的标准,当然也使得爱情作为个人的选择上升为人格尊严与自我价值实现的标准,实现了爱情的升华。这种情境下的男女爱情,拥有超越社会阶层、经济条件甚至种族国家界限的"至情"。爱情的宣告完成是与旧家庭的关系崩解同时进行的,但一旦婚姻结成,这种反抗的张力就宣告结束了。

1915年《眉语》的第2卷第2号的《帐底鸳鸯》,作者梅倩女史。小说讲述南京城郊一位女子在太平天国军队经过时,女扮男装,加入太平军东王杨秀清幕下,凭借才智迅速得到杨秀清的信重。后被同事拆穿身份,为保守秘密以妻事之。二人行止密切,泄露秘密,东王传其"陪睡",女子坚拒,恰逢外有军务,暂离掌控。二人趁此机会逃离南京到上海。后丈夫经妻子劝说,入李鸿章幕,讨伐太平军。得官三月,不容于世,隐居终年。

夫妻二人入太平军幕,后又反之,男方拆穿女方秘密,用的是灌醉、扶其进入自己的卧室、与之同榻而眠的卑劣方法,但男主人公似乎在心中认为自己是正人君子。"廉扶张归己卧室,卧之床上,……乃闭其门谓女曰:'汝毋酣睡不醒,今日识透汝机关,性命难保。'继而转念曰:'此乃暧昧事,我士人子岂可为之?'遂与张抵足而眠。"[①]

女方张秀英对太平军的态度是:"未闻杀人如草芥而能成大事者也。不能效汤、武革命,吊民伐罪,而乃如黄巢、李闯奸淫劫掠、以暴易暴,吾其谁归欤?"

---

① 梅倩女史《帐底鸳鸯》,《眉语》第2卷第2号,上海新学会社,1915年,第3页。

文末作者总评曰："女亦豪杰哉，……为廉所窥破，亦能物色人才，择人而事之。"又将她与红拂女慧眼识英雄相比，以此批评士大夫寡廉鲜耻、祸国殃民，"曾不若一女子"。又赞张秀英："是真巾帼裙钗，非寻常妇女所可同年而语也。"这种从明末清初写柳如是、李香君等一干"奇女子"，以此讽刺当时士人的卑弱节操的论调，到此已不新鲜。对一个、几个出类拔萃的女子的褒扬，是对女性群体在男性权力场中处于弱势的无由掩饰的展现。将"不若一女子"作为对男子的批评，本身就潜藏着对女性性别的羞辱。张秀英对"杀人如草芥者不能成大事"的说法，无非是作者设置的障人眼目的情节进展安排，似乎张秀英的论调，取一时权宜之说而已。事急从权，她归从识破她女儿身的廉澄清，显然是没有其他选择的无奈之举，而作者自圆情节，冒出"择人而事之"的障眼之词。小说中书写的爱情故事，以爱情故事为铺垫，曲折地反映了现实生活中的矛盾与世相，在社会万花筒中，在层层权力争夺与纷争中，或反抗、或逃遁、或顺从的国人如何以传统的儒道思想来做安身之命的精神寄托，在社会转型、新旧交替的时代背景下，如何能够自圆其说抚慰自我的迷茫，期刊小说在故事叙事中折射着士人的心态。投太平军是事急从权，入李鸿章幕是建功立业，当官后被排挤，可以学陶渊明赋《归去来兮》之辞。小说作者的抒写，男人在政治面前如同女主人公在男人面前一样，不能掌握自己的命运，进而为此作诸般美丽而虚弱的借口，敷衍出美丽虚弱的故事，这故事可能还会在作者、读者中回荡起真实的倾慕和向往，于是就愈显悲哀。

《妇女时报》1913年第9期的小说栏的《绿衣女》,实为周瘦鹃原著,假托为翻译英国亨梯尔的作品。全篇讲述十九世纪后半期俄国虚无党人活跃时期,俄国一乡村的隐居女侠神出鬼没、除暴安良之后飘然远引的故事。女侠在这期间救了一位青年敏斯克,与之互生情意,但终于不愿违背行侠天下的平生之志,持慧剑斩情丝,洒然而去。而青年亦被其激励,投入虚无党人的革命活动,并因之而死。我们来看小说的小节目录:(一) 鬼屋中之奇女子;(二) 月明林下美人来;(三) 伤心人别有怀抱;(四) 黑夜之女郎;(五) 小酒肆中之一席话;(六) 侬绿衣女也;(七) 仇人之头;(八) 彼姝者子,在我之室兮;(九) 治相思无药饵;(十) 多情却是总无情。

　　其中(二)"月明林下美人来"出自明代高启的诗作《梅花九首》①,(三)"伤心人别有怀抱"出自《艺蘅馆词选》中梁启超对辛弃疾的《青玉案·元夕》的评语②,(八)"彼姝者子,在我之室兮"出自《诗经·齐风》③,(九)"治相思无药饵"出自元代王实甫的杂剧《崔莺莺待月西厢记》④,(十)"多情却是总无情",出自唐代杜牧的诗作《赠别》中的"多情却似总无情"⑤。小说中"绿衣女"的空灵杳渺,所处环境的似真似幻,与青年敏

---

　　① 刘逸生编《高启诗选》,广州:广东人民出版社,1985年,第182—194页。
　　② "家大人云:自怜幽独,伤心人别有怀抱。"见梁令娴著、刘逸生校点《艺蘅馆词选》,广州:广东人民出版社,1981年,第95—96页。
　　③ 韩伦译注《诗经》,南昌:江西人民出版社,2017年,第83页。
　　④ 元代王实甫著、清代金圣叹评点《国学典藏西厢记》,上海:上海古籍出版社,2016年,第181页。
　　⑤ 杜牧著、清冯集梧注、陈成校点《杜牧诗集》,上海:上海古籍出版社,2015年,第323—324页。

斯克的几度往还,最终决然而去的结局,以及小说本身的题名,都显然借鉴了清代蒲松龄的小说《聊斋志异·绿衣女》,可见此小说浸染中国古典诗词曲和文言小说传统之深。周瘦鹃所塑造的人物,人物所持有的性格和行动力又显然是借鉴俄国著名民意党人、女革命家苏菲亚·利沃夫娜·佩罗夫斯卡娅。这位出身贵族的女士,因参与行刺亚历山大二世,被处以绞刑,年仅28岁。苏菲亚·利沃夫娜·佩罗夫斯卡娅经梁启超的介绍、《民报》的推荐,改良派和革命派都对她赞赏有加,她成了当时被崇拜的革命偶像。小说中绿衣女轻功绝顶、剑斩仇人之头,以包裹负之的形象和行动,又有着唐传奇中裴铏《聂隐娘》中聂隐娘的影子。这篇小说无疑是东西方文化交融的产物。

  结尾部分,绿衣女与敏斯克最后一次相处,临别赠言振聋发聩,又醒心动人:

  敏斯克犹牵绿衣女衣不行,绿衣女拔剑斫案曰:"我固心如铁石者,君奈何以情网苦苦绊我。世上少一我,即多一不平事。自分此生当踏遍涯天,仗十万横磨剑为人理不平事,此村不可一日居矣。居一日即多一日之牵惹⋯⋯君其行哉⋯⋯吾言已尽。"于是夜色苍茫中,敏斯克乃掩面行矣。
  是晚,绿衣女秉烛达旦,悄然深思,一寸芳心迄未宁贴,而多情之敏斯克则心焉如捣,倚枕啜泣,天亦为之罥明矣。翌晨,朝暾方上,绿衣女又至鄂尔斯村,以屋中器物悉与老人及泌尔斯克之女,并出巨金布施村人。村人坚叩其故,则不之答。有好事者至鬼屋窥之,第见其时而狂笑,时而饮泣,最后则见其以剑一、手枪一、小说数卷贮革囊中,大呼"敏斯克"者再,乃嫣然一笑,负囊于背,入森林中,控一雪骝向东如飞而去,不知所往。①

最后敏斯克成为虚无党人,参加暴力革命,在进攻冬宫时死去。结局处理因爱一个人,而爱上她的事业,爱情与革命交织,生死与浪漫同行,叙写最具先锋性的人生,同时从故事中激励热血澎湃的青年人,寻求有可为之事业。

绿衣女携剑、手枪、小说闯荡天涯的"传奇故事",也是当时对现实不满的少男少女心中的幻想。小说作为极具传播影响力的方式,在当时的社会环境下,具有不可低估的影响力,而从小说主人公所携带的东西来看,具有一种仗剑行天涯,来去无牵挂的潇洒气度,最易引起热血青年的共鸣。小说是另一种"枪",是一种精神武器之枪,用来抵御现实的乏味与不公,用虚构来提供一个向往光明的属于未来的梦。在某种程度上,小说所提供的一种生命范式,成了一种诱人的"自由"的图景,一种青年共同的信仰的理想生发点。

绿衣女的临别之语,对敏斯克的绝情,是为了伟大的事业,爱情无论如何,不能大过她的志向和事业,在爱情叙事中,关注了妇女在当时社会中的觉醒。

结语中周瘦鹃写了此小说的由来:

---

① 周瘦鹃《绿衣女》,《妇女时报》第9期,1913年,见《中国近现代女性期刊汇编》之《妇女时报》第3册,2006年,第1106页。

> 余最好读义侠小说,如《大侠锦帔客传》《大侠红蘩蕗传》《大侠盗邯洛屏》等,皆有匣剑帷灯之妙。令人爱不忍释。年来余亦拟撰一义侠小说。顾弱于理想,卒不可得。近日偶于冷摊上得一小册子,名 The Maid In Green Gown 者,急读之。其事虽实不甚曲折,然亦一义侠小说也。因移译之。①

从后记得知,周瘦鹃是翻译了在书摊上看到的小说 The Maid In Green Gown,然而他在同年——1915 年的《礼拜六》杂志的《珠珠日记》中坦承,《绿衣女》是他自己的创作,假托翻译之名而出之。这篇小说在时代背景的选择,在人物的塑造,在立意、风格上是西方化的,是模仿当时的翻译小说而作的,如周瘦鹃所提到的《大侠锦帔客传》《大侠盗邯洛屏》《大侠红蘩蕗传》。大侠锦帔客、大侠邯洛屏,指的都是中世纪英国的侠盗罗宾汉,出自法国小说家大仲马的《侠盗罗宾汉》。大侠红蘩蕗,指的是法国大革命期间英国帕西爵士化身的侠客繁笺花,出自英国女作家 Baroness Emmuska Orczy 的 The Scarlet Pimpernel。

周瘦鹃虽将绿衣女放置于十九世纪俄国虚无党活跃的时期,女主人公的行事、做派却酷似中国侠义公案小说中的豪侠一类人物。她解决被蒙冤下狱的男主人公朋友的危机,用的是威胁其诬告者,威胁其上官的手段,行踪飘忽、以命相搏、砍人头颅、劫富济贫,都是近于绿林的手段,所不同者,是某些时刻的刀

---

① 周瘦鹃《绿衣女》,《妇女时报》第 9 期,1913 年,见《中国近现代女性期刊汇编》之《妇女时报》第 3 册,2006 年,第 1107 页。

剑换成了手枪。周瘦鹃假托英国人所作的这篇小说，可以见到中国传统侠义小说与俄国革命背景的杂糅。但人物并没有真正嵌合于俄国的社会革命浪潮中。虽然在结尾处加上了男主人公恋爱不成，入虚无党，以炸弹攻打某处时最后身亡的故事，但这样的尾巴似乎只渲染了苦恋不得的痛烈，革命似乎成为了失意的情绪发泄的代言场。虚无党、俄国当时的社会环境、人情物理和主要矛盾，与女主人公的神韵行事，更近于中国古代的女侠。

小说作者将女主人公塑造成她有爱，却最终绝情弃爱，不甘为一男子、即使是所爱的人，而羁绊住不能扫天下不平之事的脚步。她随身携带小说、手枪，这些都有别于中国传统文化熏陶下，中国女性的视域范围，构成了对中国读者来说陌生又浪漫的形象。神秘的虚无党形象，小说和手枪，作为新潮的时代象征，文化与暴力的象征，成为能够在两个维度击破现实的"魅力"道具。新锐美丽的形象、似乎无穷广阔自由的生活，当然会激起对革命的热望与幻想。这类形象在辛亥革命前后有秋瑾、唐群英等作为现实的佐证，成为中国小说中被书写、被叙述的一景。侠义加新式武器的爱情小说昙花一现，在社会变革的浪潮中，出现了新型婚姻关系的小说。

1911年《妇女时报》第1期刊出了一篇连载小说《虚荣》（1911年第1期，1911年第3期，1911年第4期，1912年第6期），徐卓呆著作、包天笑润词。这篇小说可以看作是现代版的《孔雀东南飞》，着意于揭示新旧交替时代家庭尊长对子女的控制、对夫妻沟通交流的阻滞，形成了传统与革新、虚荣与真诚两种典型女性的对照。小说讲述了男方母亲力劝儿子离婚另娶，儿子同意之后，新夫妻性格不合，男方母亲病死，接着第二任妻子出轨，两人离婚。当男方在病中得到做护士的前妻救护，又前妻染病，在前妻神志不清时，作为医生的男方得知了前妻仍然有所依恋的真实想法后，两人重归于好。作者一方面批判旧式家长对个人意志与自由的干涉，一方面赞美温婉贞静、自食其力的奉献型女性。新、旧的平衡，本质上完全是以稍具现代气象的男性青年的利益、意志为依归的。两位女性的象征性从名字就可以看出：云瘦，古典型；碧珠，现代型。在两位女主人公名字的设定方面，也有意让她们象征两种截然不同的性格和文化。云瘦的古典涵义，纯洁、安静、内敛、含蓄、无攻击力；碧珠的攻击欲强，华彩光艳，虚荣。二者形象对照益彰。

宋母将云瘦逼走之后，急于为宋剑春介绍绿珠。母子二人关于娶妻之事进行了对话："我实无需乎妻，女子妨碍学问，了无利益。""如汝所言，则吾宋氏血统将自汝而斩，汝将何以对宋氏祖宗？""学问事大，祖宗事小。学问是世界主义，祖宗仅家族主义而已。"男主人公的话语，稍稍冲击了统治千年的传统封建伦理教条，具有时代思潮的浸润。

宋剑春与绿珠关于妻子的权利与义务，关于社会与家庭的关系在对话中表现出来："男正位乎外，女正位乎内。矧汝每日公出，家中乃无一人，兹事亦非所宜。""休矣，汝谓我未能正位乎内，若亦何尝正位乎外？况我出门，即以家事托付婢姬，渠辈足以了之。"①对于"男主外，女主内"的传统观念，绿珠无法反

---

① 徐卓呆、包天笑《虚荣》，《妇女时报》第4期，1911年，见《中国女性期刊汇编》之《妇女时报》第2册，2006年，第468页。

驳，只能以丈夫也并未履行好在外的职责来作为抗诉的理由。她的不驯更多出于本能，在当时的社会环境下无法找到理论的支撑，所以作者对于她的这番辩解显然也是无法给予更多肯定的态度。

在偶然情况下，宋剑春与病重的前妻云瘦相遇。被婆婆逐出的前妻对重续婚姻表达了心曲："我何时可归乎？"云瘦只有在重病意识不清之时，才能明确表达自己的内心渴望。她之前在电车旁与丈夫的一番对谈，期期艾艾，无法说出本心所想，在传统思想对女性的规训中，女性的爱情婚姻诉求是不能说出的，自如表达情意是不得体的，只能含羞带怯地被动承受，主动权在男方，是道德上才能允许的，作者借助云瘦病重，因重病意识不清，才能说出内心所想。重病给予了她直抒心曲的自由，作者又安排她身为医生的前夫刚好听见这一番衷肠，这种"巧合"的安排，使小说完成了在现实中很难发生的团圆结局，精心结撰显现了当时女性在精神方面的重重限制。

如果主人公不在一种常态之外的场合、氛围下就无法沟通心曲，如《孔雀东南飞》的男女决意自杀之前，《牡丹亭》的梦中、人鬼相遇时，《西厢记》的普救寺夜半，这种"无巧不成书"的安排，实则暗示了现实中传统观念束缚下情感的被遮蔽、被隐藏，女性因社会地位的原因，追求个人幸福的无望，将真实的情感欲望化为含蓄婉约的表达方式之美，将"哀而不伤、怨而不怒"式标准作为理想女性的性情典范，是民初倾慕古典的小说家所难以自察的窠臼。

碧珠出走几日后寄书自请离婚时，宋剑春的反应如下：

顾剑春以为碧珠安然无事,绝未遭不测之惨变,则便足安心……渠亦不复思索碧珠究以何故欲下堂求去,此其里面蕴藏何种深意,而出此家门,又身在何处,全未一着思想。反思碧珠其或回忆处女时代自由出入于交际社会,一为人妇,殊不耐受此束缚耶。回念及此,则剑春非但不怒,抑且不无怜悯之心。①

摆脱了传统的妻子如私有财产观念的青年,是时代变化发展才会允许出现的产物。时代变化,对夫妻关系的重新理解、对女性人身自由的重新定义,因为传统思想束缚的松动,才会有碧珠这样的女主角出现在小说之中。作者对碧珠的思想和行为的描写,也抱持比较公允的态度,这种变化,在女性期刊小说中出现了,这也是传统小说家所不可想象的。

1914年《眉语》第1卷第3号的《怎不回过脸儿来》,作者许啸天。许啸天与妻子高剑华共同创办了《眉语》杂志,他的这篇小说以丈夫的视角、以"我"的口吻揣摩妻子的心理,写两人相处的具体情况。这种写法让读者产生窥探两位真人夫妻生活的临场感。小说中写发现妻子郁郁不乐,不直接面对自己的情况,自己于忐忑的思考中,想到"我"不经意间可能做出了让妻子有所误会的事,最后诚恳道歉,言归于好。妻子也终于回过脸儿来。这种写丈夫"我"的小说,通过细腻的心理刻画,以曲折变化的情思,以男性比较平等的态度,从而维护了良好的夫妻关

---

① 徐卓呆、包天笑《虚荣》,《妇女时报》第6期,1912年,见《中国近现代女性期刊汇编》之《妇女时报》第2册,2006年,第722—733页。

系。这种类型的小说,在之前是不多见的,是女性期刊小说叙事中的亮点。

二、女性的志业与"国族"事业

女性作为国民一员,以她们参与民族革命、战争、建设为主题的小说,有1904年《女子世界》第1—4期的《情天债》,作者东海觉我;1906年《中国新女界杂志》第1—3期的《想》,作者安素;1907年《中国新女界杂志》第2—3期的《补天石》,作者娲魂;1912年《女权》第1期的《女总统》,作者继欧;1913年《女子白话旬报》第11期的《罗兰夫人》,作者心无;1913年《万国女子参政会月刊》第1期的《平权国偕游记》,作者陈蜕盦;1915年《女子世界》第2—5期的《琼英别传》,作者小蝶;1916年《妇女时报》第19期的《祖国之女》,作者微尘;《妇女时报》1916年第20期至1917年第21期的《中国女子未来记》,作者倚虹;《眉语》1916年第2卷第6号的《法兰西爱国儿女记》,作者顾侠儿;等等。笔者发现,其中写西方女性的多为历史小说,写中国女性的多为幻想小说。现实的中国女性参与民族革命事业至少在当时还没有进入小说家的视野,中国女性的社会关系和国民身份的塑造,立足于幻想的未来,与对中国未来的现代国家民族图景的设想,即当时西方列强的仿照紧密联系。写现实中国女性的小说《想》,女主人公在日本卧病,病因是悲愤于屈死于国内监狱的姐妹。小说对人物和人情的刻画是比较深刻地反映现实生活的,与幻想小说中的帝国女主、女总统相比,在现实的中国,在女性社会关系中,描述出理想与现实的距离。

此时期以政治理念为核心的幻想小说,在中国的小说史上属于新出现的模式。这类小说的典型是西方启蒙时期的小说,如 1516 年莫尔的《乌托邦》、1757 年卢梭的《爱弥儿》。莫尔的《乌托邦》第一部分批判英国当时社会的黑暗,第二部分构造理想社会,解释其运行的法则。卢梭的《爱弥儿》以爱弥儿与他的家庭教师在他的人生成长的不同阶段的共同经历,写他心目中理想的儿童教育。在这些小说中,都存在着对现实世界的描述解剖与理想世界的铺陈幻想,彼此对照,来阐发证明作者的社会、政治、文化理念。这种写作手法在此时女性期刊的幻想小说、戏剧、笔记自传体小说中都有所借鉴。如《情天债》中写梦境与现实两重世界,又以现实的五十年后的时间点为叙述起点。如《补天石》中写女娲所在的补天府与妹喜、妲己、褒姒所在的会芳洞的两重世界。这种梦境与现实、天上与人界的对照,在《红楼梦》《西游记》中可以找到来处。这些小说对现实世界的铺陈不失细节与情节的真实性,而在描绘理想世界时,则或以西方的社会制度、风物民俗为模板,或以理念凭空想象,流于空洞泛滥,这也是这类小说的通病。理念的阐发,与情节的构造有时会脱节,这类小说在情节编排上存在较大问题即在于此,有时甚至会虎头蛇尾。小说《情天债》就是一个典型的例子。

《情天债》,作者东海觉我,小说登载于 1904 年《女子世界》第 1 期到第 4 期。全书到第四回戛然而止,没有完结。小说的楔子是一场五十年后中国的想象图景概览。第一节以女主人公苏华梦的一场噩梦开端,映射中国当时的黑暗现实,两个世界的对照开启了小说的进程。而由梦来联通两个世界,"魂销离恨乡"的用词,带有小说《红楼梦》的影响。

楔子是以1914年而后五十年——1964年为时间点,以已经屹立于世界民族之林的、实现伟大复兴的中国的国民口吻,讲述"帝国第一女杰革命花"苏华梦的事迹。讲述"女杰的历史,兴国的原因"。其中对五十年后中国内政、外交、军事的想象,在当时的幻想小说中,可谓典型。

> 咳,列位,今年已是一千九百六十四年甲辰的新正了。今日我们的帝国独立在亚洲大陆上,与世界各国平等往来,居然执着亚洲各国的牛耳。我们的同胞呼吸自由的新空气,担着义务,享那权利。
> ……
> 列位试想六十年前老大病夫的帝国,如何能一变至此呢?大家都以为这是帝国第一女杰革命花苏华梦之力了。①

这个楔子所描绘的1964年的中国,就是作者的政治理念的体现。很明显,这是仿照1914年的君主立宪的样板——英国来写的。帝国宪法、地方自治、现代军队、教育普及、科学昌明、国民平等、自由文明,这是作者为五十年后的中国所画的一张蓝图。虽然小说中不能确述如何到达独立富强的中国,但大概可知,由于作者视野的时代局限,不免仍套用英雄豪杰改变世运的

---

① 东海觉我《情天债》,见《女子世界》第1期,上海大同书局,1904年,第1—2页。

一套,不过这次的英雄豪杰是一位"女杰革命花",这在当时是超出常规,有点令女性兴奋的创想。

  第一回 恶现象魂销离恨乡 梦游仙神往寄宿舍
  都是黑暗地狱,谁造黄金世界。吾日日焚香礼拜,愿女儿开遍自由花,乃一笔勾了情天债。①

第一回的梗概,由一个黑暗世界、人人相杀的噩梦,引出1904年上海龙华自立女学校师范班女学生苏华梦来,说这是她在自己宿舍做的梦。她早丧父母,自幼寄养在母舅黄毓英家中。与黄家十四岁的黄爱种一道上学,自立男学校与自立女学校相邻很近,接受大致相同的新式教育的缘故,作者对这一女主人公的设计是天足、少有雄心、受新式教育。

  黄毓英于海上开不缠足会时,曾题过名。甥女养在家内,居然留得一双天足。
  ……
  列位可知道,苏华梦原是女界中非常的人物。他于七八岁时,母舅曾戏问彼,他日嫁与何人。彼云,我他日嫁于全国人。闻者为之绝倒。②

---

  ① 东海觉我《情天债》,《女子世界》第1期,上海大同印书局,1904年,第3页。
  ② 东海觉我《情天债》,《女子世界》第1期,上海大同印书局,1904年,第9—10页。

英国伊丽莎白女王一世曾在众臣劝其婚嫁时回复说:"吾已嫁于英吉利。"显而易见,作者受此历史故事的启发,设计了苏华梦童年时的这段情节,设想在中国也出现这样一位雄主。

第二回梗概,苏华梦作为上海自立会的女干事中的女执法,被女干事卫群媛告之,说自立会的南京路本部接到日本共爱会的电报,说:"六国协商,密于本月二十一号,在俄京签押。速集议,筹抵制。"

（自立会的章程）最重要者：一、本会以人人自立,建设完全社会为宗旨。一、本会会员有担任经济、赞成公益的义务,有完全人格、革除谬种的责任。一、建设以教育为基础,以参与政权为目的。一、会员一律平等。一、会员如有交涉,由会中公议评判以立自治之基。①

自立会会议议定办法有两条：第一,发电政府请其拒绝；第二,举代表四人与自立会联盟办理拒外的事件。而政府官员在风闻此事之后,深恐又如《苏报》案一样激起舆论风潮,密谋阻止。

第三回自立会的会议讨论中,引出一位十七岁的小姑娘钟文秀。她是自己逃离家庭,到上海新学堂来念书的。

西国古人的话,"不自由,毋宁死",如我不能自由,便

---

① 东海觉我《情天债》,《女子世界》第 2 期,上海大同印书局,1904 年,第 14 页。

与死了一样,且不如死了,反卸了义务。

……

我爱母亲,我爱自由,二者既不得兼,必于我心中放下一个。①

小说这里描写了钟文秀心中所思量的在顺从母亲的意愿要求和追求自身自由和事业的完成方面的矛盾,写出了女性在当时社会关系中的诉求,虽在现实中仍然横亘在中国的子女和父母之间,但代表了当时女性的呼声。与其顺从父母的意愿,做一个不自由的、困苦的生命,最终增加父母的困苦,不如追求自身自由的人格和自由生命的达成,期待父母终有一日会理解自己,如此反可增加彼此的爱意和幸福。在1904年的时代背景下小说中能讲出如此道理,通过人物塑造与情节展现,细腻又近人情,新鲜又易于为人们所接受,是女性期刊小说在观念与叙事中进步的一面。

第四回苏华梦与弟弟黄爱种的对话,节选如下:

(华梦)"我说世间最快活的莫如学问,最宝贵的莫如光阴。我与你这点年纪,本是讲求学问的时候,不应该干预社会政治上的事情。……我们不愿同胞受此苦难,看同胞长此愚蠢,想整顿整顿,但顾了这里,便顾不得那里,于学问上既难望进步,外面社会又成这个样子,你想我心中委曲到

---

① 东海觉我《情天债》,《女子世界》第3期,上海大同印书局,1904年,第25—26页。

什么地步呢。"说着,已滔滔的落下泪来。

……

（爱种）我的意思,只要我们国中人都晓得可靠的只有自己一个,自己的权利是天赋的,不能任人夺去,苟能看得权利如第二个性命一般,国内便不怕不兴旺了。①

小说中作者对帝国女王的设计,是一位内圣外王的人物。而苏华梦究竟如何从一名女学生成为改变中国命运的女主,小说没有来得及谈就截止了(似乎也谈不出来)。从前四回看,苏华梦被噩梦所警,被现状所激,又少有大志,受新式教育,又是天足。革命的决心和思想基本准备是有了,她所参与的政治集会痛陈时局,最终是要唤醒国民的,从军事上扭转中国的局面,这也是当时国人的普遍愿景。而回望真实的中国历程,在立志图强,变革除弊的维新愿景下,步履艰难。《情天债》虽构置了理想的图景,但它的政治构想、它对帝国女主、对革命花苏华梦的"创造",仅仅是中国人图强的决心展现。小说在虚构的框架下,具有警醒世人的价值。

1912年5月《女权》第1期的小说栏目中继欧的《女总统》,也是类似体裁性质的小说。1913年《万国女子参政会月刊》第1卷第4期的小说栏目,是将社会平等理念付诸想象的《平权国偕游记》。当时这种幻想小说蔚然成风,还有小说写在幻想世界中以女性为国家首脑。这是当时争取女权的呼声在小说中以

---

① 东海觉我《情天债》,《女子世界》第4期,上海大同印书局,1904年,第36页。

一种女权意识与国家意识并起的风潮。

《中国新女界杂志》1906年第1期的《想》,作者安素。此小说是写国内的反清革命风潮影响之下,日本留学生生活交际圈的故事。

民主平等的理念在国内呼吁维艰,作为国人,即使身处日本,过着安静平和的日子,心中始终无法自洽,这反映了当时日本留学生的普遍心态,于是他们希望能够对祖国有所建树,希望祖国有所改变。

> "贵国我虽没有到过,若论那内情,我也略知一二,总愿刻下能安然无事才好。但是政府不能实行新政,国民又不急图自立,只知向上天祷告,要求个太平日子,是求得下来的么?"
>
> ……
>
> "甘先生,现在的人情一天比一天险诈,嘴里都会说什么同胞同种,其实亲兄弟两个,为家产就许成仇敌。你想一想,在这黑暗黑世界过日子,难也不难?"[①]

这是小说中太欲国人与大黄国人在太欲国的谈话。作者以太欲国指涉日本、大黄国指涉清朝。这两个人的对话表现了大黄国人对政局的忧虑与国人的不思图强,看来似乎答非所问,实则提示了在"暗黑世界"中年轻人的各自想法。日本人说中国

---

① 安素《想》,《中国新女界杂志》第1期,1907年,见《中国近现代女性期刊汇编(二)》之《中国新女界》第1册,2007年,第125页。

的立宪改革遥遥无期,国内政治危机与国民的自我麻醉……中国的这位却说起家庭不和,人心险恶的世道艰难。一者问国家命运,一者只关心个人生活。这样的对话刚好印证了日本人对中国人的判断:某些青年斤斤计较于个人得失,无视国家命运。进一步思考,表现了作者对国内风潮的忧虑,对个人的无力且不思改进。

小说写到大黄国人脱下日常所穿西装,改中国装束见本国人,本国来的客人是为了兜售其所译的教科书,谋取官职,客人询问乡试、会试、恩科的事情。这种中西两种衣装、两副面孔,也喻示着两种文化与思维、行为方式。对外谈谈改革宪政、对内聊聊恩科做官发财,在内外两种环境下游走的国人分裂成两套话语体系和思想行为系统,并以国人特有的机变从权、识时务等功利教条将它黏合起来,不自以为分裂。小说反映了在中外两种文化体系中拉锯腾挪的国人无法摆脱的社会心理负担。

小说停在第四章《高南江琼海旅行　任萼卿梅岭兴学》,可以看出作者构想中的下一步是留日青年致力于国内教育。这也是当时教育救国风潮的反映。

相同类型的一篇是以振兴女权、觉醒女界为旨归的幻想小说,《中国新女界杂志》1907年第2期的《补天石》,作者娲魂。小说以女娲所创的上界,妹喜、妲己、褒姒所创的下界,收拢了中国历史上各色女性名人,相当于描绘了一幅中国女性版的天堂、地狱图景。从小说的设置可以看到作者从但丁《神曲》的世界观构建中获得某种启发。时光转到二十世纪初,"下世"的中国内忧外患、女界卑弱,终于惊动了女娲,于是派出使者整顿女权、

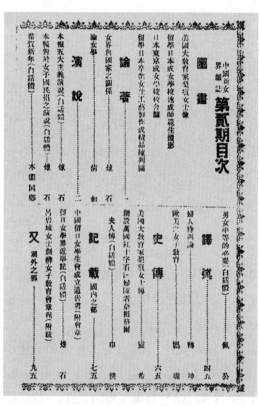

图2-5.1 《补天石》

第二章 初始期中国女性期刊的小说 109

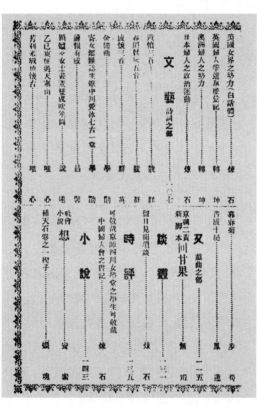

图 2-5.2 《补天石》

振兴社会。而要振兴女权的方式,是遣上界的曹大家等使者到下界观瞻,看一干"祸国殃民"的妖妃恶女是否悔过,如有悔过则收为己用,"下世"改造社会。所谓"慨同胞补天驰使辙、猛回头祸水渡慈航"。

小说里的班昭对生前写就的《女诫》七篇自悔孟浪,贻误后人,弥觉汗颜。她对武则天的诘问,回应如下:

> 女子与男子同是一个国民,皆负有相当的义务,即皆应享有同等的权利。男既不当服从于女,自然女也不应服从于男。这世界上的社会原是男子与女子共同造出来的,一有所偏,即非人道所当然。①

小说中将女子列入国民行列,男女平权、男女共担对国家的责任和义务的思想理念,既有英美女性平权运动的影响,其直接来源,也可能来自日本将女性列为国家人力资源,重视女性,从而培育国民,重视女性教育的政治举措。日本经历代价惨重的中日甲午之战、日俄战争,由此发现国民健康体质的重要,推及国民的"生产者、培育者"——女性的重要性,由此将女性作为人力资源整合进国家系统。这种改革,出于女性自身的发展考虑,更是出于国家建设的战略。女性平权,女性作为国民中的一员,宣扬男女平等,致力于女子教育,在实际效果上改变女性自身的思想观念,增强她们立足于社会的经济能力,加强自主意识

---

① 娲魂《补天石》,《中国新女界杂志》第 2 期,1907 年,见《中国近现代女性期刊汇编(二)》之《中国新女界》第 1 册,2007 年,第 520 页。

和自我赋权,在社会上让女性发出她们自己的声音。

　　小说以幻想的方式,表达了女性平权的观念,在小说中,观念改变的弹指一挥,对比现实中已有规范的改变艰辛,传统观念变革的沉重,女性国家民族话语权的无力,小说写出了振兴女权,觉醒女界的时代呼声。发表于1911年《妇女时报》第2期的《漆室女》,作者朱惠贞,就讲述了一个因忧心国家民族命运而遭遇不幸的女性所发生的悲剧。

　　小说据刘向的《列女传》中忧心鲁国"君老太子幼,国事甚危。漆室有少女倚柱而啸,忧国忧民"的故事,写了一个当代的"漆室女",因国事日蹙、自誓不嫁、婉拒良缘的故事。当时的日俄战争以东北为战场,无视中国的国格,带给关注此事的国人的刺激是非常强大的。小说中的漆室女见国势如此,其忧虑国事维艰,导致心结难纾,最终抑郁而死。

　　小说中有漆室女与男性朋友谈论秋瑾被杀的重要情节。共同谈论时事,漆室女认为思想与行动需要分开审视,行为才能有恰当的评判,是否得以论罪应考虑长远。男性朋友却认为秋瑾应有此结局。对比期刊小说中的异国革命女性、中国古代女英雄,这位"漆室女"就像当时关注国家民族命运的知识女性的普遍写照,囿于自身所处的环境,徒劳悲叹,心神耗尽的她甚至不为周围的人群所理解,小说反映了当时中国忧心国家民族命运的知识女性的真实处境。这篇小说由女性来描述衰弱时局下女性的真实心境、处境,作为争取女权的小说恰为女性所写,应该是时代的呼声在期刊女性小说中的非偶然展现。

　　而如果诚心拥抱民族国家话语体系,个体也有可能失掉了思考的独立性,被举国若狂的气氛完全淹没。1913年《妇女时报》第10期登载了《豪杰之老妇》,作者周瘦鹃。小说写日本神户一老妇人因"国战"失去丈夫,为日俄战争献出两个儿子,断去一指以捐助金戒指,最终二儿俱死,老妇欣然有如疯癫的故事。读者也许会惊叹、艳羡日本民族的爱国热情,但结尾处老妇手执樱花、笑容盎然的样子状如疯魔,这番惨目胜景中又见到国家机器对人的全面侵蚀与占有,似乎在有意凸显女"豪杰"的爱国主动性,但不合人情,本质是极哀痛扭曲的。

> 军人中有识之者,谓老妇曰:"……媪家二公子俱为沙场战死鬼矣。"老妇曰:"我何惜者,男儿只会为国死耳……"军人曰:"二公子死时,犹高呼'上足以报国,下可以报老母'二语也。……
>
> "……今二君俱死矣,媪得毋伤心耶?"老妇笑曰:"二儿死得其所,我何伤心之有?我军战胜归来,我归且大笑三日也。"军人微笑拊老妇肩曰:"媪真女豪杰,媪真女豪杰。"言已,即与老妇作别而去。……一老妇人载奔载欣于夕阳影里,笑容盎然于面。手中执樱花一束,红英灼灼,似染健儿爱国之血,口中喃喃然呼曰:"不愧为我儿,不愧为我儿。"①

小说叙述老妇之子临死情形,写了对老妇人的感受明知故

---

① 周瘦鹃《豪杰之老妇》,《妇女时报》第10期,1913年,见《中国近现代女性期刊汇编》之《妇女时报》第3册,2006年,第1226页。

问的军人,在得到"归且大笑三日"的回复之后,军人微笑抚其肩,说老太太真是女豪杰。这种常人看来非真心的"豪情"话语,作者在小说中展现出来,或者是被"国战"思维完全洗脑,或者是表现漠视人性的人们在特定时代氛围中的狂热表现,从小说所表达的主旨来说,都是借反映女性的生存状态,来表现当时的某些不合理方面。

三、女性的处境与社会状况

初始期女性期刊的小说命名中,有很多带有"惨"字,"惨"字的出现,是非常频繁的。如1914年《妇女时报》第14期的《幼芹惨史》,1915年《香艳杂志》第11期的《宛宛之惨死》,1916年《眉语》第1卷第16号的《雪红惨劫》《丽娘惨史》,《眉语》第1卷第17号的《惨声》,1917年《妇女杂志》第5—10期的《凤英惨史》。此外,小说命名中含有"苦""愁""恨""残""哀"等字的出现情况也比较多见,这些字眼基本上是用来形容小说中的女主人公,或者是概括女主人公的境况。"悲惨"与"悲壮"不同,"悲壮"属于悲剧中的英雄,人在与环境和命运的搏斗中展现出自由意志和人格尊严,是带有崇高感的,是震撼的。"悲惨"所暗示的情境中,人对于所遭遇的任何不幸,都缺乏足够自主的反抗能力,无论怎样的惨不可言,只能使读者产生同情,却不会产生敬意。"惨"字及其近义词"苦""愁""恨""残"等,出现在这么多的小说命名中,可以大致推测出这些小说中的女性各有各的不幸,但能够用来反抗的事物却是那样地少,最终的结局只能是由自己或别人发出绵绵不绝的哀叹。小说反映了个体对庞大社会结构的无力感,通过女性的处境呼唤社会的变革。1919之后的小说中,描写的女性处境在指向个体的同时,更指向了她所代表的一个社会阶层,从而促使读者反省当时社会的不合理结构对女性的不公,激起人们的改造社会的动力。

1914年《妇女时报》第14期刊发了《幼芹惨史》,作者衔冰。小说中幼芹与丈夫心意志趣相近,关系融洽,丈夫东瀛留学,结果客死异乡。幼芹在国内得知消息,千里赴日,扶灵柩归家。但因为去日本是未经婆家允许的行动,归来后被婆家排斥厌弃,一年后于无限的孤独中抑郁而死。作者以旁观者的身份为其鸣不平,并声明这是据真人真事而写。文中可以看出幼芹的家世、学识背景都属于中上层,为人处世有智慧,有见识,不然无法做到独自去日本运回灵柩的事。她对婆家上下也是恭敬忍让,服从规矩,唯一出格的事是未经允许赴日,婆家无视此事是出于对丈夫的爱,由此对她强加诋毁。此事竟成了她被怀疑、被厌弃的原因。女性的处境犹如没有思想的"壳子",人无法活成一个壳子,但只要有一件事突破了"壳子",可能在这样的家庭、这样的社会中便不被允许,便不能生存。这就不仅仅是幼芹个人的悲哀。

相同类型的小说,我们再来看同为优裕阶层的另一种哀音,作者写这哀音,却比惨史更多思想观念的醒觉。1907年《中国新女界杂志》第4—5期的《哀音》,远庸录述并批注,实为作者。

这篇小说不是署名人自己作的,记不得是某年某月某日某时,也不记得是在何处一个著名绅士人家的字纸篓中寻出来的。内中所载系一少年妇人自述身世之哀,颇多情之感。中间也有许多社会上情形奇特的思想。其稿后并附了几句跋文,说道:"蕙草琼枝,于今已矣。鸿声虫语,本无可存。但藉兹暮景之明,聊作伤心之语。死后有灵,吾灵自赏;死后无灵,吾灵无憾耳。"①

小说仿《红楼梦》讲述故事来源的方法,写有跋文。并且如脂砚斋点评本一般,文中夹有批注。这种托为誊本的讲述方式使得之后第一人称的叙事始终笼罩在"被观看"的视角中,作者还在文章行进过程中有所批注和点评,这就成了两重观看。对于作者的方便之处是,在行文中可以直抒胸臆,在评论批注时可以随时抽离,主人公在文中的思想心理活动有了代言者即时的补充与回应。这种以传统小说评点本为形式开展原创的小说,使得说理、议论比较自然地出现在小说中,宣扬新观念、新思想为旨归的小说,便有一些都采取了这样的伪自述、随文评点的形式。行文中的括号内部分文字皆为原随文点评。

我到这个时候觉的世界上就没有什么叫做礼、乐、诗、书、文物制度(本是后起之物),我觉得世界上就不应该有尊卑上下、富贵贫贱的区别(现在无国无之),觉得不晓得有什么生死老病、一切苦痛(本来没有的)。我觉得天下万

---

① 远庸《哀音》,《中国新女界杂志》第4期,1907年,见《中国近现代女性期刊汇编(二)》之《中国新女界》第2册,2007年,第697页。

物就是性情是真的,其余都是假的。……我望我的灵觉早死,我有什么法子叫他死呢? 我灵觉活一天,我的灵觉就叫我哭、叫我叹息,我的灵觉就叫我想起过去、现在、未来种种不了的事。①

主人公玉儿四岁时,身为妾侍的母亲因肺痨去世,因为想要读母亲留下的信,但不识字,就闹着请父亲送她去学堂,小说写在那样幼小的心灵中,就知道这封信要作为自己的秘密宝物,不把信给父亲看。作者批注为"独孤臣孽子,其操心也危,其虑患也深"。

进学堂之后,玉儿发现认字不难,读懂《论语》《大学》《中庸》《孟子》却很难。"古人为什么将这些杂字七拉八扯凑起成一句?"(把古人问倒,把今人骂倒)在主人公的抱怨与作者点评中,虽然有对传统儒家经典的隐隐批判意味,但更多只是模拟学童初读孔孟时的懵懂心态。评论中说"把古人问倒,把今人骂倒",在质疑古文的意义的同时,影射当时的"有识之士"于国事危难之际的枉读圣贤书。

我的圣德的母亲呀,我平生没有别个恋人,母亲是我绝无仅有的恋人了,我平生没看见什么情书,我母亲这一封信就是我的情人把我的有血有泪的情书了。咳! 我母亲的信我也要写将出来给看官看看也。叫看官晓得茫茫世界、尘尘禹域,有我母子这样惨绝、悲绝、苦绝、奇绝之女子(悲人

---

① 远庸《哀音》,《中国新女界杂志》第4期,1907年,见《中国近现代女性期刊汇编(二)》之《中国新女界》第2册,2007年,第698—699页。

惨人无量无数庸止玉娘母子二人）。①

  小说写女主人公把母亲比作情人，无疑是对当时父族和夫族制度的反思反叛，是对当时婚姻制度的一种叛逆，主人公凭借着本能的心所做的这番发言，也正应了她所说的天下万物，唯重性情，也是对已有社会规范的一种挑战。

    天下唯父母及子最相爱耳。汝父待吾，不能云薄（尚云不薄，盛德可佩），但玉儿玉儿汝须知，天下妇人最苦，妇人为人婢妾苦，乃非人道所能堪。②

  玉儿之母原为官宦之女，其家族因政治获罪，被玉儿之父纳为妾侍，在生女后得肺痨，被隔离于后花园，禁止与女儿接触，临死之际留给女儿一封浸满血泪、又给予她生活与生存的支持与希望的书信。信中说"天下唯父母及子最相爱耳"，主人公的母亲苦心孤诣留下遗信，信中内容字字句句说的都是爱，出于母性的爱。这和主人公后来认为性情至上、万物平等的思想是一脉相承的。这与封建社会规训中父母将子女视为家族的子嗣、自己的所有物的那种非人的桎梏形成鲜明对比，以此警醒世人，为女性的权利与尊严发声。《哀音》的主人公哀苦中带着新鲜的

---

  ① 远庸《哀音》，《中国新女界杂志》第5期，1907年，见《中国近现代女性期刊汇编（二）》之《中国新女界》第2册，2007年，第888页。
  ② 远庸《哀音》，《中国新女界杂志》第5期，1907年，见《中国近现代女性期刊汇编（二）》之《中国新女界》第2册，2007年，第889页。

思想与识见,带着真诚的爱与怨,悲苦中清醒,绝境中仍然希求母女两代心声的存续。其中又间有作者在某些观点和概念上的点评,显露出较为先进的人本理念和社会进步思想,是真正的时代之声。

玉儿最为亲近的二哥引导她了解了一些新的观念和学说:

> 现今世界上就没有什么文明与野蛮的分别,若以我们现在理想之文明拿来比较现在世界,现在世界直是没有一国是文明的。文明的世界,要令社会上没有宗教、种族、国家的区别,没有尊卑贫富一切阶级,没有一个人苦乐不平均,没有一件伤心悲惨之事。
>
> ……
>
> 中国的制度、学问、风俗都是束缚生人的自由多。所以人人性情不能开展,志气不能发达。样样的事情都不发达,不特朝无良臣、野无大儒、肆无良工商,就是变把戏、当娼优的,也没有几个好的。而女子自生至死,直是在一种天开的牢狱奇冤之内,不然哪个不可以做木兰、做聂隐娘呢。①

小说中说"不特朝无良臣、野无大儒、肆无良工商,就是变把戏、当娼妓的,也没有几个好的","他"对社会的批评,反映了当时社会的一种状况,而作者又心存"理想之文明",在新旧交替的时代背景下,小说引导着新的观念和学说,在探索女性的

---

① 远庸《哀音》,《中国新女界杂志》第5期,1907年,见《中国近现代女性期刊汇编(二)》之《中国新女界》第2册,2007年,第893—895页。

权利。

女主人公玉儿少时读《大学》《中庸》,青年时被哥哥灌输新思想、新知识,待出嫁后,被婆家欺辱,使精神上更受摧残,这般境遇在知晓更多道理、明白人的平等价值之后,反而更加难以忍受。恰在这时,玉儿又接到了二哥的来信,说自己在被父母安排的婚姻中痛苦厌憎,不复有意于尘世,"吾国社会腐败已极矣,四海多事,吾亦将别有所图。苟意趣不能自聊,吾亦将发愤蹈海而死,吾不孝不弟不能顾吾母及吾妹矣。"①玉儿读罢大病,面对处境的不堪与周围同龄人的不幸,女主人公便在这样的压抑、愤懑与忧虑中一年之内郁郁而死。

综观全文,主人公所受的惨酷之境遇,好像大都是精神上的,而物质生活上其命运甚至可能好过当时的大多数底层妇女,但就在这种日常的悲剧和普通的折磨中,生命在不甘、怨恨和遗憾中消逝。女性精神上要求独立,权利要求申张,而婚姻不自主,是造成她母亲、她二哥、她自己悲剧命运的源泉。在一种规范的制度内,作为女性的她和她最爱的人全部被制度戕害而死,小说在习见的日常女性描写中,提示了时代的悲剧,可见旧道德、旧风俗、旧文化、旧的社会体系到了必须被改变的时候。

小说《卖花女郎》写异国情境下女性的悲惨处境,故事在天主教教义与东方的孝道背景下,写女性的生存状态。

1912年《妇女时报》第6期的《卖花女郎》,周瘦鹃托名意大利赖莽脱所作。故事里的女郎与祖母相依为命,靠卖花勉强维持

---

① 远庸《哀音》,《中国新女界杂志》第5期,1907年,见《中国近现代女性期刊汇编(二)》之《中国新女界》第2册,2007年,第897—898页。

生活,常被酗酒的父亲责骂痛打、抢夺财物。最终,她替虐待自己的父亲上了断头台,死后父亲悔恨不已,改过自新,进了上议院。

　　小说赞扬了这位姑娘的美好品性,她最后做出替父而死的选择,是在被父亲折磨得贫病交加、唯一疼爱自己的祖母也凄惨死去的情况下。与其说她是替父而死,不如说是她的父亲、她所身处的世界让她失去了生活的所有乐趣和希望。当时意大利的传统,自杀是不得入天堂的罪过,但替父而死就完全是高尚、荣耀的了。卖花女郎这样的举动,小说在叙述中,表现了卖花女是对于自身境况经过诸般考虑后所做的"明智"抉择,女郎的生命就这样完结了。周瘦鹃以意大利天主教背景创作这篇小说,带上了不同文化环境下"父不慈,女不改其孝"的传统封建观念,但这篇小说本身,在控诉一种女性的不合理生存处境,在为他人牺牲的伟大外衣之下,却更让人体味到社会的伪善与父权的可恨可恶。

　　"尤琪尼亚,今天便是你的末日了。十九年的忧患,十九年的愁恨,都结束在今天断头台上。但是为父而死,死而无憾。祖母在天之灵,当也快活。祖母祖母,快来领我去罢。"[①]小说写女孩临终的心声,是因为生活希望的全部破灭,选择了能够自利利他的结局,在讽刺与控诉中,女性的美被表现出来,虽然这结局是毁灭。

　　以西方背景写女性处境的小说,还有展现注重自然天性与社会教育结合的女性成长小说。

----

　　① 周瘦鹃《卖花女郎》,《妇女时报》第6期,1912年,见《中国近现代女性期刊汇编》之《妇女时报》第2册,2006年,第713页。

1915年《妇女杂志》第1期的《黄鹂语》，作者红豆村人，此篇是女性成长小说，强调女性自然天性的保持，描写了一位西方女性由少女、少妇成长到社会教育家的轨迹。女主人公随着丈夫从政，游走名利场，到丈夫去世，回思前事，继而投身社会教育事业的人生中，"黄鹂语"和"黄鹂歌"成为她对自我回归的标志，自我追寻的回响。这种对自然天性的譬喻解释很有东方意蕴，可以看到作者想要将西方女性成长模式移植到本国的努力。女主人公参与社会活动，贡献社会价值的追求，自我精神境界完善的修养，是向外和向内的两个维度，这就使得小说的内在情感逻辑、人物的运行轨迹能够让人信服，但从另一个方面，这是小说想象的西方女性在作者笔下的形象展现，以东方的思维理解异域的女性生存状态，在文化的障碍和隔膜下，这种措置的理解也许会给小说带来更丰富的思考维度。自然天性在作者的诠释之下，便拥有了中国小说描写女性所不具备的永远保持活力、永远追求自我价值的部分。

小说中拉伯拉罕作为出世的智者老人形象，在主人公的幼年时代给予重要的言传身教，这一教诲回荡在女郎的人生的不同阶段。拉伯拉罕将人的"天然之良"作为说辞，可以看出这一概念与庄子的"无所待"的逍遥、王阳明的"良知良能"有很接近的关系。由此可见小说作者想要在西方故事中植入东方价值的用心。

> 天然之良者，汝试观之，则以手指点曰："此融融者，日也；此泄泄者，海也；此红紫相间而自然逞美者，春树之花

小說

黃鸝語

紅豆村人

黃鸝黃鸝翩其下兮 朝暾如火燿汝翮兮 春花初落點汝羽兮 阜尼之山蒼蒼兮海茫茫兮 翱茲翔茲得毋飢兮 下來下來兮其就我兮 我食爾以紅豆飲爾以清泉兮 黃鸝黃鸝爾毋颺兮

北美阜其尼亞省之南偏地曰思洛維濱海港灣錯落沿海居者多業漁某日之晨朝暾初上二白髮翁衣漁人之衣樸素而至整潔面海而坐方手自結網老人口啣煙斗時時從繞頰于思中透煙紋縷縷羃其面神至凝定除海濤拍飛三數黃鸝飛鳴大檜樹之側外殆無幾微聲息久之久之忽老人側其目若有所覘立棄網引其手力拔煙管哈盧一聲而有嫋嫋之歌聲清至無倫隨一垂髫女郎舞蹈而至女郎衣罩綠畔作灰褐色二頰受朝陽似蘋果乍熟櫻口不時啓閉風致秀曼而亦爛熳天眞似新結之網紵白不受色初未經海水浸汚也者斗見老人立停其歌以指入脣覘而微笑老人張其巨吻亦微笑以示歡迎而額上縐紋似表其閱世之深示此女郎當受學也老人復以手招之曰盧達爾姑娘試來前我兩日不聞汝歌聲矣盧達爾無語徐步至老漁翁側老翁則徐以手摩其髮如撫愛孫且摩且言曰盧達爾汝漫長矣讀書如何者亦當入學校之時矣轉瞬便成年歲月之駛固甚速也女郎目炯炯覘其面待老人慈愛親切而斷續之語聲垂畢始發問曰密

婦女雜誌 第一卷 第一號 小說 黃鸝語 一

— 109 —

图 2-6 《黄鹂语》

也;此飞鸣上下而无束缚无樊笼者,黄鹂鸟也。"女郎亦知此四物者,无或使之然而然者,以昭丽于天,森弥乎地,点缀乎当春之时。而我人当之,则冶冶熙熙,以发育我聪明,日进而不已。所谓真气也,所谓天然之良也。"①

《黄鹂语》以西方背景写知识女性,不像有的小说直接描写中国新派女子的不幸遭遇。对当时接受了西方思想影响,不掩饰追求自由的东方女性来说,会有怎样的社会经历,小说作品对她们的表现又会是怎样的情形?下面这篇小说便讲述了新派女子在当时社会的境遇。

1914年《眉语》第1卷第1号的《桃花娘》,作者许啸天。

这篇小说写一名在新式女子小学受教育的女学生,参加过辛亥革命、争取过女子参政权,同时游走在"大伟人、大学士、男朋友、女朋友"中,与其中一个"小白脸"未婚有孕,嫁给一名不知内情的、女学生的崇拜者胡图(谐音"糊涂")。她在家产挥霍净尽之后抛弃丈夫、孩子,经一位好友的介绍,嫁给一位督军做九姨太太,督军不久因贪污被撤职枪毙,因其他妻妾的嫉妒,她被下毒生疮,病好之后形容枯槁不复旧貌,后被督军的卫兵卖到上海的需要半夜出门揽客的下等妓院,在招呼主顾时偶遇从前的丈夫胡图和儿子,被胡图用一百块洋钱赎身,回归"母子夫妻团团圆圆"的日子。

小说作者对新式女性的恶意几乎能够冲破纸面。小说特意

---

① 红豆村人《黄鹂语》,《妇女杂志》第1卷第1号,1915年,见《中国近现代女性期刊汇编》之《妇女杂志》第1册,2006年,第110页。

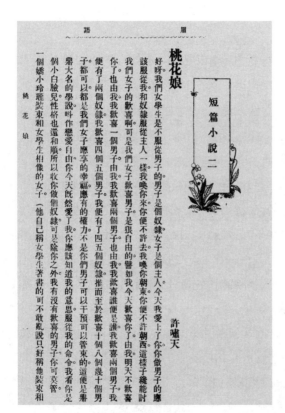

图2-7 《桃花娘》

选取的这位"桃花娘"——受过新式教育,追求男女平权、恋爱自由,喜爱社交,争取女子参政权,这样的一位新女性典型,将其遭际和下场设计得惨不可言,却又于字里行间的价值判断中暗示其自作自受。作者对唐群英所领导的争取女子参政权的政治活动、女子同盟会的态度一望可知,表现了传统观念对女性平权的不理解与阻碍。桃花娘的结局是被她曾经抛弃的丈夫拯救,作者似乎意在表明女性对传统男权的服从与依赖,及社会男女结构规范的不可动摇。小说通篇写到与桃花娘有过交集的人物,如"小白脸"魏文明、丈夫胡图、朋友"女法螺先生"金女士、都督,只有"她"与都督的姓名不曾出现,都督作为一个工具性人物,他的官位就是他最重要的特征。但"桃花娘"自始至终不出现真姓名,作者的用心在于表现对女性行事的取舍,例如小说写"桃花娘"的由来。

  她的男朋友却比女朋友多,所以她很知道些男女平权、恋爱自由的道理。……又因他年纪很轻,生成一张千娇百媚的脸儿,那两面粉腮上常常带着几分桃花色,往常又欢喜穿那桃花色的衣裙,因此大家取她一个雅号叫作"桃花娘"。为什么不称她是小姐,倒称她一个"娘"字呢?因为一班朋友虽和她混了许久年数,却没有一个知道她是有丈夫的呢?是没丈夫的呢?她往常对着她心爱的男朋友,她总说是没丈夫的;但是她对着她心里不爱的男朋友,她忽然又是说有丈夫的了。至于她到底有丈夫没丈夫,却连著书的也不知道。这样说来,称她姑娘又不好,称她大娘也不好,没有法子,便把一个"姑"字、一个"大"字裁去,总称她一个"娘"字罢。①

"轻薄桃花逐水流""命犯桃花",桃花在传统语言背景中常有形容女人轻浮放荡之意。"他的男朋友却比女朋友多",作者为女主人公取名"桃花",带有自以为含蓄的贬斥的暗示。写到女主人公因为言行随意不定,不知有没有丈夫,不能称作"姑娘",又不能称作"大娘",所以只能叫一个"娘"字。这也是作者所描述的桃花娘后来的结局,不能称为"姑娘",只能得一个"娘"字,名不正则言不顺,言不顺则事不成。"一字之贬,严于斧钺",小说在卖弄中以一字寓褒贬,《史记·孔子世家》有言,"《春秋》之义行,则天下乱臣贼子惧焉"。作者以这篇《桃花娘》小说,也是寓意让天下新、旧女性戒慎恐惧的。第一,不称呼"她"的姓名,本来就是对"她"的一种轻慢和贬低,似乎她在人格上是低等的。第二,"桃花娘"这样的外号,可以用来称呼任何一名被认为不守妇道、自作自受的女性,写一个虚构人物的一生,构成对一种类型人物的泛泛的评判,铺就对所有女性的压抑氛围。

结尾部分作者这样评价:

啸天曰:维新以来,朝野上下病于虚伪,清白女子见短识浅,徒眩于一二美名,奔突呼号,如中狂热,卒至身败名

---

① 许啸天《桃花娘》,《眉语》第1卷第1号,上海新学社,1914年,第2—3页。

裂，贻识者笑。事非不可为也，寄托非人，颠仆随之，授孩提以白刃，未能自护，旋至自杀，不求实际之害有如此。予草此篇，予心戚戚，犹有余痛，智慧女儿盍早自渡。①

从结语来看，作者所写的"桃花娘"，显然是在影射一个接受了新思想、开始参与社会活动、要求参政权的女性群体。女性将平权的希望寄托在革命党身上，由于守旧势力的阻挠，最终只获得了惨凄的结局。《临时约法》没有履行革命党妇女参政的承诺，删除了同盟会政纲的男女平权条文。第一次女子参政权的争取暂告失败。作者认为，当时女性的能力地位都还很弱小低微，赋予其权力如同"授孩提以白刃"，只会为自身带来损害。新派旧派、主流逆流，似乎在鄙视女性这一领域获得了共鸣。此时再看《桃花娘》，作者自以为善意地写出了时代的《井底引银瓶》，对女性的处境似乎不乏同情与怜悯，对于女子平权似乎也并不反对，所谓"事非不可为也"。女性群体的平权运动受阻，革命党及改良过的儒家，所谓开明文人更无法尊重女性的意愿、欲求和自由意志，遑论为女性的独立平等而战斗。

小说写新女性在社会活动、家庭生活中会受到种种挫折，作者所写的人物也许并不完全是出于虚构。在当时的社会环境下，这些追求自由同时可能也爱慕虚荣的女性，她们参与辛亥革命、追求女子参政权，代表了时代环境下女性的呼声，具有争取女性社会地位的时代强音作用，绝不是如作者所暗示的那样，对

---

① 许啸天《桃花娘》，《眉语》第 1 卷第 1 号，上海新学会社，1914 年，第 15 页。

革命胜利、社会进步并无多少功劳，只是图虚浮热闹。再者，类似"桃花娘"这样遭际不幸的女子，一知半解地接受了平权思想，获得了短暂的自由，却又不断地受挫，与现实妥协，继续受挫，滑至人生的至暗境地的状况，是作者在时代背景下对女性的观照，新女性所面对的戕害和引诱是社会已有结构体系所带来的对女性的塑造与规范，当时代出现新变，女性群体有所觉醒并发声时，表现在小说中，作者的貌似公允、悲天悯人的故事设置也是这一文化体系的一部分。

1917年之后，新文化运动已兴起，社会主义、共产主义思潮引入，使得本土涌现出一批关注社会问题、社会矛盾的小说，小说讲述资本主义带来的阶层间的压迫和人们艰难的困顿与反抗的故事。而劳动妇女无疑是被层层压迫、受苦最深的群体，当个体的自我追寻与社会现实发生碰撞时，就不可避免地会出现思想的苦闷与挣扎。

如1921年《劳动与妇女》第5期的《一个自杀者遇着一个疯子》，作者双明。节选如下：

> 疯子——"你见过的人哪里去了？"
> 自杀者——"转眼就变为黄金的偶像了！"
> 疯子——"哈哈！亏你枉生这双眼，天下哪有不是黄金偶像的人。"……
> 疯子——"你看我是整个的人么？"
> 自杀者——"你不过是疯子罢了。"
> 疯子——"人是我自己的，疯是大家的。大家给了我

一个疯,我这个人却并不因为这个疯而减少。我要问你,自杀以外还有一个你么？你在哪里？"①

这篇疯子与自杀者的对话发生在淘情湖西岸金锁桥下的清早。淘情湖、金锁桥,这两个地名都有着明显的象征意义。自杀者被疯子所救,于是展开了这一番状似疯癫而蕴含深意的对话。"大家给了我一个疯,我这个人却并不因为这个疯而减少。我要问你,自杀以外还有一个你么？你在哪里？"对话中除了对金钱社会的控诉之外,更有着对个人独立意志的清醒坚持。不被众人的非议所击败,坚持完整的生命,疯子最后的话似乎具备了无法摧折的骄傲。这篇小说以对话的形式构建,以思想言论的交锋为主要内容设计,在形式上接近于话剧,在语言表达上近于诗。这种小说形式的出现,与当时大量引进的翻译话剧、小说都有着明显的关联。

小说写劳动者应该觉醒,对不合理的现象应该发出质疑,例如 1921 年《劳动与妇女》第 1 期的《一顿饭》,作者楚伧。结尾部分如下：

> 阿福气愤愤地说:"那女主人太不讲理。做厨子的难道不是人？洗澡一次,整费了一小时,饭菜怎地会不冷,却来怪我……怪我。"说了又说,又抽着烟。伊也很替他不平说:"女主人太不讲理了。"

---

① 双明《一个自杀者遇着一个疯子》,《劳动与妇女》第 5 期,1921 年,广州水母湾群报馆、上海民国日报馆,第 7 页。

阿福气苦了一阵,才想起自己还没有吃喝,叫伊把酒菜端出来。他见什么都冷了,不觉又饿又怒,指着伊骂:"你在家做些什么,放这些都冷了?下次再这样时,给我滚!"

伊觉得这话似在哪里听见过的,不觉呆了。①

雇佣者与被雇佣者的不平等、丈夫与妻子间的不平等,在社会的层层关系中,小说写出了处在不能平等交流的劳动者身上的不幸,尤其是夫妻之间,不能体察对方的情状之下,丈夫所说的话更深一步地伤害了妻子。被雇佣者阿福将从女主人那里受的气撒在自己的妻子身上,又说出同样的话:"下次再这样时,给我滚!"从女主人对阿福、阿福对妻子的双重处境的摹写中,可以看出社会不平等的亟须改革,被压迫者需要醒觉,而妇女作为被压迫最深重的阶层,更应首先觉悟起来。所以才会有最后一句话:"伊觉得这话似在哪里听见过的,不觉呆了。"在一种常态化的日常生活中,这种压迫以隐秘的形式进行,女性的地位处境在生活中固化,身处其中的人只能感到一种司空见惯的窒闷、麻木与迷惘。小说揭穿这种生活的残酷本质,是这一时期的社会小说所着力追求的。

同种类型的小说还有1920年《新芬》第1期的《卖梨女孩》,《妇女杂志》第6卷第9号的成玉的《我家的一个老妈子》等。这类社会小说揭露了社会阶级压迫的本质,促发了劳动妇女阶层的醒觉,醒觉之后如何,还没有给出答案。

---

① 楚伦《一顿饭》,见《劳动与妇女》第1期,1921年,广州水母湾群报馆、上海民国日报馆,第8页。

第二节　初始期中国女性期刊的
　　　　翻译小说

期刊最初引进翻译小说,是当时中国的文人基于自身的兴趣和需求选择、转译和改写的,甚至创作了翻译小说风格的原创作品。1917年后,期刊引入的翻译小说的思想内容发生了转变。因此,本节将不把翻译小说风格的原创作品与翻译小说、伪翻译小说分开撰述,而是以主题类型作为分类的条件。

1905年《女子世界》第2卷第2—3期的《荒矶》(*The Man Orom Achemgle*),英国陶尔(即柯南·道尔)著,萍云译。期刊对小说原名的登载有讹误,应是 *The Man From Archangel*。这部短篇小说最早发表于1885年1月的 *London Society* 杂志上的第75—92页。将小说名翻译成"那个从大天使号来的男人"似乎更好。小说于1907年由 Jules Tallandieras 翻译成法语,登载在 *Le Capitaine* de "l'Étoile-Polaire"上,即《船长》杂志的《极地之星》栏目,译名为 *L'Homme d'Arkhangel*。

《荒矶》写主人公旁观异国男女二人因情而死的故事,结尾处有与《呼啸山庄》相似的凄凉平静又浪漫高蹈之感。

原小说的高潮部分,主人公看到前夜被掠走的少女与掠夺者双双因海难而死的尸体,而大汉还保持着保护少女的姿势,主人公是这样描述他们的情状和自己对此情景的思考的:

It was only when I turned him over that I discovered that

she was beneath him, his dead arms encircling her, his mangled body still intervening between her and the fury of the storm. It seemed that the fierce German Sea might beat the life from him, but with all its strength it was unable to tear this one-idea'd man from the woman whom he loved. There were signs which led me to believe that during that awful night the woman's fickle mind had come at last to learn the worth of the true heart and strong arm which struggled for her and guarded her so tenderly. Why else should her little head be nestling so lovingly on his broad breast, while her yellow hair entwined itself with his flowing beard? Why too should there be that bright smile of ineffable happiness and triumph, which death itself had not had power to banish from his dusky face? I fancy that death had been brighter to him than life had ever been.

将上文试译如下：直到我把他翻过来，我才发现她在他身下，他的胳膊仍圈着她，他的残缺不堪的身体仍挡在她和暴风雨的狂怒之间。看起来这凶猛的德国海夺取了他的生命，但用尽全力，它无法将这个一心一意的男人从他所爱的女人身上撕下来。种种迹象让我相信，在那个可怕的夜晚，少女易变的头脑终于领悟到了真心的价值，为她奋力挣扎、如此温柔地守护着她的强壮臂膀的价值。不然的话，为什么她纤小的头颅如此可爱地依偎于他宽阔的胸膛，为什么她金色的头发仍交缠于他飘动的胡须？为什么他的脸上呈现出无法言喻的幸福与胜利的灿烂笑容，这笑容死亡也没有力量从他灰蒙蒙的脸上抹除？我想，死亡给予了他生活从未给予的一切。

期刊登载的这一部分的译文如下：

予检视尸体，见少女之头正当其广胸，黄金之发致纠结于虬曲之下髻。壮夫浅黑之颜，现喜悦之色，似虽死而不足灭其愉快者。"三六鸳鸯同命鸟，一双蝴蝶可怜虫"。想彼二人，虽死犹生矣，抑又生不如死矣。①

原文的信息量被压缩了大半。男子临死时对少女尽其所能保护的情状描述被省略了。作者猜测的少女临死时的心理活动也被省略了。最后的评论与原意虽相近，但还是有一定距离的。原文有"生命诚可贵，爱情价更高"之义，译文的"生不如死"却带来了歧义，"三六鸳鸯同命鸟，一双蝴蝶可怜虫"的附加，或许迎合了本土读者对诗词的审美趣味，却将结局的格调从悲壮变成了悲惨，令人唏嘘，无法引人生出敬意。原文的崇高感被削弱了。再看另一段：

When I pass on my daily walk and see the fresh blossoms scattered over the sand, I think of the strange

---

① ［英］陶尔（即柯南·道尔）著、萍云译《荒矶》，《女子世界》第 3 期,1905 年,见《中国近现代女性期刊汇编》之《女子世界》第 4 册,2006 年,第 1439—1440 页。

couple who came from afar, and broke for a little space the dull tenor of my sombre life.

将上文试译如下：

当我日常散步至此，瞥见沙滩上四散的鲜花，便会想起这从辽远之地而来的奇怪一对，为我阴沉无聊的生活破出了一点喘息之隙。

而期刊登载的萍云对结尾部分的译文如下："惟有无情碧海，长此终古。江潮呜咽，日夜如语，仿佛有声发于水底云：'恋，恶魔也'！"①

这与原文几乎没有相同之处，只能说是译者改写了此文，给小说加上了一个自己的尾巴。所谓"恋，恶魔也"，完全是译者自己的感想评价。我国传统史书、小说的写作习惯在结尾加以概括性议论，如《史记》的"太史公曰"，《聊斋志异》的"异史氏曰"，在期刊小说中，也经常可以看到小说作者、译者在最后的感想式评论。这篇小说也是如此。但对于道德功能的一味追求，可能会伤害小说本身，甚至在翻译作品中完全扭曲著者的原义。柯南·道尔在小说中塑造的"我"，是位醉心学术、厌恶社交、离群索居，想要隔绝一切人际关系、人类情绪的人，而在旁观和经历这场始于船难、终于船难的异国传奇爱情故事之后，"我"心如死水的状态早就被打破，对少女也萌生了珍惜保护之情，最后劫掠者与少女的死，也让"我"久久萦

---

① ［英］陶尔（即柯南·道尔）著、萍云译《荒矶》，《女子世界》第3期，1905年，见《中国近现代女性期刊汇编》之《女子世界》第4册，2006年，第1440页。

怀,"为我阴沉无聊的生活破出了一点喘息之隙"。通观全篇,情感的力量是先被无视、后被承认的,这是作者精心结构的效果。爱情可能是生命中唯一真实的东西,是死亡也无法夺走之物。这显然与译者"恋,恶魔也"的论调是大异其趣的。

1912年《妇女时报》第7期的《军人之恋》,作者为英国的柯南·达利,即柯南·道尔,译者周瘦鹃。篇首附柯南·道尔小传,有介绍西方文学家的自觉意识。

> (柯南达利)毕业后,即弃刀圭而从事于文学,挥其垂露之笔以陶铸国民之新脑,所著小说无虑数百种,社会、言情、侦探、历史各体皆备。一编甫出,不胫而走,全球读者皆击节叹赏,谓英国司各特、狄更斯以后,一人而已。①

周瘦鹃在小说中将柯南·道尔的生平做了简要的介绍,尤其着重谈到他弃医从文的经历,有可能对当时的青年也有所启发。而挥笔以"陶铸国民之新脑",说明之前由梁启超提出的以小说改造国民性、改造旧社会成为文艺界一定程度的共识。而周瘦鹃将柯南·道尔与英国历史小说家沃尔特·司各特、批判现实主义大家查尔斯·狄更斯相比,说明当时的周瘦鹃对于通俗小说、人文小说的概念是没有明显的界限的,这也从侧面展现了当时学界对于小说的定义,对翻译小说的认识状况。

---

① [英]柯南·道尔著、周瘦鹃译《军人之恋》,《妇女时报》第7期,1912年,见《中国近现代女性期刊汇编》之《妇女时报》第2册,2006年,第829页。

1911年《妇女时报》第2期的《耐寒花传》,美国欧文著,觉民译。

这篇小说刻画了一种理想型的爱情婚姻关系,其精神上的契合与物质上的淡泊是清教徒的完美婚姻梦想。欧文构建了一位典型的维多利亚时代"房中天使"的形象,充满着纯洁的精神追求、无私的爱和献身精神。不因丈夫的金钱地位的变动而改变辞色,在其低落颓丧之时于物质、精神上无微不至地支持、安慰,使得在社会竞争中落败的男主人于家庭生活中找到人生真正的幸福。具有西方宗教精神的坚忍、乐观与纯洁,但这种爱似乎更像是上帝的博爱,而并非夫妻间的人间之爱了。

在西方宗教背景的小说中,常见这种受人尊敬、纯洁坚忍、秉性自然宽容的贤妻形象。如《飘》中的斯嘉丽的妈妈、艾希礼的妻子梅兰妮,两位都是对自己的"天职"即妻职母职奉献一切、热心慈善的人,是丈夫的永远的避风港和减压阀。她们死去之后,对她们的丈夫整个精神世界的垮塌叙写更加深了她们头上的光环。《耐寒花传》中的这一位女主人公也是如此。这类维多利亚时代极力推崇的"房中天使",无需克制欲望、抵制虚荣,因为她们本身就是纯洁高尚的爱的化身,是没有欲望、虚荣等"魔鬼"的一面的。秉承博爱精神,她们在维持家庭生活的良好品质之外,还常常热心慈善、扶幼济贫。她们在社会公共事务的参与方面是以此为突破口的,渐渐扩展到慈善、公益、医护等领域。南丁格尔所获得的巨大声望和高度赞誉,是这类女性所能达到的顶点。对于更广阔的社会事务,如政治、战争、商业公

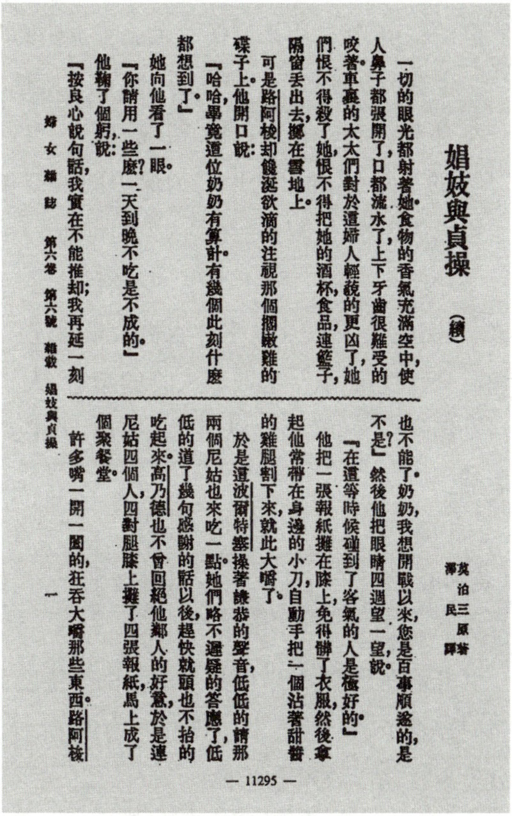

第二章　初始期中国女性期刊的小说　　137

娼妓與貞操（續）

莫泊三原著　譯民

一切的眼光都射著她食物的香氣充滿空中，使人鼻子都張開了，口都流水了，上下牙齒很難受的咬著，車裏的太太們對於這婦人輕蔑的更凶了，她們恨不得殺了她，恨不得把她的酒杯食品連簽子隔窗丟出去擲在雪地上。

可是踏阿梭卻饞涎欲滴的注視那個擤嫩難的碟子上，他開口說：

「哈哈畢竟這位奶奶有算計，有幾個此刻什麼都想到了」

她向他看了一眼。

「你用一些麼？一天到晚不吃是不成的」

他鞠了個躬說：

「按良心說句話，我實在不能推卻，我再延一刻也不能了。奶奶，我想開戰以來，您是百事順遂的，是不是？」然後他把眼睛四週望一望說

「在這等時候碰到了客氣的人是極好的」

他把一張報紙攤在膝上，免得髒了衣服，然後拿起他常帶在身邊的小刀，自勤手把一個沿著甜醬的雞腿割下來，就此大嚼了。

於是這波爾特巒搽著綾恭的聲音低低的請那兩個尼姑也來吃一點，她們略不遲疑的答應了，低低的道了幾句感謝的話，以後越快就頭也不抬的吃起來。高乃德也不曾回絕他鄰人的好意，於是連尼姑四個人四對腿膝上攤了四張報紙，馬上成了個聚餐堂。

許多嘴一開一閉的狂吞大嚼那些東西，路阿梭

图2-8　莫泊三（莫泊桑）《娼妓与贞操》（《羊脂球》）

司运作等方面,女性就没有这样受欢迎的参与自由了。社会主流文化会说这些复杂的事务应该远离女人,女性也应把竞争的场域让给男人,以保护自己天性的纯洁。这种女性形象很适合当时倡导女性是"国民之母"的知识分子的胃口,也有利于社会家庭的稳定,接受起来顺畅而无任何心理负担。

但这类女性形象的局限性,就在于女性只能进出于家庭与一小部分社会,只能接触、表现、思考、参与外部与内部世界"善"的一面,这种单向度名为保护的禁锢和赞美,实际上杜绝了她们成为立体、复杂、真实的人的可能。

1917年之后的翻译小说,多注目社会问题,相关的浪漫主义、现实主义、唯美主义名作也被大量引进。这些小说以限知视角与全知视角,从小说典型人物的塑造、人物语言的锤炼、人物活动场景设置等方面,为我国的现代小说写作带来了深刻的影响。

1920年《妇女杂志》第6卷第5—7号小说栏连载了莫泊三(莫泊桑)的《羊脂球》,它在当时被翻译为《娼妓与贞操》,译者泽民。

开篇在焦虑、颓败而恐惧的氛围铺垫之下,一辆逃亡的马车暂时捏合了各个阶层中的典型人物出场。妓女羊脂球的故事,就发生在这样的环境之下。

> 她既被人注目以后,那一班人中的太太们便互相低语起来,有些字眼像"婊子""公娼"等等,说的太响了,波尔特赛不禁把头抬起来,她把这样挑战的大胆的眼光射着邻近

的太太,那班太太们不禁都住了口,把眼看下地去,只有路阿梭独自把眼看着他,看得很有味。①

羊脂球波特赛对太太们带有敌意的称呼的反应是"她把这样挑战的大胆的眼光射着邻近的太太"。而那班太太们"不禁都住了口"。她明白自己的地位和可能遭受的攻击,并一直有顽强的心理准备,而这顽强被这个法国社会的微型缩影——马车上人事场景——马车上的人的辜负打破了。

波特赛②在叙述自己离开路杏的事情说:

> 她说:"我起初想,我总该可以留了不动的。我的家里贮足了粮食,与其来茫茫的路上流离奔走,还不如在家里养赡几个兵丁的好。那知我一见了那班普国人的样子啊,真够我的了!我的血沸腾起来。我就为了羞愧哭了个整天。唉,我若是个男子啊!……我的侍女禁住我的手,不让我把家具丢下去掷他们……我拣那第一个进门的就赶上去叉他的咽喉。哈哈,他们原来也和旁的人一样的容易叉得死的。若非那时被他们揪住了我的头发,我简直就弄死他,此后我只好躲起来了。我一得了机会,就离开那地方,所以我现在来到这里。③

---

① 莫泊桑著、泽民译《娼妓与贞操》,《妇女杂志》第 6 卷第 5 号,1920 年,见《中国近现代女性期刊汇编》之《妇女杂志》第 24 册,2006 年,第 11126 页。
② 按,"波特赛",在第 6 卷第 6 号原文中称为"波尔特赛"。
③ 莫泊桑著、泽民译《娼妓与贞操》,《妇女杂志》第 6 卷第 6 号,1920 年,见《中国近现代女性期刊汇编》之《妇女杂志》第 24 册,2006 年,第 11297—11298 页。

这辆马车上有一个葡萄酒批发商、一个棉织业大亨兼参议员、一个有五十万法郎年收入的伯爵兼参议员,各自带着自己的夫人;有两位天主教修女;一个平民主义者高乃德及妓女波特赛10个人。小说写波特赛不会说什么漂亮话,有的只是沸腾的血和不自主的羞愧,有的只是朴素的爱国心,而她最终因这爱国心和内心的善良而被鄙视、伤害,小说这样描写极具讽刺意味。

当得知波特赛为了众人的利益,屈从普鲁士军官的要求之后,马车上的其他人开始了一种共谋者的狂欢,只有高乃德还稍稍有点良心和人格的清醒,而这群人为了心中的安泰,又谈起高乃德曾经向波尔特赛求爱的事,以表明他的谴责只是出于私心作祟。

> 高乃德一句话也没有说过,一动也没有动过,他似乎是在深思,不时狠命揪他的浓胡髭,好像要使它更长一些。末后,到了午夜时光,他们将次要分散了,路阿梭的快乐和静止相去尚远,猝然把他背上一拍,不清不楚的说道:
> "今夜你不很快乐,你为什么这样静默,老头儿?"
> 高乃德把头转过来,眼光狠毒地向他一看,答道:
> "我告诉你,你们做的事不要脸!"①

小说中政界人物、公爵、商人、修女等人带着救世的精神、贵族绅士的风度、柔和的话术、"爱国"的荣誉感,带着光圈的人们在羊脂球———一个妓女的面前,显出了灵魂的卑弱与渺小。小

---

① 莫泊桑著、泽民译《娼妓与贞操》,《妇女杂志》第 6 卷第 7 号,1920 年,见《中国近现代女性期刊汇编》之《妇女杂志》第 25 册,2006 年,第 11442 页。

说写到这些带着上流社会的标签人物为了切身利益施展各种阴谋诡计,故事几度转折,最终在"小人物"面前显出了虚弱而伪善的本质,从而引起读者的强烈震撼。小说在结构设计上将社会各阶层人物浓缩于一个时空场景,以此展开矛盾,短篇小说的这种设计构思,在人物群体中突出羊脂球这样一位地位最为卑微、灵魂却最为高贵的人物,无论从结构设计还是人物塑造上,都以高超的艺术手法,开辟了小说写作的新航路。

1921年《妇女杂志》第7卷第9号的王尔德的《星孩》,译者伯恩。全篇以诗意的语言,描写星孩从无知、傲慢、不懂得爱到经受世间折磨的故事,在其中遭遇世人的恶意,接受一些人的善意,星孩最终领悟,达成人的高尚、友爱的价值取向。小说无疑是生活在尘世中的每个人的心灵成长寓言,这种兼具诗意与哲理的小说,以西方救世精神为元叙事,读者在阅读中可以体味到丰富的意涵和层次性。小说通过一个民族的元叙事、共同记忆,或者说母题,阐发具有人类共通性的对公正、仁慈、奉献、友爱的渴望及对和平与繁荣的向往。

第三节　初始期中国女性期刊中小说概念的形成

说部与小说作为文体的概念,在初始期的女性期刊中经常被等而视之。短篇小说作为栏目名称,在1909年的《女报》中首次出现,此后也出现在1914年的《香艳杂志》《眉语》中。而《眉语》是初始期女性期刊中唯一设长篇小说栏目的。短篇小说、长篇小说作为独立栏目出现在期刊中，可以证明期刊中小说所占的篇幅在扩展，小说作为文体的意识在增强。

1904年《女子世界》有小说栏目，在1905—1907年中，小说又改以收入文艺、附录栏目；1917—1919年《妇女杂志》有小说栏目，在1920年改成杂载—文艺，成为二级栏目，于1921年又改回小说栏目。这说明小说在初始期女性期刊中，是作为文艺的一部分与诗词并列，不过还是小说占据更主要的地位，与论说、家政、新闻等成为一个独立完整的阅读领域，在这两种期刊中，虽有部分调整，但小说一直是主打。当然在其他期刊中，小说或说部基本上都获得了独立栏目的地位。

在期刊中被标识为小说的作品中，有一些并不属于小说文体。1905年《女子世界》第2卷第1期被列入文艺栏目的《好花枝》是抒情散文，被列入附录的《女猎人》是纪实文学的翻译作品，但它们都被标识为短篇小说。第2期被列入《女子世界》文艺栏目的作品，主要内容是介绍因反对美国排斥华工法案而聚集的女权力量组成中国妇女会，编写杂志《女子世界》的介绍，这相当于一个新闻通讯，而不是真正意义上的小说。1907年第2卷第6期的《美人妆》被标识为短篇实事，列入文艺栏目，显然在当时被当作是小说的一种，但它实际上是批判当时女界涂脂抹粉的社会风气，属于社会评论。1911年《女学生杂志》第2期的《女子实业竞争大会》，被标识为短篇小说，列入小说栏目，但实际上是手工业技术操作指南的说明文。1909—1910年《惠兴女学报》从第18期连载至第28期的《姊妹讲话》，被标识为教育小说，列入代论栏目。正如栏目名称所示，它实际上是关于女子教育的演讲与论说的加长版。1917年《女铎》第6卷第4—8号的《公主之提倡女学》，被标识为女校小说，列入说部，实为英国戴娜森于1847年所编写的教育课本。1920年《新芬》第1期的《哎呀！哎呀！》，是一篇鼓动还未觉悟的女界同胞的带有诗的节奏与韵律的抒情散文，但仍被标识为小说。小说作为文体概念的内涵和外延，在初始期的女性期刊中，部分期刊并未严格作为特定专栏而设置。但除上述的特例之外，期刊中被标识为小说的，基本上都可以称得上真正意义上的小说。纵观初始期女性期刊的小说名称，可以看到小说从传统的记、传、录、史、案、语逐步接近现代意义上的小说概念：虚构性，以塑造人物为中心的文体。

  1914年创刊的《香艳杂志》谈薮栏目中的小说谈，较早地把小说当作文体来研究，栏目内容涉及一些文学理论及对小说历史的梳理，对某部具体小说的研究评论。在其第2期小说谈栏目中，就有《小说之原始》《章回小说起于宋时》《传奇之盛于明代》《最古之小说》《少康中兴传》《封神传》《西游记》《新西游记》《〈水浒〉非海盗之书》文章，以上的文章述讲如《小说之原始》，说小说始于虞初，即舜统治时代的早期，这虽然与现今的研究结论有所不同，但开始了以文学史的眼光对小说源流进行考证的研究。"初汉武帝时，人以方士为郎，尝撰《周说》九百四十三篇。《西京赋》所云小说九百，肇自虞初者也。"《〈水浒〉非海盗之书》，重新评价《水浒传》一书，说它是作者施耐庵愤激于元朝暴政的不平之书，也是平等自由之书。"梁山起义，经内攘外，同甘共苦。破贵族之阶级，有平等之自由。盗亦有道，此之谓也。"这是用现代的民权民主思想重新评价传统小说。金圣叹对《水浒传》的评点经常为人津津乐道,但他肯定的是《水浒传》的小说技法、艺术成就,对梁山泊群体所持的是"一日为贼、终身为贼"的否定态度。所以才提出要腰斩《水浒传》,删去宋江受招安、征辽伐方腊的情节。《香艳杂志》中王均卿对《水浒传》作者,对小说主旨的理解,对小说人物的正面评价,在现在看来当然并不新鲜,但这在当时仍属难能可贵,启示了我们对文学作品的重新理解和认识。

1920年《新妇女》第3卷第6期的随感录栏目,登载文章《新杂志和黑幕小说》,作者妙然。文中批判黑幕小说专门描写各种极坏的社会状况,并且说得尽致淋漓,有门有径,是驱逐一般人到邪僻路上的"魔鬼",青年们却趋之若鹜。赞扬新杂志是为了"改造社会、改造家庭",而"一般的青年却不去买它、研究它"。如此扬彼抑此,呼吁青年鄙弃黑幕小说,改读新杂志。作者归纳黑幕小说的特征:写尽社会黑暗,且写得淋漓尽致的基础上,指出其对社会道德建设的不利一面,小说作为一种文学作品,应发挥引导青年关注社会进步,家庭和谐,从而有益于人心社会的作用。

1920年《新妇女》第4卷第3期的特载栏目,登载文章《文艺上各种主义——自然主义、写实主义、理想主义、象征主义》,作者为加滕朝鸟,译者为望道(陈望道)。文章介绍了文艺三要素:题材、作者、作品。认为作者主观处理题材的,是理想主义;客观反映题材的,是写实主义;作者与题材主客观融合,以作者的经验写作的,是自然主义;作者、题材、作品融为一体,题材和作品作为本体与喻体水乳交融的,是象征主义。加滕朝鸟较为清晰地概括了浪漫主义(理想主义)、现实主义(写实主义)、自然主义、象征主义文学的特征。这也恰恰是十九世纪欧洲文学演进的轨迹。在1917年之后,女性期刊引进的翻译小说,也囊括了浪漫主义、现实主义、自然主义、象征主义、唯美主义的小说。这篇小说理论的介绍,可以与当时进入我国读者视野的翻译小说相呼应。

综上所述,初始期女性期刊中关于小说的理论研究并不多,但将小说作为一个独立文体,将其置于文学史的纵向坐标中,重新考察、评价传统小说,介绍西方的小说理论,是当时的期刊编者、作者已经在做的事。而小说作为文体概念,其内涵与外延的具体变化过程也展现在初始期的女性期刊中。

# 第三章　初始期中国女性期刊的戏剧

初始期中国女性期刊的戏剧初登场时处于期刊小说的辅助地位。1898—1914年的女性期刊登载的戏剧常被列入小说、说部、戏曲、传奇栏目,1914年之后的女性期刊,其登载的戏剧常被列入杂俎、余兴、补白、家庭俱乐部栏目。而更多的戏剧被列入文艺、文苑栏目,这是1898—1921初始期内一直存在的情况。从戏剧所属栏目名称的变动,我们可以看到:1914年之后,戏剧这一文体开始明确区别于小说;1914年之后话剧的传入和本土的新剧创作,与传统的戏曲、传奇一起,慢慢构成新的文学体裁——戏剧。它被列入文艺、杂俎、余兴栏目,从地位上未能与小说平起平坐,但它内部发生的容量的扩充和性质的变化却极其显著。本章第一节研究初始期中国女性期刊传统戏曲,第二节研究初始期中国女性期刊的原创、翻译话剧,第三节总结初始期中国女性期刊戏剧概念的形成和从戏曲到话剧的发展过程。

第一节　初始期中国女性期刊的传统戏曲

初始期中国女性期刊的传统戏曲可以分成两种情况。一是前代戏剧与以历史、前人作品为主体结撰的戏剧。如传奇《梅花簪》《中萃宫传奇》。这其中也包括由随笔、小说改编而成的戏剧。如1915年《妇女杂志》的《可中亭传奇》、1915—1916年《妇女杂志》的《花月痕传奇》、1915—1916年《中华妇女界》的《麻疯女传奇》。二是以史实、时事、时评为素材的戏剧。如1904年《女子世界》第2期的《松陵新女儿传奇》、第5期的《女中华传奇》、1909年《女报》第5期的《神州第一女杰轩亭冤传奇》。

第一，前代戏剧与以历史、前人作品为主体结撰的戏剧。

1914年1—5期和1915年6—10期《香艳杂志》登载的传奇《梅花簪》，作者清代张坚，但在期刊中未注明。篇名后缀为《玉燕堂二种》。

传奇《梅花簪》是清代戏曲家张漱石所作的《玉燕堂四种曲》中的一部。杂志标明是《玉燕堂二种》，不知其故。《玉燕堂四种曲》风行之后，常被与汤显祖的《玉茗堂四梦》作比较，传奇《梅花簪》里丞相之女巫素媛被一位素不相识的男子的声音吸引，被一支梅花簪感动，由此念念不忘，相思成病，后来完偿心愿，与男子结成连理。从素不相识及梅花簪这一线索来看，确实是借鉴了汤显祖的《牡丹亭》。最后一折的判词"只要一灵咬定情根在，死生患难皆无害"，也与《牡丹亭》的题词"情不知所起，一往而深，生者可以死，死者可以生。生而不可与死，死而不可复生者，皆非情之至也"意思相近。这是对汤显祖"唯情论"的继承，而传奇《梅花簪》是在名教风流、情理交融的框架之下完成的。

第三章 初始期中国女性期刊的戏剧　　151

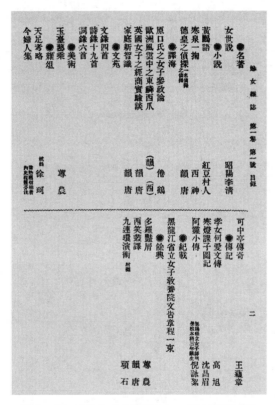

图 3-1.1 《妇女杂志》目录——《可中亭传奇》

图3-1.2 《中华妇女界》目录——《麻疯女传奇》

传奇《梅花簪》将时间背景设在大明朝。女方广东罗浮山下杜冰梅,被其父许配给徐苞,以梅花簪作订亲信物。后徐苞游学。杜冰梅被山东巡抚胡维之子胡型看中,胡型到广东惠州迎亲未成,便强娶冰梅。杜假应成亲,将奸徒灌醉缢杀,事发被执下狱。徐苞追至江西,错认行船,哀哀哭叫,投掷梅花簪至船内,女方丞相之女巫素媛不识此人,自然不应。之后回思当时的情景,似有所感,魂牵梦萦,思久成病。

徐苞误会杜冰梅别嫁,中进士后做山东巡抚,判杜冰梅死刑。徐入赘高门,便是因梅花簪而生病的丞相之女巫素媛。杜冰梅被侠客郭宗解所救,逃狱后改扮男装,化名梅先春。郭宗解改名为解元晋。遇丞相巫焕,献平倭策。二人得以出使日本,劝降日本国王,斩杀降臣胡维。回国后与徐苞、巫素媛在金銮殿上对质,皇帝赐婚徐、杜。徐苞与杜冰梅、巫素媛三人"修成正果",其乐融融。

现截取其第 37 出《驾辩》中的一段:

(内)徐苞何独无言。(生)臣启陛下,臣妻被胡维之子强劫去。后臣即游学归家,一知此变,随即追赶前去,直到江西十八滩头,适遇丞相巫焕——前任山东巡抚,正与新任胡维交代回家,泊舟在此,更巧在巫焕有侄新娶,故臣访问之时,姓音相似,误认臣妻已从奸贼。又值胡维之子,差人前来刺臣,妄说臣毁节,怀恨在心。及臣巡按山东,只疑臣妻别有奸情谋杀之事,将她判斩,有此一误,故造下这段冤怨。臣今如梦方醒,惟有心灰肠断耳。

(南滴溜子)非故意,非故意,将他冤陷。因错误,因错误,悔恨无限。

　　臣启陛下,臣妻被禁子郭宗解救出同逃,尚未曾死。若圣恩垂念,容臣挂冠寻访,必能缺月重圆。

　　可怜此情谁见,誓将他已逝萍踪,向天涯觅转。难道。坠井银瓶终无日返。①

　　剧作家张坚(1681—1763),字齐元,号漱石,南京人,生于康熙二十年,卒于乾隆二十八年,一生醉心昆曲创作。他所属的时代是所谓的"康乾盛世",国人在心理上仍然保有天朝上国的自信,清朝在东亚还保有着"四夷宾服"的地位。而这部传奇出现在1914年的《香艳杂志》,除了让人回味天朝曾经的荣光之外,还有些什么呢?戏中轻轻松松,侠客剑斩一个地方官、再对日本恩威并施就可以让日本降服,然而现实呢?

　　1914、1915年,此时真实世界的日本经过甲午战争、日俄战争的胜利,已经跻身列强行列。前人戏剧中的书剑风流,只能留在记忆中。虚构的戏剧中,所谓的文化、语言中心地位的稳固,日本的慑服,也并没有战争,而是靠侠客郭宗解剑斩一个胡作非为的山东巡抚、才女杜冰梅化名的文士梅先春凭借三寸不烂之舌对日本晓以利害就可以达到目的。这不由使人联想当时中国所面临的局面。日本在一战期间已觊觎山东青岛,中国人并非没有察觉,只是眼看德属将变成日属,无能为力。传奇中的内斩

---

① 张坚《梅花簪》,见《香艳杂志》第10期,1915年,上海中华图书馆,第3页。

昏官、外示威德,是国人对国家内忧外患处境的一种担忧纾解,借戏剧表达心曲。1919年巴黎和会对山东青岛的不公处置,国人在戏曲中所希望采取的真实对策,所谓"外争国权、内惩国贼",可见大众的心理并未走出传统窠臼,更多的只是将屈辱感转嫁到个别"反派"身上。传奇中的女主人公可以坚贞不屈、亲手杀死欲强占她的仇人,最终回归爱人的怀抱;现实中的山东青岛却无法决定自己的归属,只能在民族国粹艺术中通过戏曲表达渴望志士救国,力挽狂澜于既倒,扶大厦之于将倾的意愿。

本剧的第34出《服叛》以集句诗作结:

拖紫腰金济世才(刘商),威雄八阵役风雷(吕温)。
莲花剑上看流血(李昂),当斩胡头衣锦回(李白)。①

恰切的结场诗对应此折杀叛臣、建立功勋的内容。戏曲与诗词的密切关系在戏曲艺术中随处可见,古典诗词在戏曲传奇中的使用,不仅仅是唱词皆为韵文,在开场与结尾,在人物、情节的构建方面,皆有诗词相映衬。诗词与传奇共同构成一个传统文化空间,在初始期期刊戏曲中比比皆是。其所构建的世界视野,天下四夷;人生纵横捭阖的场域,庙堂江湖;文人理想人生的模式,出将入相;情感表达的方式,托物言志,借物抒情。这些都在一个精致的闭环中完美自洽。这种自洽的运行终于被十九世纪末的千年未有之变局打破,在新旧交替的时代背景下,传统戏

---

① 张坚《梅花簪》,见《香艳杂志》第8期,1915年,上海中华图书馆,第7—8页。

曲的观念与内容都将发生变化。传奇《梅花簪》,写才子佳人、英雄侠士,更写了家国寄望。而这部传奇被二十世纪初的女性期刊重新登载,也可以看出编者的幻想图景。

1915年《妇女杂志》第2—5期的《中萃宫传奇》,小凤填词,忏慧、韵清正谱。

> 今圆明草衰,颐和花落。佛香如梦,玉泉不波。独听江南龟年,泣诉故宫旧事,悲哉! 老伶工孙菊仙谓小凤曰:"翳惟珍妃,六宫之秀。姱容菔发,修淑人范。文节娴达,辞旨婉娈。既移长门,乃亲玄觉。思君未忘,时撷芬于蘅若;与花同命,恒寄慨乎芙蓉。……"小凤曰:吁! 昔帝女花残,词传逸韵;长生盟折,文擅奇华。不有艳踪,俦成令作哉! 三年冬小凤序。①

"独听江南龟年,泣诉故宫旧事","老伶工孙菊仙",序言中提起全篇的由头,很像是对《长生殿》中李龟年讲天宝旧事、《桃花扇·余韵》中柳敬亭悲秦淮旧梦的模仿。对王朝宫廷、帝王妃子恩爱的惯性的咀嚼与想象,是对美人香草比照的明主贤臣的传说的眷恋,立德立言立功的理想的追忆。对深宫嫔妃的悲剧性命运,在剧作者这里也是杂糅意象的,剧中用长门陈阿娇、马嵬杨贵妃指代胭脂井珍妃的经历与结局。剧作者的处理,通过宫室后妃的命运,牵引出帝国的兴衰存亡;对女性形象的塑

---

① 小凤《中萃宫传奇》,见《妇女杂志》第2期,1915年,上海商务印书馆,第6—7页。

第三章 初始期中国女性期刊的戏剧　157

图3-2 《妇女杂志》目录——《中萃宫传奇》

图 3-3 《中萃宫传奇》

造,沿袭了传统的扁平与狭隘的概念化想象;对王朝兴替的哀思,通过传统戏曲的"借男女离合之情,抒国家兴亡之感",作者把《帝女花》《长生殿》与他所作的《中萃宫传奇》相联系映照。以传统文人留恋的殿堂将相,文武定国安邦,歌舞升平,君臣相得益彰,予以杂糅。而与《帝女花》《长生殿》一样,这部剧作也少不了对上位者的怨刺。

第3期第2出的《雯怨》,通篇可以看到对《红楼梦》的仿效与引用。《红楼梦》不仅作为其中道具,参与了光绪与珍妃的传情达意,参与了珍妃的自抒心曲,也用宝玉与晴雯的故事暗示了光绪与珍妃的命运。而置晴雯于死地的王夫人在这里自然就是厌恨珍妃至深的慈禧了。

> (贴)万岁爷早来过了,见娘娘晨妆未罢,谕奴才等不许通报,自向水晶帘外偷窥娘娘梳妆,半晌便含笑走了。(旦点头微笑介)(丑指桌上书介)这也是万岁爷谕总管呈进来的,说暂遣娘娘睡思的。(旦抽书翻阅介)(点头叹息介)咳,人间离别,天上悲欢,原是无二的。晴雯晴雯,才人命薄,可也不止你一个呢。……①

"自向水晶帘外偷窥娘娘梳妆",是将唐代元稹的"水晶帘下看梳头"化用为戏剧中表现的帝妃日常生活细节。二人的传情之物,珍妃手中翻阅的,就是《红楼梦》。而她所感叹的"心比

---

① 小凤《中萃宫传奇》,见《妇女杂志》第3期,1915年,上海商务印书馆,第10页。

天高、身为下贱"的晴雯,最终被王夫人欺凌致死,也与珍妃最后被慈禧幽禁、杀害的结局相对应。

　　(金蕉叶)好事多魔,似被他情天所妒;空惆怅,茜纱黄土,负平生女儿水做。
　　……
　　(贴)这芍药栏前,又谁把泥掘得松松的。(丑)闻说万岁爷为怜秋色,特种芙蓉呢。(旦)呀,这是种的芙蓉么?奴闻此花古字"夫容"。夫容,夫容。
　　端只怕种兰因成絮果,夫容浪把招魂赋,负鸳篦银纨,雀裘金缕。①

"好事多魔","茜纱黄土",又是《红楼梦》中的典故。珍妃的感叹忧思,又让人想到《红楼梦》中的两个回目:一是第五十二回《俏平儿情掩虾须镯　勇晴雯病补雀金裘》,一是第七十八回《老学士闲征姽婳词　痴公子杜撰芙蓉诔》。

　　(副末上)……启娘娘,太后懿旨:向中萃宫东畔,起矮墙一堵,隔断中宫。着奴才传与各宫女,三日内不准窥园。(旦)呀,这又奇了。(副末)再启娘娘,文廷式有病愈,销假帖在此。(跪呈介)(旦)文师傅病愈,传与内务总管,颁赏参茸蟒帛,着明日起依旧入宫教书。(副末)领娘娘旨。

---

① 小凤《中萃宫传奇》,见《妇女杂志》第3期,1915年,上海商务印书馆,第10页。

（下）（旦）咳，对着这困人情绪，如水愁怀，那里还有心情读书来。①

戏剧中通过一段道白，机锋早现，危机隐伏，将后党与帝党的对立昭然若揭。慈禧在中萃宫筑矮墙，隔断中宫，阻碍珍妃与光绪、光绪与帝党的交流。紧接着便是文廷式销假任职。既隐忍又显豁的矛盾已如锥处囊中，政局的变动潜流已浮出水面。戏剧将政治危机的急迫与表面风平浪静之下珍妃的忧惧都表现得极其恰当，通过戏剧故事，表现当时的宫廷内部力量的斗争。

第4期第3出的《笺誓》，光绪帝正欲探访珍妃，却从宫女处得知，珍妃被慈禧逼着迁禁中萃宫，"要令万岁爷与娘娘终身隔绝"。珍妃以胭脂和泪写于罗巾，呈上辞表。

（贴扮宫女慌张上）翠鸾方有约，笯凤已无缘。启万岁爷，珍娘娘不知因甚忤了老佛爷，被老佛爷懿旨逼着迁禁入中萃宫去了。……（生揎泪介）可怜妃子，是殊才绝色害了你也。
……
（贴）珍娘娘临去时，还南向叩头，挥泪说：千古妃嫔，徒充君王弄物，彼太真、丽华，一代风华，免不了亡国误君罪案。

---

① 小凤《中萃宫传奇》，见《妇女杂志》第3期，1915年，上海商务印书馆，第10页。

......

（生摇首叹息介）哪里为这些，自古聪明误人最烈，况宫中媒孽正多，妃子便铁石人，也不免积毁销骨哩。①

剧中通过珍妃之口，对千年以来后宫妃嫔的命运慨叹，也是借珍妃之口说出的对封建制度的控诉。光绪问及珍妃被迁禁的具体情况，珍妃侍女提到文廷式与珍妃同遭贬斥及其他之事，光绪的叹息无奈可以看出身为皇帝，不由自主，在政治权势的压迫下，无能为力。借珍妃的不能"保护"来反衬身为皇帝的"无所作为"，对自己需要"假作痴聋"、韬光养晦的处境也有清醒的认识。借宫廷之事，写家国之事，对光绪角色的塑造，又显出身为帝王、身为凡人的无能和软弱，在涨落起伏的矛盾场域中，作者借皇帝与妃子的故事，表达了末世的哀惋。

第5期第4出的《私祭》，节选如下：

敲不住渔阳鼓声，顾不得长生夜盟，慈旨无情，送佳人一命，葬胭脂景阳宫井。……

这六个字的笔迹，明是书房中的体制。那里有书房中先生们肯题起无名女子的碑来。况且龙文螭首，居然宫制，难道就是修觉娘娘的墓么。……（外）啊呀可怜，想不到您生前宠冠六宫，海内烜赫，死后竟享这"无名"两字

---

① 小凤《中萃宫传奇》，见《妇女杂志》第4期，1915年，上海商务印书馆，第9页。

呢。(挥泪介)①

本剧略去了珍妃被幽禁之后的情况,直接跳转到庚子国变、慈禧西狩、赐死珍妃之后。尘埃落定,美人已成孤魂。白云观道士高师父携小徒弟在海淀数株红柳树旁,找到一片残碑,上写"无名女子之墓"。

内书房的先生的笔迹,使高道士认定了珍妃"无名女子之墓"的残碑。帝王嫔妃的时代、翰林清贵的时代都已走到最后的尾声。

私祭的白云观道士高师父对珍妃被害、慈禧携光绪"西狩"之事的总结:

> (前腔)宫车出,禾黍生,倾国何关金粉。别贤奸内有皇猷,决胜败外有专阃。问降旗是谁端整,这一种冤根孽根,一付与春深草深。
> ……
> 纯孝天生念吾皇,圣明敢为妃犯颜乞命。折成个钿折钗分,拼成个钿折钗分。②

"倾国何关金粉",借对宫廷女性的正名,突出了借男女之情写家国兴亡的寓意。"决胜败""问降旗"两句,批判的矛头直

---

① 小凤《中萃宫传奇》,见《妇女杂志》第5期,1915年,上海商务印书馆,第5页。
② 同上,第5—6页。

指专权者的无所作为,滥用权术导致败阵误国,山河国破,草木春深,感时伤怀,而唱词中对光绪的纯孝、为妃犯颜的评价,在简化政治斗争,美化光绪的同时,也将他写成了一个为心爱之人"犯颜"的更具人性的人。

　　珍妃与光绪的故事在后来的一个世纪内被反复作为文学艺术作品的主题。《中萃宫传奇》之后,还有姚克于1942年在上海编写的话剧《清宫怨》,以此为蓝本,又有了周璇于1948年在香港永华公司参演的电影《清宫秘史》。1976年,李翰祥又在香港邵氏电影公司导演了他清宫三部曲的第二部《瀛台泣血》。到二十一世纪,还有日本小说家浅田次郎所写的《苍穹之昴》《珍妃之井》,2010年,导演汪俊还以此作为蓝本制作了电视剧《苍穹之昴》。人们对珍妃故事的兴趣持续了一百多年。"后宫剧"作为戏曲的题材,在不断赋予时代寓意中被改编搬演,珍妃的故事是帝国最后王朝的风流佳话,是帝王妃子、朝野民间这种话语体系的最后的注脚,是古典的明君贤臣理想的破灭的隐喻。在清末的历史框架下,封建王朝励精亦不能图治,维新只平添旧恨,帝王将相、佳人才子的时代永远地结束了。

　　中国女性期刊还刊载了由前代随笔改编的戏剧。

　　《妇女杂志》1915年第1卷第1期的《可中亭传奇》,由主编王蕴章填词。王蕴章字莼农,号西神残客。作品为单幕剧,讲述失意文人将新纳之妾辗转介绍给妻子的故事。开篇序言介绍此剧的缘起:

宵灯煮梦,偶忆《两般秋雨庵》所记可中亭事,复忽忽若有所触。名士权奇,美人侗傥,虽或贻讥大雅。佳话流传,要足为山塘生色。因仿《倚晴》闺鼙体,谱为杂曲以志梗概。①

"仿《倚晴》闺鼙体,谱以杂曲",这也说明了依谱制词是传奇的基础。在当时的人眼中,词与传奇的界限是不分明的,到现代文体分类中词属于诗歌,传奇属于戏剧,两者被列入不同的系统。

王蕴章写《可中亭传奇》,是以清代梁绍壬的《两般秋雨庵随笔》中的卷一第四条"张船山诗"为蓝本。《两般秋雨庵随笔》,道光十七年(1837)钱塘汪氏振绮堂刊本,宣统元年(1909)上海扫叶山房石印。

卷一 张船山诗

张船山太守问陶,尝于吴门密蓄一妾。于其夫人游虎丘时,故使相遇于可中亭畔,晤谈许久,而夫人未知之也。太守赋诗云:"秋菊春兰不是萍,故教相遇可中亭。明修云栈通秦蜀,暗画峨眉斗尹邢。梅子含酸都有意,仓庚疗妒恐无灵。天孙冷被牵牛笑,一角银河露小星。"韵人韵事,足为山塘生色。②

---

① 王蕴章《可中亭传奇》,见《妇女杂志》第1期,1915年,上海商务印书馆,第9页。
② 清代梁绍壬《两般秋雨庵随笔》,见《明清笔记丛书 两般秋雨庵随笔》上海:上海古籍出版社,1982年,第2页。

张问陶,字仲冶,别号船山,生于乾嘉年间。这一条目写他于可中亭让妻子先与妾侍相遇相识,然后介绍身份,让妻接纳妾的轶事。所作之诗"梅子含酸都有意,仓庚疗妒恐无灵"。似乎对想象中妻子的嫉妒略有体会,而他以比较照顾妻子心情的方式安排这段妻妾相会,就已是风流体贴了。

戏剧的开篇,张问陶自陈身份来历:

> 咳,好官自让诸公,国事误于卿辈。始有和珅之乱于朝,继有教匪之乱于野,近更雌风煽轴,妖彗焚天。黄鹄特翻贞女调,白莲都为美人开。衡湘荆蜀业已惨遭浩劫。当乾隆全盛之时,已潜伏今日之祸机,照着今日情形,数十年后,更不知弄到什么地步呢。①

张问陶是乾嘉年间人,乾隆、嘉庆朝并未出现女主专政的情况。剧中张问陶为主人公,所说"雌风煽轴,妖彗焚天"乃影射清末慈禧专政的现实。文中提到和珅、白莲教,再说"数十年后,更不知弄到什么地步呢",他所预测的数十年后,就是国人刚刚走过的同治、光绪年。读者读到此处,由剧情引发,自然会生出国势日蹙、名教风流不再的追忆和感慨。张问陶感慨国事已不可问,借寄情山水佳人以自遣传奇流韵。秘密买妾之后,安排夫人在不知情的情况下先与妾侍相识,令二人彼此欣赏之后,再介绍认识。夫人当然会在稍稍排揎丈夫之后,就欣然接纳。

---

① 王蕴章《可中亭传奇》,见《妇女杂志》第1期,1915年,上海商务印书馆,第9页。

全剧其实并没有真正意义上的戏剧冲突,充其量是以曾经的士大夫的韵事作今日文人于国无望,聊寄闲情的精神按摩。

尾声以集句诗作结,诗曰:"尘劫成尘感不销,秋心如海复如潮。梅魂菊影商量遍,声满东南几处箫。吟罢江山气不灵,珊瑚击碎有谁听。忽然阁笔无言说,众女娥眉自尹邢。"①七言八句均来自龚自珍的诗歌,可见龚诗的"盛世危言"、琴心剑胆的风格与此剧的时代氛围相合,也与剧作者的心境相适应。

元代郑光祖的杂剧《王粲登楼》以王粲的《登楼赋》为故事缘起。元代范康的杂剧《杜甫游春》、明代王九思的杂剧《杜甫游春》,以杜甫的游曲江诸诗歌为缘起。这种以诗歌、文赋作为材料编写而成的戏剧,其抒情、议论往往是大于故事情节的。这类戏剧又常常或明或暗地关注时局、影射政治,是士人论政传统的体现。《可中亭传奇》,以《两般秋雨庵随笔》中的清代张问陶轶事为蓝本,虽写风月,却不离政治,正是这种文人戏传统的承继。

初始期中国女性期刊戏剧,还有些来自传奇改编前代小说。1915年《妇女杂志》第1卷第10—12期、1916年第2卷第6、7期的《花月痕传奇》,作者为墨泪词人。《花月痕》小说初版于光绪十四年(1888),作者魏秀仁。比照同名的戏剧和小说,可以看出传奇是以小说为蓝本,略去了韩荷生、杜彩秋一对,拎出韦痴珠、刘梧仙,敷衍他们的爱情故事。韦刘二人的爱情经历是小

---

① 王蕴章《可中亭传奇》,见《妇女杂志》第1期,1915年,上海商务印书馆,第13页。

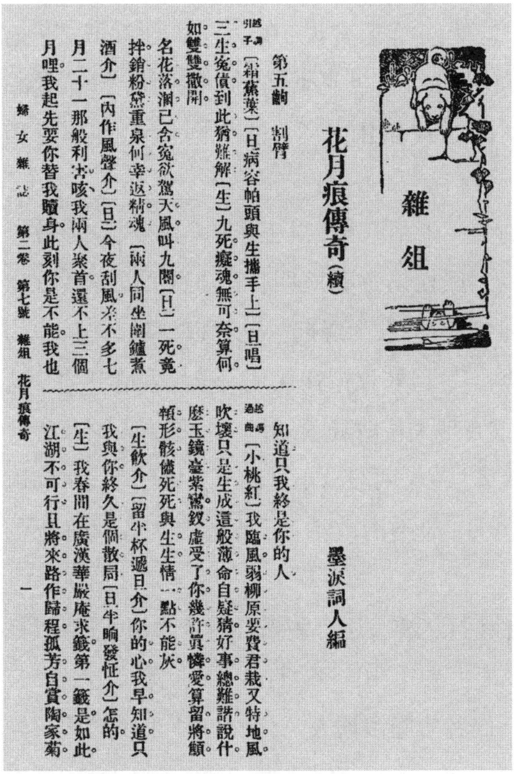

雜組

花月痕傳奇(續)

墨淚詞人編

第五齣　割臂

越調引子〔霜蕉葉〕〔旦病容帕頭與生攜手上〕〔旦唱〕三生冤債到此猶難解〔生〕九死癡魂無可奈算何如雙雙撒開

名花落澗已含冤欲駕天風叫九閽〔旦〕一死竟拌銷粉黛重泉何幸返精魂〔兩人同坐閙鑪煮酒介〕〔內作風聲介〕〔旦〕今夜刮風差不多七月二十一那般利害咳我兩人聚首還不上三個月哩我起先要你替我贖身此刻你是不能我也知道只我終是你的人

越調過曲〔小桃紅〕我臨風弱柳原要費君栽又特地風吹壞只是生成這般薄命自疑猜好事總難諧說什麼玉鏡臺紫鸞釵虛受了你幾許眞憐愛算留將顛頓形骸儘死死與生生情一點不能灰

〔生飲介〕〔留半杯遞旦介〕你的心我早知道只我與你終久是個散局〔旦半晌發怔介〕怎的〔生〕我春間在廣漢華嚴庵求籤第一籤是如此江湖不可行且將來路作歸程孤芳自賞陶家菊

图3－4　《花月痕传奇》

说《花月痕》的精魂所系,亦是时代的精神气质的象征。墨泪词人单拎出他二人从相识到定情的部分,构成《吊秋》《评花》《独访》《钗缘》《割臂》5出。传奇就刊载到此处为止。韦刘二人的故事定格在他们的爱情最美好、最稳固的瞬间,略去了之后两人情事几无休止的延宕折磨与最后的痴珠病亡、秋痕殉情的结局。

楔子[蝶恋花]一点情根深几许,我辈钟情,不信堪千古。谁记团栾春镜语,只怜寂寞秋心苦。
歌板酒筹间自数,偌大乾坤、无我飞扬路。花月留痕犹可补,空中传恨原无据。①

楔子点明了传奇的主旨——大旨谈情。《花月痕》小说的作者对于"我辈钟情"的耽溺、执着的描写,几乎有一种对于俗世的自傲与自放,然而毕竟在韦、刘之外又加了韩荷生、杜彩秋一对修成正果、名利双收的英雄美人,以满足其对于尘世幸福的悬想。那么在《花月痕传奇》的作者看来,既然是要区别于蝇营狗苟的尘世,当然是不能在尘世取得完满结局的悲剧爱情来得更为纯粹、更为动情,所以"谁记团栾春镜语,只怜寂寞秋心苦"。"团栾春镜",杜彩秋住在春镜楼,这四字便是代指她与韩荷生的夫荣妻贵的美满姻缘;然而剧作者的偏爱是在刘秋痕的秋心院,"只怜寂寞秋心苦",只用心于痴珠与秋痕的知其不可而为之,耽于爱而溺于情,生死无悔,除此万事不在其眼中。

---

① 墨泪词人《花月痕传奇》,见《妇女杂志》第10期,1915年,上海商务印书馆,第5页。

第12期第3出《独访》中,韦、刘二人互换信物,接近于日常对话的儿女絮絮之语。

> [低语介]……[生]我倒没有什么好东西给你,怎好呢?[旦]好东西我也不要,只要你身边常用的,给我一件罢。[生脱手上翡翠扳指套在旦指上介]竟是恰好,你就带着。[旦]你这会没得带,我有一个羊脂玉的,给了你好么。[生]我不带,我以后再购罢。[旦不依,取扳指替生带上介][笑介]我和你指头大小竟是一样。[生]你与我呵!
>
> [江儿水]相赠怀中玉,何须肘后囊。你回环长绕春纤上,我摩挲长向腰间傍。你与我双双长做团栾样,钗誓钿盟相仿,只怕他年钗断钿分为两①

这一段基本上照搬小说原文。从二人的动作、对话可看出二人关系的密切。互换指环,也有定情之意。整体氛围是很家常又很真实的。接下来是剧作者添加的一段唱词,既宣示定情、又预示最后的悲剧。

"何以致扣扣,香囊悬肘后",出自东汉繁钦的《定情诗》。后来也作为新婚成礼时,男方赠给女方各种穿戴之物时所念之词。可见韦痴珠对这段感情的认真程度。而将九龙佩与翡翠扳指的互赠,对照长生殿中的钗誓钿盟,却又在最情惬之时做出"他年钗断钿分为两"的悲感预言。

---

① 墨泪词人《花月痕传奇》,见《妇女杂志》第10期,1915年,上海商务印书馆,第2页。

1916年第2卷第6期第4出《钗缘》,刘梧仙的哭泣触动韦痴珠的伤心事,相对大哭之后,韦痴珠的反应如下:

[长叹介]要除烦恼,除死方休。
[刘泼帽]黄金买笑成虚愿,我偏买得泪珠圆。愁来毕竟难排遣,欲划情根,只休把浮生恋。
……
[起立介]天不早了,我走罢。[旦牵生衣笑介]我今天不给你走。[拉生手向床上坐介][含泪介]闹了半天,我的话通没告诉你一句。[生沉吟介]你留我,我这会却有我的心事。[旦愤恨介][拔鬓边玉钗击断介]①

韦痴珠的"黄金买笑"两句,欲走时刘梧仙的动作是"牵生衣笑介",由哭转笑得如此迅速,作为"卖笑"一方,刘梧仙的地位显然是更为卑微的。但接下来击断玉钗一节,却又显出她执拗与自尊的秉性来,虽然是以自伤自喻,"不敢将谁怨"的方式。

这部剧作的很多重要情节以及细节都体现在念白处,唱词更多发挥的是抒情与烘托气氛、表明来历等功效。而这些细节似乎更贴近生活的真实,用心不亚于唱词。由此可以看出将小说改成传奇的典型特征。另外,仅引述以上片段,就可以看出前人的诗词、戏剧在《花月痕传奇》中的重要地位,这些典故故实

---

① 墨泪词人《花月痕传奇》,见《妇女杂志》第6期,1916年,上海商务印书馆,第2—3页。

不仅仅是让主人公更富有美感地倾诉心曲、表达情绪,而且更让人自觉沉浸在这种伤感氛围中。艺术模拟了现实生活与人生,人在现实生活中又受到艺术效果的熏陶,模拟了艺术。

在对小说《花月痕》的分析中,王德威说:"《花月痕》视意象的衍生高于逻辑的连贯,视小说的感伤修辞高于感伤情绪本身。"①而在传奇中,这种对"美"的耽溺似乎越发凸显。诗词作为象征联想的媒介、氛围情景的创造者,成为戏剧中的唯美情境甚至故事情节的一部分。唯美的目的使得剧中人物的行动言谈也有了仿效经典模式的嫌疑。现实中逼仄的社会环境,使得主人公的腾挪之处无限小,眼泪无限多,只好寄望于内心世界的绵长、高贵、有所归属。诗词的介入使得主人公获得纵向的无限空间,他或她与文本密切交织于诗词,无所不在的对话、信件、梦魇空间中,他们在其中可以成为任何想要成为的人。这种对文本的迷恋不可避免地造成了对生活的逃离,从而在艺术世界中获得高于生活的美感。

这种类似人物的塑造,在后来的戏剧中也有回响,如曹禺《北京人》中的曾文清和愫方。琴棋书画、诗词歌赋的传统文化生活方式自然有它绵长的影响力和永恒的美感,但这种生活方式到二十世纪前叶,已是最后的余晖了。

小说改编成戏剧的还有 1916 年《眉语》第 1 卷第 18 期的《桂枝香传奇》,作者无名。本剧是以清代陈森的小说《品花宝鉴》为蓝本,单拎出田春航与名伶李桂芳,讲述他们的情事。这种

---

① 王德威著、宋伟杰译《被压抑的现代性——晚清小说新论》,北京:北京大学出版社,2005 年,第 93 页。

从几对恋人中选取一对敷衍成传奇的做法，也与传奇《梅花簪》的情况类似。

同为由前代小说改编的戏剧，下面这部《麻疯女传奇》将人物时代背景挪到近代，在旧有的框架下添加了新的思想内容。《中华妇女界》1915年第1卷第10—12期、1916年第2卷第1—6期，连载《麻疯女传奇》的第1出到第23出，全剧未完，作者莫等闲斋主人。

《麻疯女传奇》是以笔记小说《麻疯女邱丽玉》为蓝本的。《麻疯女邱丽玉》选自清代宣鼎的《夜雨秋灯录》。宣鼎（1832—1880？），号瘦梅，《夜雨秋灯录》成书于1877年，上海申报馆印行，共收作品116篇。

关于麻疯①女的故事，在清代多有流传。梁绍壬1837年印行的《两般秋雨庵随笔》中也有记载麻疯女与读书人的情事。女方因不愿疾病传染情人而诉以身患麻疯病的真相，最终自尽。从出版的时间看，《两般秋雨庵随笔》早于《夜雨秋灯录》40年。两个故事的主干又很相似，笔者认为后者可能是前者衍生而来的。即使不完全模仿，麻疯女的故事从1837年的《两般秋雨庵随笔》到1877年的《夜雨秋灯录》，再到1916年莫等闲斋主人登载于《中华妇女界》的《麻疯女传奇》，其故事在八十年间被以笔记、小说、戏剧的文体形式不断书写传播，也可以从中见出麻疯女故事的影响力的长期持续。

---

① 按，原文作"麻疯女"，见《中华妇女界》第1卷第10期，1915年，中华妇女界社，第1页。今疑作"麻风女"，据"麻风"条，见《现代汉语词典》（第7版），商务印书馆，2018年，第866页。

《两般秋雨庵随笔》卷4《麻疯女》,节选如下:

> 粤东有所谓麻疯者,沾染以后不可救药。故随处俱有麻疯院,其间自为婚配,三世以后,例许出院,以毒尽故也。珠江之东有寮,曰"疯墅",以聚疯人。有疯女貌娟好,日荡小舟,卖果饵以供母。娼家艳之,啖母重利,迫女落籍。有顺德某生见女,深相契合。定情之夕,女峻拒不从,以生累世遗孤,且承嗣族叔故也。因告之疾,相持而泣。生去旬余,再访之,则女于数日前,为生投江死矣。生大恸,为封其墓,若伉俪然。①

这里的麻疯女先是被迫成为妓女,再与有情人相遇。她拒绝"顺德某生",告诉他病情,最终投水而死。麻疯女是考虑到男方的家族血脉延续不能因她而绝。这显然是一个在当时的人看来非常合情理的理由。但这样的故事,也表明了当时家族传承大于个人情愫、情要以"理"的方式表达才能让人信服的压抑与悲哀。

小说《麻疯女传奇》,作者为清代的宣瘦梅。小说情节的前半段与上述随笔的内容相似,后半段则不同。麻疯女被父母赶入麻风院。逃出后千里寻夫,被陈生收留。后因不想拖累陈生娶妻应考,寻死饮毒蛇酒。疾病反而治愈,与陈生结局完满。节选女方自陈真相的重要片段如下:

---

① 梁绍壬《两般秋雨庵随笔》,见《明清笔记丛书 两般秋雨庵随笔》,上海:上海古籍出版社,1982年,第197—198页。

女曰:"妾睹郎君风采,意良不忍,故以机密告:妾麻疯女也。"

……

曰:"妾虽女子,颇知名节,常恨是邦以地限,无贞妇,愿死不愿生。郎且与妾和衣眠三日,得资即返。妾病发,亦不久人世,乞归署木主,曰:'结发元配邱氏丽玉之位',则瞑目泉台下矣。"言已,抱持隐泣。生愤然悲曰:"噫!婚则仆死,否则卿死,曷饮鸩同死,结来生缘乎?"①

邱丽玉对陈生诉说真相,为救他而放弃自己活命的可能。一方面是对陈生的钟情所生的好感,另一方面,更重要的原因,是对名节的持守。其对封建伦理显示出了高度的认同,不惜以生命的代价捍卫。作者对女主人公的心理描写给人以复杂的观感。这种受封建伦理道德的精神束缚并为之舍生的行动也持续到后来改编的戏曲《麻疯女传奇》中。

但小说所描写的陈生与邱丽玉的相遇,是在偶然间由慕色好德而至于深情,是为情为义而甘愿去死。

后来邱丽玉千里寻夫,卖唱为资,被陈生庇护,居于陈家酒库隙地。她所唱的是《女贞木曲》:

女贞木,枝苍苍,前世不修为女娘,更生古粤之遐荒。……画烛盈盈照合卺,侬自掩泪窥陈郎;陈郎翩翩好容

---

① 宣鼎《夜雨秋灯录》卷3《麻疯女邱丽玉》,合肥:黄山书社,1985年,第68页。

止,弹烛窥侬心自喜。妾是麻疯娘,郎岂麻疯子? ……郎不见,骏马不跨双鞍子,烈女愿为一姓死。……①

《女贞木曲》作为小说内容的概括,提炼了主题思想,赞美邱丽玉与陈生爱情的崇高。

陈生为照顾邱丽玉,拒婚罢考。邱丽玉因自己拖累陈生,意欲寻死。后有千年大蛇落入酒瓮,邱本为自杀而饮酒,岂料因此病愈。

> 榜发,生乡捷,里人争与论婚,生力却。父稍稍劝,生泣曰:"儿年甫二十有一,麻疯女量不久生人世,曷姑待其毙再婚,亦未为晚也。"又恐已去,女无人照看,遂告病,罢南宫试。女以头触瓮,悲曰:"为妾故,使郎迟嗣续,阻止进,妾死后,何以见祖宗于地下? 诚不如死!"②

人情的理所当然与情感的缠绵复杂纠合在一起。陈生有情有义,其劝说父亲延迟婚姻的理由也贴近现实,小说的情感逻辑力量是让人信服的。

以小说为蓝本的《麻疯女传奇》,将这个故事搬到了清末民初、民智渐开、女权勃兴的时代。邱丽玉的形象也成了具有西学背景的新女性。

1915 年《中华妇女界》第 11 期《麻疯女传奇》的第 5 出《闺

---

① 宣鼎《夜雨秋灯录》卷 3《麻疯女邱丽玉》,合肥:黄山书社,1985 年,第 69—70 页。
② 同上,第 70—71 页。

怨》中,邱丽玉就拥有了与传统女性不尽相同的开场。闺怨作为传统小说、戏剧中不断书写的主题,在这部新戏中拥有了不同的意涵。在经典的伤春惜花的景致之中,主人公考虑的不再是自己的终身,而是麻风病在当地流行的解决之道。不可以杀人救己是当然的,更重要的是学医救治自己与当地患麻风病的女性,使其免于沉沦,并在医治过程中,找到与自己志同道合,共同为女性发声的同志。

> 侬家从理想上研究,世间无不可医之病。倘能对症下药,岂有不瘳之理。此地麻风证候,系先天毒种,大概与症疹相似,未必尽为不治之疾。疗法自有药饵,何必泥守俗例,输传男子,害他人生命,污自己清白呢。侬家本意,誓欲挽此浇风,求药海山,归医乡井,使此地女子概免沉沦。曾与父母商量数次,怎奈俗见所拘,牢不可破,偏说除喜舍法身外,别无他术。
>
> ……
>
> 所恨此乡,竟无一个同志女子,也像侬家执拗的。……(四边静)安得明珠十斛买佳人,教伊做阿娇,掷李投桃,替侬卖笑。若能觳了他一了,早与人除烦恼。①

这里对当时中国女性的整体觉悟程度充满了期待与恨不觉醒的态度,也是当时的智识女性对中国女性群体的普遍态度。

---

① 莫等闲斋主人《麻疯女传奇》,见《中华妇女界》第 11 期,1915 年,中华妇女界社,第 19—20 页。

这里对自己的处境有清醒的认识,又忧于所不能,在与自己的命运抗争中,女主角想象着对自身处境的处理方法。

第12期《麻疯女传奇》第7出《惊艳》,男女拜堂时,陈绮在打量邱丽玉时,所见所赞的邱小姐全然是民国的装束,不仅如此,念白里竟然夸起了邱小姐的天足,这也是原小说中不可能出现的情节了。

……呀! 好个天足佳人也啊! 不是南海观世音,定是西欧女博士,好不令人羡慕也。
……
(低唱介)……嗳,《西厢记》说得不错啊,世上真有这般美人儿哩……我莫是在哪里做梦么。
(天净沙)他断不是灶婢村娃,也不是弱絮残葩,是个绝等文明没点瑕。今日个天孙下嫁,我疑是法兰西第二茶花。①

小仲马原著、林纾翻译的《巴黎茶花女遗事》已然流行到了如此地步。而《西厢记》出现在念白、《茶花女》出现在唱词,也是传统戏剧中不可能出现的"奇景"。当时域内域外小说、古典戏剧已在同一个文化场中,成为作者的素材资源、读者的审美经验。

而在《却郎》一出中,陈生明白真相之后,垂泪道"小姐如是多情,小生愿为卿死",邱丽玉回答"与其郎死,毋宁妾死"。两

---

① 莫等闲斋主人《麻疯女传奇》,见《中华妇女界》第12期,1915年,中华妇女界社,第29页。

人的定情之语反而不如小说中的:"噫,婚则仆死,否则卿死,曷饮鸩同死,结来生缘乎?"有着更为真实动人的力量。因为戏剧没有把陈生在两难困境之下的真实处境及对此的愤激之情表现出来。如1916年第2卷第2期第11出《露疾》、第12出《陷院》,节选片段如下:

侬家只因不忍灭绝人道,以致私放陈郎,瞒父欺母,陷于不孝。侬家亦深自知罪。惟是不孝罪小,杀人罪大。欲救乘龙,便成骑虎。若不甘为逆子,安能勉作贞姑。苍天有知,定当我谅。①

"逆子""贞姑"之语一出,反封建的猎猎风声便已袭来,虽然是以"贞洁"的伦理反对"孝顺"的伦理。

(外)呀! 女儿,你既害了这样恶疾,一则没办法医治,二则须防传染,非是为父的寡恩薄义,……
(老旦)嗳啊,我的儿呀,你既害到这病,在例不能不入麻风病院,你是自作自受,莫怨为娘,从今以后你只当没有这娘亲罢了。(作捶胸苦介)②

小说中力主将病发的邱丽玉赶出门的是她的父亲,在传奇

---

① 莫等闲斋主人《麻疯女传奇》,见《中华妇女界》第2卷第2期,1916年,中华妇女界社,第54—55页。
② 同上,第63—64页。

中变成了邱母。剧作者的这一安排,可能是出于剧情的需要,最先发现女儿病状的是母亲。但对邱母的书写只能看出其胆怯、自私和无情,竟无一点心理纠结与痛苦中转圜的余地。这又显现了一种社会关系中女性受传统封建思想的束缚,长辈女性与年轻女性分立于不同的阵营,观念不和有如冰炭。邱丽玉鄙弃同乡、叹息无人可引为同志,又是智识女性与底层妇女的分裂。智识女性没有对底层普通女性的设身处地的共情,在邱丽玉后来的言语中,也可以看到这一点。

邱丽玉被赶入麻风院后,意欲自杀,被奇人黄海客所救。黄海客就是小说《麻疯女》中陈生舅舅的鬼魂,一路伴麻疯女寻夫,送她到陈生处后杳然无踪。《麻疯女传奇》中,让他在麻风院就登场,救了邱丽玉一命。二人交谈,提及麻风院其他的女性时,黄海客说她们是咎由自取,邱丽玉在惊诧之后感叹女性的命运。

第3期第13出《感叟》,在麻风院中失去希望、意欲自尽的邱丽玉被黄海客所救,他劝说邱丽玉道:

[天下乐]难道你不要烈烈轰轰也做一场?赛儿郎,是女娘。你既是到人间,要遍将这苦楚尝。是真金不辞烈火炀,是奇花自留晚节香,有锦片的好前程,休绝望。

……

(末笑介)不错不错,你当初救他,在事理上叫作"取义成仁",在心理上就叫作"因怜生爱"。若道你不爱他,这话也说不过。但是你爱了他,不能叫他不爱了你。情缘爱生,爱因情笃。不论什么千灾百难,这爱情是永不绝灭的。①

"赛儿郎,是女娘",虽然当时还没有到男女平等的程度,至少比较热烈地从整体性别上肯定了女性。"你爱了他,不能叫他不爱了你","不论什么千灾百难,这爱情是永不绝灭的",这其中对于爱情的定义中,男女双方是站在平等的地位上的,女方对男方不再是附属、从属的地位。对爱情的价值和爱情力量的推崇,也是现代的爱情至上思想的体现。

第2卷第5期第18出《求医》,陈生为邱丽玉请中医救治,邱丽玉的反应是这样的:

> (旦摇手介)……侬家非不望愈,既无能愈之法,乱投药品,实为有损无益。侬家闻得外国医院设有看护病人的女娘,于病家身体维持调护,无微不至。侬家倘得此等妇科朝夕侍奉,比较延医下药好得多呢。②

剧中邱丽玉后来并没有请到护士,只是收了一个婢女甘蕉随身照顾。但这番请西式医院看护女娘照顾的言论,已经算是当时时代比较先进的声音了。在第二十出《却婚》中,陈绮对父亲劝他另娶的态度如下:

---

① 莫等闲斋主人《麻疯女传奇》,见《中华妇女界》第2卷第3期,1916年,中华妇女界社,第75—76页。
② 莫等闲斋主人《麻疯女传奇》,见《中华妇女界》第2卷第5期,1916年,中华妇女界社,第127页。

万一俺的小姐病有愈期,是俺绿琴佳运到了。没说中了解元,就是南面王,也没有那样快活哩。万一小姐竟然珠沉玉碎,哎呵,(悲介)俺绿琴只有一命陪她罢咧。

　　倘收场成孽障,拼做个同命鸳鸯,一例儿零落山冈。①

　　这里陈绮拒婚的态度是比小说中更坚决的。前者是等待邱丽玉死后再选择婚姻,这里则是要与邱丽玉同死。两相比较,小说中的人物反应似乎更合乎人性的真实,而戏剧中有一种表演性的夸张。

　　第2卷第6期《麻疯女传奇》连载至第23出《饮酎》,全剧未完,但在期刊上的连载结束。

　　到《饮酎》这一节,麻疯女痛饮蛇酒醉倒,作者和读者都知道,她的病将要治愈,全剧最大的矛盾即将消解,之后的情节便是书生任两粤治军,麻疯女与父母相认,坏人因被追索而惊惧跌落山涧,夫荣妻贵,美名传扬。情节虽然未完,但戏剧冲突已告解决,传奇也可以到此为止了。

　　麻风病的隐喻,是一个异常的社会中的正常人反被视作异常。视真情为异常、视害人利己为"孝道",在极端情况下的人性似乎经不起考验,连父母都会抛弃生病的子女。人要保有自己的人性、追求真实的自我,就要与环境为敌。但人是不可能脱离社会生活的,最终剧作者以小说结局为蓝本,用天赐蛇酒让邱丽玉苦尽甘来,回归为人妻、为人女的社会身份,与父母最后也

---

①　莫等闲斋主人《麻疯女传奇》,见《中华妇女界》第2卷第6期,1916年,中华妇女界社,第143页。

和解了。

人的独立性与社会的趋同性的根本性矛盾，以传染病为隐喻。人类因恐惧而厌恶、因厌恶而歧视、因歧视而作恶，这在我国的文学作品中探讨得不多。笔者想到后来梁羽生的《冰川天女传》《云海玉弓缘》中的金世遗，他因皮肤病被误认为麻风病，受尽世人欺凌，后被曾患有麻风病、在蛇岛被毒蛇之涎治好的毒龙尊者所救，收之为徒。他是梁羽生所写的较好的一个亦正亦邪的角色。他的偏狭和激烈被名门侠女桂冰娥、谷之华所软化，但却始终无法改变对正常社会的疏离感。他又爱又恨的厉胜男，正是他所不敢成为的另一个自己。《云海玉弓缘》的结尾："他烧了秘笈，烛立墓前，宛如一尊石像，阳光把他的影子拉得长长的。他呆呆地望着自己的影子，那影子忽然变了厉胜男的影子，他是生生死死也摆脱不开这个影子了。"① 小说展示人在洞悉人群的真相之后，如果还要在社会立足，就必须自觉地被"社会化"，然而人的内心对于自由的渴望是无法浇灭的，那正是人的一生所不断追寻又不断逃离的影子。

第二，以史实、时事、时评为素材的戏剧。

1904 年新出现的宣传女权、民权改革的戏剧，如《松陵新女儿传奇》《女中华传奇》《同情梦传奇》，都是抒情、议论、感想强于戏剧情节的剧作。前两部传奇甚至没有戏剧冲突，如果把曲调、舞台提示去掉，几乎就像是政治演说宣传的道具。

1904 年《女子世界》第 2 期的《松陵新女儿传奇》，作者安

---

① 梁羽生《云海玉弓缘》下集，福州：福建人民出版社，1984 年，第 1004 页。

如,为旦角独角戏,西皮二黄京剧。我国传统戏剧比较重视情节,以角色的行动展开戏剧冲突,推动故事的演进,纯以个人的心理活动作为全剧线索的情况是少见的。作者想要达成抒发议论的目的,这篇传奇便是在用旧的京剧形式做的新的尝试。此剧的主角是虚构的苏州吴江的谢平权,她在对比中西方国家的文明后,对中国国势日蹙,女权不昌发了一通感想议论,结论是只要振兴女权,国家自然强盛。剧本并不突出具体情节,是一篇戏曲形式的宣讲文。

> 侬家想,亚细亚人也是个人,欧罗巴人也是个人,为什么咱们偌大中华,女权蹂躏,女界沉沦,愈趋愈下?偏是那白皙人种,平权制度一定,便有一班女豪杰出来,为历史上添些光辉。侬家平日所最崇拜的法朗西罗兰夫人、俄罗斯苏菲亚两先辈,不就是世界女杰的代表人么。①

女主人公的独白、对时事的议论、对女界的沉沦、对女性的处境的批评贯通全篇。其功能更像是政治抒情文赋,类似于王粲的《登楼赋》。旦角上场时,特意注明装扮是"辫发西装",这应该是当时新女性的流行形象。

与其形式内容都非常类似的还有《女子世界》第 5 期的《女中华传奇》,作者大雄。女主角在痛陈时局、国人卑弱之后,以自身的奋起作结。"俺想责人不如责己,俺虽骂他们的坏处,倒

---

① 安如《松陵新女儿传奇》,见《女子世界》第 2 期,1904 年,常熟女子世界社,第 2—3 页。

不如自己先改良人格，恢复自由，使东西洋文明国人不敢轻看我们，称俺作女中华、女豪杰，真真快活得很呢。"①

接下来还有《女子世界》第 8 期的《同情梦传奇》，作者挽澜。依然是唤醒民众、痛心国事、鼓吹女权。不过不同于上面两部的女主角只是发了一通对时事的感想和议论，这部剧有比较完整的剧情，有生、旦、净、末、丑上场，虽然基本上还是旦角的独角戏，开场时也标明了旦角的装容是西式女装。

开篇偈子仿《红楼梦》："无真不是梦，大梦即为真。是真是梦境，幻出自由神。"②对应结尾诗："世界纷纷似弈棋，女权堕落孰支持？素心翻作招魂谱，仗我江郎笔一枝。"③"招魂谱"，取屈原的《招魂》的象征意味。屈原的招魂是招自己之魂，是自身精神世界的痛苦追索。《同情梦传奇》的主人公素心，也是在梦中诉说了无法挽救世事的痛苦，宁愿用自己的牺牲换取同胞的拯救。屈原的诗中天帝的角色，在这部传奇中则由自由女神取代。

由梦进入虚幻世界的设定仿《牡丹亭》，分《引梦》《入梦》《行梦》《醒梦》四折。每折后有"剑光加评"，有如小说的眉批，针对其中某处、某人、某语发表评论。

全剧的高潮部分节选如下：

> 我想当日罗兰夫人上断头台，揖自由神曰："自由自

---

① 大雄《女中华传奇》，见《女子世界》第 5 期，1904 年，常熟女子世界社，第 3 页。
② 挽澜《同情梦传奇》，见《女子世界》第 8 期，1904 年，常熟女子世界社，第 1 页。
③ 同上，第 13 页。

由,天下几多罪恶,假汝以行!"啊呀!自由神呀!(哭介)

（画眉序）吾哭自由神忒无能,……不……将人指引。……我不问别的,……问万千奴隶,何日超身?……咳!我尤素心到今日啊,……胸中城府付烟云,眼底神州增愧愤。……咳!自由神呀,你终究助我则个,……婵娟苏醒须凭准,洗涤千般怼。

待我索性哭诉一番罢。（跪哭高唱介）

（节节高）玄黄血战晨,莽荆榛,旧新党派空区吟。……恨只恨今日的女界依旧是……涡微哂,态弄春,庞敷粉。……（丑、副丑持排票上,绕旦立介。旦不顾介）自由神呀!我尤素心只要救得同胞,便……血花飞溅……也……心平允。刀光闪烁……也……身容忍。①

这一段梦中对自由神的哭诉,多为自我代入的情绪宣泄。韩愈有《祭鳄鱼文》,我国古代民间若水旱天灾,都会有对土地庙、龙王、玉皇大帝等大神小仙的哭诉,若有大灾,官方也会出祭文祷文。似乎总有人格化的"神",只要降下神通就可以万事大吉。于是怨怼、责骂、乞求、以身作牺牲也心甘情愿。剧中唱到最后,自我的分量似乎等同于想要拯救同胞的"自由神",自我牺牲的幻觉达到了似是而非的悲喜交加的高潮。"自由神"自始至终是一个工具,并没有真正带给主人公自动自发的力量。剧中对罗兰夫人临终对"自由"的思考的引述,直接转到骂"自

---

① 挽澜《同情梦传奇》,见《女子世界》第 8 期,1904 年,常熟女子世界社,第 11 页。

由神忒无能",不能解救万千同胞让他们觉悟。罗兰夫人的大名令人景仰,她的思想、行动和一生经历只是被作者当作一种美丽又陌生的景观,而作者又在自己的剧作中模拟出一个有东方特色的女权界女性景观:船上入梦、梦中拜神像、哭诉欲死、梦醒记梦。尤素心本是作为女权界人士,希望唤醒大众,谁知遭受冷遇,被官吏追捕,在心灰意冷之时入梦。她在梦中种种作为,只是向"自由神"哭诉,希望以身救世。这种希冀"自由神"或任何一种庞大神秘力量摆平一切的心理,本就是对人的自由的习惯性让渡。

> 剑光加评 天地一梦境耳。第患人之不知梦,尤患其知梦而不知醒。尤氏云:"跃入万丈涛,喷开五里雾。"似知醒矣,终以自由思想几入魔道。呜呼! 自由梦梦,奚独尤氏哉。①

结尾点评尤素心"以自由思想几入魔道",认为人皆有自由之愿,但要分清梦想与现实。全剧笼罩在一种对现实的悲观氛围中。

同类主题的《回甘果》注意了情节的完整、人物形象的塑造与戏剧矛盾的设置。1907年《中国新女界杂志》第2期的京调二黄新脚本《回甘果》,作者无瑕。戏中分了天上地下两个世界。天上,女娲目睹中国女界沉沦之后,降下自由女儿意图振兴

---

① 挽澜《同情梦传奇》,见《女子世界》第8期,1904年,常熟女子世界社,第13页。

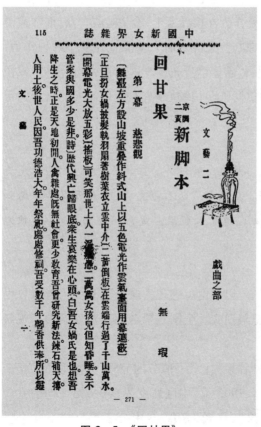

图 3-5 《回甘果》

中国。地下，因为逃荒、逃灾等原因而在山东碰面的几位阶层不同、志趣观念相似的女性在女娲庙前结成团体，立志兴办女学，改变现状。这种天上、地下两层世界的设计，通过神灵派以天赋异禀之神来拯救世界的剧情，让人想到《西游记》和《封神榜》。而《回甘果》中土地公公、土地婆婆的设计，对齐天大圣的新的演绎，在保有原型的性格、声口的基础上，推想其在新时代的形象、行为、语言，整体上近情近理，算是旧瓶装新酒的佳构。对自由等新理念的宣扬仍显生硬，这是其不足之处。而对地上世界的情节设置，如几位妇女打跑坏人的一场设置，突出天足和身体健康的好处，有其进步之处，虽设置过于简单，不能不说是瑕不掩瑜。

全剧共分三幕，第一、三幕写天上，第二幕写人间。天上女娲痛心中国女界沉沦，点拨自由女儿下凡，地下逃难中的女性在女娲庙前赶走强盗，结订盟约。

第一幕　慈悲观

（舞台左方设山坡，重叠作斜式，山上以五色电光作云气，台面用幕遮蔽）

（正旦扮女娲披发执羽扇，着树叶衣，立云中介）（二黄倒板）在云端行过了千山万水。（开幕电光大放五彩）（摇板）可笑那世上人一派痴愚。二万万女孩但知昏睡，全不管家与国多少是非。（诗）历代共亡归眼底，众生哀乐在心头。（白）吾女娲氏是也。……（摇头一叹介，白）可恨年来地球西界各国称强，把东半球一个文明最早的……大国,倒好比无主的江山,财产土地任人分割。只苦了一般……女子,平日受惯压制,天赋人权不能享用,惟有依赖男子,苟且过活,祸已临门,尚在梦中酣睡。若不设法警醒于他,更待何时?①

借女娲之口,将中国在国际的地位、中国女性在国内的情况都一一道来,更从反向提出了中国独立平等,中国女性人身、精神解放,权利义务并济,智力体力平衡发展,为国为民建立功业的要求和愿景。

剧中有女娲唤本方土地,却见土地换了西式打扮,问询缘故,扯出土地老儿与齐天大圣一小段公案。

(土地着惊,以手摸帽忙揭下跪地请罪介白)圣母在上,小神万死。只因昨日齐天大圣经过此地,小神前去接驾。见大圣身着法国皇帝拿破仑的军服,霞光万道,端气千条,好不威武体面。……古人说过,器非求旧维新,可见人心不可改,这衣服是改得的。……

(女娲白)原来如此,这也难怪你了。……

(土地起立,左手执帽,右手加额向上行军礼介,白)领法旨。……(回头望女娲介)到如今,我可称维新土地。

---

① 无暇《回甘果》,见《中国新女界杂志》第2期,1907年,中国新女界杂志社,第115—116页。

（再偷看女娲介）女娲圣不降罪，我更怕谁。①

女娲允准之后，土地对维新一事比较笃定了，他的内心想法的流露也很符合传统官场的习气。

改易服色，有改朝换代、革命制度之意。这段小插曲又涉及国制、器物革新及观念的革命等思想。齐天大圣"身着法国皇帝拿破仑的军服"，又是革命的急先锋。土地的西式服装也得到了民族象征神——女娲的准许，本剧又写在1907年，正是清政府统治的末叶，其维新革命、民主共和的暗示和倡导已经呼之欲出了。

第二幕《行路难》中讲到一群逃难的妇女在女娲庙前歇息，互道家世：王、刘、陈三氏因为广西之乱逃难至山东；杨氏姊妹两人"因被水灾冲破家产"，沿路讨吃，走亲访友，不得已姐姐将妹妹五百钱寄卖到辛家庄；韦氏与其婆婆、小女儿"因土匪作乱"由湖南逃到这里，她们与何氏、龚氏两位天足妇女在女娲庙碰面，又遇上被抢劫的蓝氏，何、龚两人帮助她摆脱土匪。

（龚氏笑白）王大嫂不要取笑。我想中国的风俗，自古到今都说女子是废物，没一些用处。倘若绝了女子，哪里还有世界。你看今日因为患难才得相逢，不如趁此机会，结个团体，打算大家的前途事业，早早跳出这黑暗地狱。众位可

---

① 无暇《回甘果》，见《中国新女界杂志》第2期，1907年，中国新女界杂志社，第124—125页。

赞成么?(何氏白)这话可算得千金难买。……将来我们正好立一所女学堂。①

何氏遍问众人所擅长习学过的知识技能,约定韦氏、龚氏教天文地理,王氏、刘氏教算术,杨氏教实业养蚕,陈氏教手工编织,蓝氏教洋文,何氏教体育。众人议定,在女娲庙礼拜结盟。这里兴办女子学堂,教授天文、地理、数学、家政、语言、实业技能、体育,基本上是当时的新兴西式女子学堂所必备的科目。对女性的教育和培养的方向是比较全面的。而这也是这一时段女性期刊所囊括的内容范畴。

第二幕的尾声,抢劫蓝氏的土匪贼心不死,被何氏用铁锥刺伤面部,只好罢手。"何氏得意大步下"。作者一方面在宣扬天足、身体强健的好处,另一方面又在暗示武力的重要和必要。

第三幕《石点头》中点化顽石:

(女娲)(以毛麈指怪石介,白)顽石呀顽石,你看现今世界上熙熙攘攘,都是为优胜劣败的问题,不得休息。你却在这里酣睡,还不快醒来么。(电光一闪,怪石忽变一女童,着淡绿色短袖长裙之衣,胸悬金圈碧玉牌,散发套金环,合手跪见女娲介,白)参见圣母。②

---

① 无暇《回甘果》,见《中国新女界杂志》第2期,1907年,中国新女界杂志社,第121页。
② 同上,第123页。

点化顽石这里,借用《西游记》中观世音菩萨点化顽石、石中蹦出灵猴、后来成为齐天大圣孙悟空的桥段。"优胜劣汰",快快醒来,是严复的《天演论》盛行之后,国人对国际关系的实质是实力争夺,中国的前途和命运要在斗争中获取,已形成普遍认识了。

　　剧中对顽石所化的女童形象衣装的设计,明显是东西合璧的。既散发套金环,着短袖长裙,让人想到西方天使的形象,又胸悬金圈碧玉牌,明显为东方的首饰,足见作者对于自由的看法:东方西方皆应享有,红莲白藕本出一源。

　　女娲对女童的教育,就是推举中国古代三位女英雄作为榜样。花木兰、梁红玉、秦良玉,都是以武力安邦保国的人才。"当今世重武功更胜文词",点出了作者认为军事立国兴国的意旨,这对第二幕何氏帮助蓝氏赶跑土匪,并在他后来再次行凶时刺伤他,也是一个情节实例与观念的呼应。

　　　　(转身向圣母白)请问圣母,小童降生,唤作什么姓名?(女娲白)世人问汝,可自称自由女儿罢了。(手持仙果一枝,赐童儿介,白)此乃回甘果一枝,本是天台旧种。吾今赐汝,带到……遍种全国,使二万万女子食了此果,聪明强壮胜过男儿,不及十年,自然转苦为甘,大功成就。汝须牢牢紧记。①

----

① 无暇《回甘果》,《中国新女界杂志》第 2 期,1907 年,中国新女界杂志社,第 127 页。

"世人问汝,可自称自由女儿罢了"。将顽石点化成的女童、将要扶助中国女权、振兴中国国权的人物命名为"自由女儿"。将西方的自由女神与东方的女娲联系在一起,是极为大胆又奇妙的创想。回甘果先苦后甜,又需十年之效,大致可以猜出是自由平等、教育自强理念了。兴办教育,也需十年树人。当时对于女子教育的效用的乐观,亦是时代风气的表现。

在女权、民权革命的热潮中,最令世人震动的是鉴湖女侠秋瑾的牺牲。她逝世后不久,中国女性期刊中就出现了讲述她的生平的戏剧。传统戏剧中以历史人物作为主题的所在多有,但很少有写同代同时人的剧作。

《女报》1909 年第 5 期《神州第一女杰轩亭冤传奇》(简称《轩亭冤传奇》),萧山湘灵子编、山阴杞忧子评、会稽惜秋生校。

《轩亭冤传奇》《秋海棠传奇》都写秋瑾事,给秋瑾之案的定调都是办女学而被嫉恨,受不白之冤。

《女报》第 5 期为临时增刊,刊于日明治 42 年 8 月 7 日,即 1909 年 8 月 7 日。刊名曰《越恨》。秋瑾女士于 1907 年 7 月牺牲,这本刊物可以说是纪念她的,包含当时史料、清议、对她的传记、为她而写的传奇等的集合。当时清廷余威尚在,组织写作发表这样的刊物,无疑是极大风险之下的义勇之举。为一位刚刚逝去两载的女士作传奇,也是历史上不常见到的情况。另外,其中保存的当时的媒体新闻、议论等等,也是非常珍贵的史料。

秋瑾女士之死,忽忽两载余矣。……萧山某君憾之,辑成《越恨》一册。首载女士遗影、手迹及轩亭画,次奇冤案,次要电专件、函牍,次官场发表之罪状,次清议,次时评,殿以《轩亭冤传奇》。源源本本,凡有关是案之件,搜罗靡遗,读之可得冤狱之真相。某君之辑是书,调查计阅两载,书成,由女报社出版,为《女报》第二增刊。……

己酉秋八月、陈以益序于上海女报社①

此序点明了《轩亭冤传奇》之作的原因,而在《轩亭冤传奇·叙事》中,湘灵子也讲述写作此剧的原因:"将赋诗以寄恨耶,而恨已寄无可寄;将著论以辩诬耶,而诬已辩不及辩;将作传以写怨耶,而怨实写不胜写。然则将奈何?无已,请谱之传奇。……合古今未有之壮剧、怪剧、悲剧、惨剧,迭演于舞台,以激励我二百兆柔弱女同胞。"②足见他认为诗歌、论著、传记都不足以表现传扬这个人物和这段历史,无法如戏剧一般发挥动人心魄的激励鼓舞的力量。

山阴杞忧生评:"剧本中多系子虚乌有,未有演实人实事者。有之,自饮冰室主人《新罗马传奇》始。兹编搜查女士遗迹暨近今时事,其气魄意境与《新罗马》不相上下。"③点明了湘灵子的戏剧实践与梁启超的关系。我国戏剧虽以虚构为主,但有很大一部分出自史传,并非在之前没有演出真人真事的情况,如元代纪君祥的《赵氏孤儿》,讲述战国赵氏复仇故事;清代李玉

---

① 陈以益《序》,见《女报》第 5 期,1909 年,上海女报社,第 1 页。
② 湘灵子《轩亭冤传奇 叙事》,《女报》第 5 期,1909 年,上海女报社,第 190—191 页。
③ 见湘灵子《轩亭冤传奇·赏花》,《女报》第 5 期,上海女报社,1909 年,第 197 页。

的《清忠谱》，讲述明代天启年间魏忠贤与东林党人事。洪昇的《长生殿》和孔尚任的《桃花扇》更不必说了。当然，这些戏剧中所讲述的真人真事已经离其所发生的时间比较远了，而且虚构改编的成分很重。梁启超所发起的戏剧改革以及他的写作实践，与传统戏剧的不同之处，除了传播新的国家民族民主革命思想之外，还在于他的目的是以他的世界观重述历史，激励国民，其关注点在史不在剧。湘灵子的这部《轩亭冤传奇》，也是以还原真相、保存历史、褒扬人物、激励同胞为目的，如他所说，用戏剧发挥诗歌、论著、传记的全部功用并扩张之，这通过剧的场景设置、人物表演、矛盾冲突而产生张力。秋瑾的一生以及结局本身就充满了戏剧冲突、人与环境的矛盾张力，对她一生行动轨迹的叙写就浓缩、再现了人的自由意志与社会环境的矛盾，构成了比较成功的传奇剧本。

《轩亭冤传奇》共分8出：甲、赏花；乙、演说；丙、游学；丁、卧病；戊、议会；己、惊梦；庚、喋血；辛、哭墓。每一出皆以七言绝句作结，接以杞忧生评。全剧结束后，附剧作者湘灵子的七绝八首。全剧的基调是秋瑾并无颠覆王朝之意，只是痛心国势沉沦，一意振兴女学，后被冤杀。第1出《赏花》写秋瑾观赏法国菊即自由花，谈到自由花又名玛丽侬花，以罗兰夫人命名。接着赞美罗兰夫人的英风侠气、为国民牺牲的作为，带着羡慕之情感叹中国何时可以有一位罗兰夫人。这一出是全剧中唯一虚构的部分，作者将秋瑾与罗兰夫人联系起来，罗兰夫人的生平作为、最后结局又是对秋瑾的一生与终局的暗示，构思较为巧妙。后面几出则实写秋瑾的留学、结会、办学、牺牲的过程，剧作的虚构成分较少。当时还处在清朝统治时期,这样的写作策略可以理解。另一篇1915年《中华妇女界》第1卷第4期悲秋的《秋海棠传奇》也是类似的思路,不禁让人感叹先觉者、革命者不被世人理解的悲哀。每个时代的人们在现实与自己想象的框架中来书写那些推动时代进步或励志革旧布新的先觉者、革命者时,世人倾慕他们的名声,歌颂他们的事迹,记录他们的言语,追踪他们的生平,撰写他们的戏剧,而这在他们的实际形象的真实下可能会有很大的差距,戏剧的虚构在此服务于主旨的需要。

《秋海棠传奇》全剧分3出,第1出《花泪》,第2出《花判》,第3出《花吊》。写秋海棠神(喻指秋瑾)与木兰花神结为金兰,兴办女学,加入军队操练之法以强健学生身体,用空枪,不置子弹。后被诬告、被错判、被处斩。木兰花神收敛秋海棠后事,在扫墓祭拜时看到秋瑾于天上现身回应。这种为逝者安上一层神仙身份,以作为虚缈的安慰,是传统小说、戏剧的惯技。

第二节 初始期中国女性期刊的翻译、原创话剧

初始期中国女性期刊中最早出现的翻译话剧是1911年《女学生》杂志的《女律师》,作者包天笑。但从内容上看,这部话剧是莎士比亚喜剧《威尼斯商人》的翻译。译文将主人公的借贷求婚变成了借贷办女学。反派商人没有出现名字,一直就以"犹太人"为他的称呼。在犹太人逼迫主人公实行割一磅肉的

诺言时,主人公的朋友说道:"非我族类,其心必异。"这是译者自己加入的观点。译者基本忠实于原剧的情节,但行文比较草率,这可能也是较早的翻译作品所难以避免的。

接下来较早的是1914年第1卷第1号至1915年第1卷第2—4号《眉语》的翻译话剧《怜我怜卿》,作者周梅云。此剧在前言注明,是以莎士比亚戏剧《铸情》为蓝本,参酌中国社会风尚写成的。看其刊载的剧本内容,其蓝本是莎士比亚最著名的爱情悲剧《罗密欧与朱丽叶》,朱丽叶的中国版,在《怜我怜卿》中,化名为为爱而死的黄茜霞,在读者的印象中形成了文本的叠加、转译,历史、现实的互文。其中一以贯之的,是无论古今中西的女性想要掌握自己命运、追求真挚爱情与灵魂伴侣的渴望和意志,在现实的环境中,构成矛盾冲突,自由和爱的追求又被来自各方的强大势力的压抑,而不得不以死作为抗争的最后结局。

剧本将中世纪意大利维诺那城的两大有世仇的贵族——蒙太古与凯普莱特,改写成近代乡村——天赐村世代积怨的两大姓吴家和黄家。第一幕"骨肉摧残"便讲述两家因为牛踩踏田地的事情打架争斗,吴家打死黄家一个人,但他们并不愿把事情闹到衙门里去,事情暂时不了了之。混乱中吴家少爷吴少仪巧遇黄家小姐黄茜霞,短暂的相遇相别,"黄茜霞回头与吴少仪四目相触,黄茜霞嫣然一笑"①。

---

① 周梅云《怜我怜卿》,见《眉语》第1卷第1号,1914年,上海新学会社,第7页。

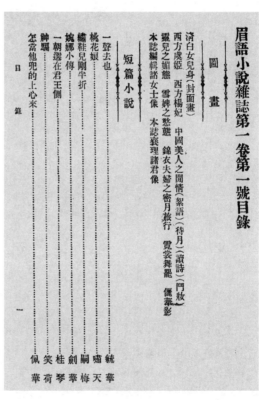

图 3-6.1 《眉语》目录——《怜我怜卿》

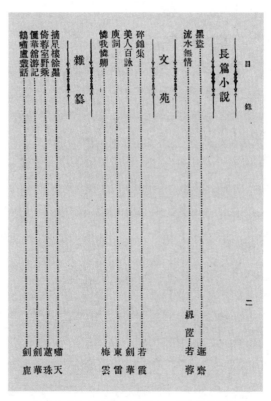

图3‑6.2 《眉语》目录——《怜我怜卿》

第二幕"生死缠绵",罗密欧夜半爬阳台的情节改写成吴少仪在下雪的早晨跋山涉水,于冰冷的溪水里游到黄小姐窗前,被其所救之后,两人倾吐衷肠,订下三生之约。"(茜)唉……你为了我冒这个险,你也太痴情了……我现在救是救你起来了,可是怎么呢? 黄茜霞俯首沉思,又从床上取条绒毯披吴少仪身上。阿彩已持姜汤入。……(少)黄小姐……我冒死的到来……小姐也应得可怜可怜我了。"①

剧本从当时中国观众的观赏角度,改编西方男女热烈地向对方表达爱意的行为习惯,把莎剧中罗朱两人在半夜阳台的互诉爱意,变成黄茜霞早晨雪中冰溪救人,比较易为中国观众所接受。无论如何,救人的正当性大于私情的嫌疑,而两人的语言交流、最后吴少仪向黄茜霞手指的一吻,戏剧中也保留着西方的交往礼节,这在中国传统礼仪中仍是大大出格的,所谓"男女授受不亲",周梅云做了尽可能大胆的改写。《怜我怜卿》比起原剧,其激情的描写和诗意的抒情都大大削弱了。

第三幕"春光漏泄",吴黄两人情状被吴家人知晓,吴阿俊与吴少仪发生争执,错手间被吴少仪杀死。第四幕"情场历劫",吴少仪向父母承认过失杀人及与黄小姐相恋之事,其父吴世仪的反应是:"唉,你这畜生,你打死阿俊的事倒小,你和黄家女儿私通的事倒大。你这样没志气,败尽我吴家的门风……我今天结果了你,赎了你的罪,也赎了我的罪。……你这一死,既

---

① 周梅云《怜我怜卿》(即《罗密欧与朱丽叶》),《眉语》第 2 号,1914 年,上海新学会社,第 5—6 页。

可以对得起吴家的祖宗,也可以对得起吴家的族中,你快死罢。"①然后拔剑斩去,随即被吴夫人抱剑哭求,以与其子同死相逼迫:"可怜我这样年纪,通共只有这一个儿子。你今天要杀他,让我娘儿两个一齐死了,你眼睛里也清静些……"吴世仪罢手,让吴少仪躲入他外婆家。

莎翁原剧中,罗密欧的放逐是由维罗纳的统治者——埃斯卡勒斯亲王决定的。卡普莱特、蒙太古的势力之上,还有执法者的律令。改编剧《怜我怜卿》中,剧情放置在封建传统势力下的封闭乡村。第一幕就提到天赐村离县城很远,是王法不大管得着的地方。吴少仪所误杀的对象变成了吴家人,吴世仪具有完全的裁夺权力。从族长吴世仪的话来看,吴少仪误杀族人的罪过完全比不上私通黄氏。在这里做主宰的是族训,是家规,是门风。在封建伦理控制之下的封闭乡村,爱、控制、家族家规、父权夫权扭结成一张更加无望的大网。剧中吴世仪欲杀子的情节有《红楼梦》中"不肖种种大承鞭笞"一节中贾政责打宝玉的既视感,就连吴夫人、王夫人的哭求的内容也如此相似,《怜我怜卿》虽是改译西方戏剧,但中国传统思想仍根深蒂固。

到1919年之后,期刊的翻译话剧、原创话剧,其主题多有对新型家庭关系、对婚姻爱情自由的思考。原创话剧中,更多对社会阶级不公的揭露,展现贫富苦乐两极分化和家庭将女性视为工具的压抑和戕害。

1920年《妇女杂志》第 6 卷第 2 号《结婚日的早晨》

---

① 周梅云《怜我怜卿》(即《罗密欧与朱丽叶》),《眉语》第4号,1915年,第5页。

(*Anatol's Wedding Morning*),作者为奥地利 Schnitzler,译者为冰(沈雁冰)。Schnitzler,斯尼士,维也纳人,1862 年生。Anatol 一本 7 折的爱情剧,期刊所登载的是其最末折。两位新人在结婚时都另有真爱,但都义无反顾地进入这段婚姻,完成社会关系的绑定,并约定了在婚姻关系中彼此情感上的自由。

评论中译者强调:"只觉得这种的自由结婚,这种的男女社交公开,实在是虚有其名,黑幕重重!这种的自由结婚和现在人大骂的'机械结婚'其'同床异梦'的情形,哪个来的厉害。……现在的男女社交——在西洋各国已经感着'过'的痛苦,正和我们中国感着'不及'的痛苦一般。西洋文学家指斥的多着呢!我们现在欲改造社会,岂可复蹈人家的覆辙!"[①]因为西洋自由婚姻的种种带来的痛苦,在译者这里成了西洋婚姻"过"的痛苦的证明,为中式婚姻习俗张目。但实际上,原剧所展现的结婚男女性格自由,对婚后的安排也互不干涉,语言轻松幽默,是一篇精巧浪漫的速写。译者的忧心忡忡,郑重声明,极耐寻味。

1920 年《妇女杂志》第 6 卷第 4 号的话剧《情敌》,原剧名 *The Stronger*,A. Strindberg 著,雁冰(茅盾)译。此剧写一位夫人与其丈夫的情人的见面。二人对彼此的身份心知肚明,但对谈以他者的身份出现。情人自始至终没有说话,只是对妻子的讽刺、嫉妒与挖苦做出神情动作上的反应。妻子表示早知丈夫婚外恋的真相,但她无法放弃这段婚姻,无法不妒忌,因为她还没有放弃对丈夫的爱。

---

① [奥地利] Schnitzler 著、沈雁冰译《结婚日的早晨》(*Anatol's Wedding Morning*),见《妇女杂志》第 6 卷第 2 号,1920 年,上海商务印书馆,第 1—2 页。

译者茅盾对剧本类型有如下介绍:

> 现在这里的《情敌》是斯德林褒(斯特林堡)剧本中之最短者,他自己名为《一景》,这种短剧在英名为 Sketch,在德名为 Qaurt d'heure。登场只有两人,而两人中的一个又是始终不开口的,所以是"单人说白"(monologue)。但论其"波澜",却又并不比长剧差些;即以此篇而论,所描写者虽只限于"心理的竞争",全篇不着一句动作话,然而读者由此可影影想见后面所藏之各种"人类命运的活动",活活现出。①

《结婚日的早晨》《情敌》两篇翻译话剧,都为当时的读者提供了新的景观,在对婚姻、爱情的不同态度、生活的不同方式的展现中,为中国观众带来观念的新变。西方的婚姻与爱情态度,女性与男性在对待婚姻与爱情中的"自由",在西方社会被容纳接受,对中国观众来说这虽然绝不是完美的婚姻制度,但至少女性获得了更多的对自我的掌控和在婚姻中的清醒与自由。《结婚日的早晨》译者沈雁冰出于男性视角,将之视为西方婚姻的弱点,并以此作为婚姻自由、男女社交不可行的证据,实则只是从中国传统封建观念出发,暴露了固有封建伦理泥古不化与时代发展之间的新旧冲突。剧中展示了中西文化差异带来的"culture shock",但究其实质,仍然是对当时社会中男性处于社会优势地位和既得利益的维护,对时代呼声和现代观念的出现

---

① [瑞典] A. Strindberg 著、沈雁冰译《情敌》(The Stronger),见《妇女杂志》第 6 卷第 4 号,1920 年,上海商务印书馆,第 1 页。

所表现出来的误读而已。

　　1920年《妇女杂志》第6卷第7号杂载栏目的翻译短剧《一百块钱》，美国Ida Lublenski Ebrlich著，梁鋆立、万良濬同译，胡怀琛润词。这部剧可以称为轻喜剧版的《玩偶之家》。

　　剧中一位一向认为与丈夫平等共处、共享家庭权利的妇女，因为朋友向她借一百块钱、不愿拂其情面而答应了，却发现自己并没有可自由支配的金钱，只能向丈夫要钱。因为朋友没有告诉她借钱的原因，所以她无法向丈夫说明这钱要用在哪里。以往她向丈夫支取钱财，都是要说明用途的。这次对丈夫言明一切实情之后，丈夫却无论如何始终拒绝，宁可让她不能完成对朋友的约定。她发现她所付出的劳动是没有得到报偿的，她没有真正属于自己、可以自由使用的财产。她只是厨子、管家、保姆、夫人。

　　　　（卑）我想我不愿为她借钱给你。
　　　　（刘赛）现在我没有钱，那就是你使我失约了。（卑耸肩作厌忌状，刘赛注视他愈怒，后来哭出来了）那就对了！我是一个好厨子，好管家，好保姆，如玉如花的夫人。（末尾几个字哭中带讥讽）但是没有一百块钱我可以称为我自己的，你不过给我衣食——同玛丽一样。唉！这种位置真是卑贱可耻——不能忍的！①

----

　　① ［美］Ida Lublenski Ebrlich著，梁鋆立、万良濬同译，胡怀琛润词《一百块钱》，见《妇女杂志》第6卷第7号，1920年，上海商务印书馆，第30页。

图 3-7 《一百块钱》

这里点明了妇女的实际上的附属地位,妇女的寄生的经济地位,而妇女的家庭劳动被视为应当的义务,没有被视为一种工作,所以也没有获得应有报酬,最多只是轻飘飘的称赞而已。

(卑)(安慰她)刘赛,你不要发神经呢。

(刘赛)我不是发神经病,现在不晓得谁在那里发神经病。我是厨子、管家人、保姆。这几个职司都要酬劳的,并且我还做你的妻子。白做么?我要去了。

……

(卑)好一个无耻的贱人!你弃了你的小孩子!(刘赛提起包裹将要出去。)你到那儿去?

(刘赛)(微笑)去赚一百块钱……玛丽,再会。安娜,再会。①

剧中男主人公认为女主人公"发神经",一旦女子表现出不驯顺,不服从,不按照所谓公序良俗要求她们的样子,做无怨无悔、全情牺牲的"房中天使",一旦她们表现出自己的意愿,做出对社会、对家庭现状的激烈反抗,她的丈夫、她周遭的整个社会就会说她犯有"神经病"。这样的强压之下,往往有的妇女因为社会对其全面的孤立、排斥而真的精神抑郁,神经失衡,这就更验证了他们的言说。而所谓的"神经病"与正常人的区隔,是社会秩序的自我维持的手段。而站在理性主义的立场上对于女性

---

① [美] Ida Lublenski Ebrlich 著,梁鋆立、万良濬同译,胡怀琛润词《一百块钱》,《妇女杂志》第 6 卷第 7 号,1920 年,上海商务印书馆,第 31 页,第 33 页。

情绪化的指责,实则是漠视女性的真实处境和正当需求,是对女性人格的一种矮化。

如果挽留不成,就用母亲对孩子的爱来绑住她。剧中的男主人在当时社会中其实算是普通正常的一类,他对妻子的态度也是那个社会的大多数家庭中男性的态度。如此编剧,才显出社会的痼疾、女性深刻的不平等地位以及这种习以为常的深刻的悲哀。剧中对女性的批评"好一个无耻的贱人!你弃了你的小孩子!"这是处于优势地位的道德家冠冕堂皇的对女性处境的不公平对待,从而更反向激起了女性对自己身份地位的反思。

剧本结局以皆大欢喜来处理,符合中国观众的审美习惯,卑因为有工作要赶火车,必须尽快为孩子找到保姆,而他找到的保姆是他的妻子。

(卑)(注视状)我付你五十块钱一个月看护你自己的孩子吗?

(刘赛)是的,我已经赚着一百块钱,是我应得的。我的事是很快乐,比没有同你结婚以前还要快乐。你另外还送我礼物。

……

(卑)是,从今以后,无论什么事,我们总是一块儿干罢。

他凸出他的嘴唇向了她,刘赛在桌子的别一方也是这样,于是他们俩就亲亲热热的接起吻来。(闭幕)①

---

① [美] Ida Lublenski Ebrlich 著,梁鋆立、万良濬同译,胡怀琛润词《一百块钱》,《妇女杂志》第6卷第7号,1920年,上海商务印书馆,第39页。

剧中以轻巧的一吻完成了矛盾的化解，使得一个严肃的命题和深刻的矛盾被轻轻放过了。剧中虽然展现了难以化解的社会不平等以及对女性的妻职、母职的严肃讨论，到结局仍然以皆大欢喜"Everyone is happy"，以宴飨观众。

本剧以妻子向丈夫借一百块钱引起争端，引发男女主人公对妻子、母亲的身份和地位，她的职责与其报偿的反省与思考，以两人的和解作结。照顾丈夫、孩子的饮食起居，这些家庭劳动的价值被无视、被隐蔽、被视作妻子的义务，然而这劳动本身是不可或缺的，如果将其置于社会的自由交易市场中，是要支付不菲的报酬的，更不用说女性所付出的情感劳动和家务劳动代价。以与之相似的由头开展戏剧冲突的易卜生的《玩偶之家》，将妻子被降格的地位、不能自主自由、不能被当作一个值得信任的"社会人"的处境揭露了出来，以娜拉的出走作结。《一百块钱》中的女主人的出走是为了对丈夫进行一种警示，她并没有打算真正离开自己的孩子和丈夫，她的离开是为了回来，一切仍然笼罩在温情脉脉的面纱中。《玩偶之家》中娜拉的出走则是把这层面纱撕开了，显露出家庭关系中男女地位不平等的现实，并且女主人不准备妥协。这两部剧哪一部更加深刻、更具艺术性、更加伟大、更具影响力？无疑是《玩偶之家》；哪一部更适合作为当时的家庭女性的行动参考指南？无疑是《一百块钱》。戏剧在艺术的理想与现实中，设置有无限的可能与道路，选择与代价，如何产生震撼人心的艺术力量，或者"润滑"人们的生活矛盾，艺术的旨归由此而定。

初始期中国女性期刊的原创话剧。中国女性期刊最早出现的原创话剧是1910年《女学生杂志》第1期的《可怜之聋女》，作者瑶珊。通篇是聋女上学时因为耳朵功能不好而误会闹出的种种笑话。语言也非常啰唆日常。作者只是将一个喜剧性的情景搬上纸面，但既无戏剧冲突，也无凝练的人物，还不能称得上是合格的话剧。原创话剧的兴起要到1920年，这也是与当时社会改革、社会主义思潮的引入密切相关的。

1920年《新妇女》第2卷第1—2号的《新旧家庭》，作者严棣。剧中对照式地叙述了一新一旧两个家庭的女儿的不同经历。两个家庭一为新知识分子家庭，一为旧商人家庭，是姨表亲戚。新家庭的女儿上学毕业。旧家庭则不许女儿仇珠娥上学，她服从父母的安排嫁人，与出自新家庭的表妹渐行渐远，丈夫顾少爷只知吃喝嫖赌，她遇人不淑，抑郁而死。死前对父母痛陈："旧家庭是不可以不再快快地去改良！女子的自己，不可以不再快快地觉悟呢……"①

本剧第四幕即最后一幕中，顾家少爷球颖对久病的妻子仇珠娥说："唉！装什么病！一天到晚只知道吃饭，真真饭桶，我讨了你三年了，不过装了三年的饭罢了！别的还有什么呢！我养了你，你还要一天到晚同我寻气！（拍桌）我问你，我要你来做什么的！（往外走）"②这几句丈夫对妻子的贬低责问写出了旧家庭泥潭一样的夫妻关系和生活方式，对身在其中的女性不

---

① 严棣《新旧家庭》，见《新妇女》第2卷第2号，1920年，新妇女杂志社，第31页。

② 严棣《新旧家庭》，见《新妇女》第2卷第1—2号，1920年，新妇女杂志社，第29—30页。

得解脱的窒息感与卑微命运有着较为真切深刻的表现。

全剧的结构对两个家庭的女儿的人生设计有太多刻意对比的地方,尤其是旧家庭女儿仇珠娥临死时对父母的话,虽是满腔怨恨,但明显太过生硬,是一种政治观念的刻板宣传。作者急于教育读者观众以正确的、新的价值观来观照揭示社会亟须改良的一面,但由于过于刻板宣传,使他的剧作失去了对人性的真实表现和情节的入胜微妙之美。全剧对女性应争取受教育的权利,追求婚姻自由,冲出家长专制的呼吁是很现实真诚的。新旧家庭的对比也带来了当时新文化运动的时代气息。

1920年《新妇女》第2卷第3号的话剧《八点》,作者陆秋心。剧中讲述工头宁波阿四、小车夫江北阿二、杨木匠,受杨木匠的女儿阿新及辛先生、辛小姐的引导和鼓舞,参加"五一"劳动大会,争取8小时工作制的故事。接受新思想的阿新向杨木匠介绍"五一"节,宣传对8小时工作制的争取,而她父亲的反应是不能理解,不能相信,不能接受,他害怕这些抗争反而会让工人的处境更加困苦。杨木匠后经女儿、辛先生、辛小姐等人的鼓动,加入"五一"劳动大会。全剧在众人高喊"八点、八点"的口号声中结束。

> (阿新)爹呵,这个会(五月一日)是叫工人每天只做八点钟的工。第一次是三十五年前头在美国开的,后来西洋各国的工人也就年年开了,我们中国到今年还是初遭呢!
> ……
> (杨木匠)每天只做八点钟的工!不好了,工钱至少要

打一个六折,哪里还能活命!

……

(辛小姐)工作八点钟！休息八点钟！教育八点钟！

(辛先生)大家记着,八点！八点！①

杨木匠作为老一辈工人,与新一代工人阶级及知识分子存在着比较大的思想认识差距。杨木匠即使完全理解了8小时工作制和"五一"劳动节的由来,这些离他已有的现实仍然相距甚远。他的顾虑也并非没有实际的证据。工作、休息、受教育并举的生活模式,对于在辛先生、辛小姐家开会的工人来说,仍然是十分陌生的。但无论如何,开始有知识阶层关注工人状况,工人群体中的一部分也开始有了对自身处境的觉悟。社会关系、生产关系的革命,工人阶级的地位和待遇的提高,是在当时的社会发展变革中的必然发展要求。而艺术的一部分使命,就在于展现让人的痛苦、让社会制度因不合理而造成的对人的压制被看到,让人拥有改变现实的希望、勇气和可能。

1920年《新妇女》第2卷第5号话剧《山脚下》,作者拯圜。此为三幕剧。写一座山脚下的农民柯仁为了让妻子能够入殓,归还之前的债务,卖了女儿阿静。女儿被主家凌迫至死,变成鬼魂,同妈妈的鬼魂一起回来看望作为爸爸和丈夫的柯仁。其中阿静与柯仁的对话是全剧的高潮:

---

① 陆秋心《八点》,见《新妇女》第2卷第3号,1920年,新妇女杂志社,第40页。

（阿静的鬼魂上来，把门推开）你来了么？为什么到这时才来，阿二望你好多时了。
　　（阿静）（揩泪）咳！爸！我到了那边，他们硬要我做……还打我！竟给他们打……了！
　　（柯仁）你竟给他们打……了咳！这都是我的不是，怎么好好一个人要卖给人家呢！哆！你要看你妈面上！……
　　（阿静）我去的时候，还望可以回来看看爸和弟弟，那里知道现在要怎样回来呢？爸！我告诉你，富人好的真少，大多数是人面兽心！他们把我……妈现在也在外边。①

　　被凌虐、被打死的阿静的鬼魂在诉说痛苦的经历，其父柯仁在回应她的倾诉时，却把打死的"死"字略掉了。在剧本处理中剧作者本身不愿提到这种刺激性的字眼，这样惨酷的事情在现实中可以发生，对它的控诉和书写强烈地激起了对不合理旧社会制度的反思与抨击，通过戏剧的故事情节，才能充分自由地表达。这是不合理的旧制度戕害女性，女性的生存与命运受旧制度更深一层的压抑。反观底层妇女所受的非人的痛苦进入了戏剧内容创作的视野，社会开始关注她们的生活、思想与情感，把她们当作真正的人来看待。这是时代呼声在戏剧中不小的进步。
　　父亲柯仁在得知女儿被人打死之后，先是愤怒心疼，再是自责懊悔，接下来是害怕求肯。他可以决定自己女儿的命运，却害

---

① 拯圜《山脚下》，见《新妇女》第 2 卷第 5 号，1920 年，新妇女杂志社，第 38 页。

怕女儿的鬼魂,担心她报复,所以才会说:"你要看你妈面上!"说明他心底知道自己的罪过。而阿静只有在成为鬼魂后,才有了控诉其父的资格。旧社会制度的阶级压迫、家庭制度压迫,劳动妇女处于专制社会的底层,这部剧从一个微小的角落揭露了这种不合理现象。

1920年《新妇女》第2卷第6号的话剧《自决》,作者严棣。讲述一位旧家庭女儿听从父母安排,出嫁后郁郁而终的故事。

> (治菊)唉!我还记得我们小的时候,三个人一同玩、一同出、一同进,那里想到有今天呢?我想我的治荷妹妹,伊的聪明同我们一样,无奈伊染了旧家庭的恶习,自己祸自己!不早些自决,所以得到这样的结果!你呢?自己虽然有点觉悟,而不能有决心,所以也受了些痛苦!我自己当初下了一个决心,同家庭奋斗,所以是没有受他的害!
> (微新)(望着坟)治荷妹妹,我很惜你不自决呀!……我很……惜……(闭幕)①

剧中以观念模式塑造了三个人物形象,写出了旧家庭青年被戕害至死的结局,受害者的不幸遭遇,从自身来说,没有"觉悟"与"决心""同家庭奋斗",从现实来说,剧中一味空喊脱离家庭、走向社会的决心和觉悟,并列举三类脱离彻底的、脱离不彻底的、未脱离的,对应其受苦的多少,这种理念先行、不顾现实的

---

① 严棣《自决》,见《新妇女》第2卷第6号,1920年,新妇女杂志社,第29—30页。

戏剧让人怀疑它的作者是处于空中楼阁。从现实来说，人的处境、人的境遇、人的选择远非那么简单，当时脱离家庭的青年，在社会中碰壁，丢掉生活、生存的权利，丢掉生命的情况也不在少数。在已有的社会制度下家庭与社会奉行的是一套相同的运行机制，这对于反抗者来说，从来是不宽容的，所以更进一步的社会制度的变革，才能为青年人寻求出路。而女性，尤其是未能获得经济独立的女性，她们的自由和自保更是无法一蹴而就的。对照鲁迅的小说《伤逝》中的子君，便是典型的例子。这一时期的新话剧在传达民主自由思想、鼓吹个体独立、婚姻自由方面，其力度与彻底程度是前所未有的，但它经常是对观念的模仿而缺少更进一步的对现实的映照与深层思考，其艺术性先行的前提下，思想的深刻性是有待商榷的。

第三节 初始期中国女性期刊戏剧的概念形成与戏剧的发展过程

1907年《中国新女界杂志》第2期的《回甘果》，是京调二黄新脚本，即京剧剧本，作者无瑕。它被列入文艺——戏曲之部，乍看上去是不折不扣的传统戏曲了，然而剧作者在结尾处做了一大段说明：

> 西洋有一种演剧，并无金乐歌吹，专以言语形容，感动观者，使人哀乐不能自禁。但吾国人向未经见于此道，若骤以此等脚本示之，反觉无趣。故此篇仍用旧调，非作者之本

志也。惟台上之附属品，必用新法，备求精致。又必以布幕之开合为每回场面之始终，方与从前由上下场门出入者有别。其一切金鼓吹打各执役，亦须置于台后，使台面除剧角外，无一杂人。否则虽新犹旧耳。（作者赘语）①

结尾的说明提到，这部剧考虑到国人的欣赏习惯，"仍用旧调，非作者之本志也"。此剧借鉴的是西方话剧，"专以言语形容，感动观者，使人哀乐不能自禁"。想要创作的是新形式、新内容的戏剧。所以于舞台的灯光布景、幕间布置、伴奏背景音乐布置上全面学习西方。而作者在剧中把自由女神降世的过程写成女娲娘娘对改变中国女界沉沦局面的尝试，并在其下凡之前请女杰花木兰、秦良玉、梁红玉分别加持赠言，又让孙悟空、土地公公装饰成西式军官模样，可见其对西方的学习不仅在于形式、更在于内容和思想。这种嫁接和杂凑对当时的读者是耳目一新，却又比较容易接受的奇景。作者也考虑到这一点，用西皮二黄的旧调弹自由民主、倡导女子教育的新声。剧作在新、旧交替的社会变革中展现了我国旧的文学样式是怎样吸收融纳新的西方文艺文化的。

这种传统戏曲形式的"改良"并非孤例。如1909年《女报》第1期的《木兰从军》，归属于戏曲栏目。作为独幕剧，它的念白与唱词交错，唱词部分以板、喇叭为乐器，未用宫调。而其念白与唱词相比较，明显有更丰富的信息含量，展现了从传统戏曲

---

① 无瑕《回甘果》，见《中国新女界杂志》第2期，1907年，中国新女界杂志社，第129页。

向新式话剧的过渡。

与此同时以传统戏曲形式表现时事的新作也涌现出来。1909年《女报》第5期的《神州第一女杰轩亭冤传奇》、1915年《中华妇女界》的《秋海棠传奇》，都是以秋瑾的生平事迹为内容所写的传奇。秋瑾逝世于1907年，两部传奇都是非常切近时事的作品，尤其是发表于清王朝统治时期的《神州第一女杰轩亭冤传奇》，兼有史诗、檄文和悼念的意味，这一题材的写作本身就带着新锐和叛逆，在成熟的戏曲形式——传奇中，作者得以尽情发挥起兴比附、抒情渲染的艺术手法，哀而不伤的清辞丽句，创造出悲壮凄美的氛围。虽为中国古典的传奇，却在精神内核上很接近古希腊的悲剧。

当时的传统戏曲的作者，以让读者、观众容易接受的方式，在旧形式中塞入、灌入、埋入新名词、新理念、新思想，这种尝试虽然在效果上有局限性，但新的艺术形式与思想，在当时的社会环境下，其启蒙的效能和功用还是有益的。

完全意义上的话剧出现，最初是在1910年的《女学生杂志》第1期的《可怜之聋女》，归属于小说栏目，但实际上是类似于双口相声的独幕话剧。第3期的四幕剧《童子军》归属于儿戏栏目，目标读者为儿童，情节非常简单。这两部剧没有唱词部分，纯粹以对白、独白、旁白、舞台指示构成全剧，是真正意义上的话剧了。

1914—1915年《眉语》第1期的五幕剧《怜我怜卿》，几乎是以中国宗法乡村为背景而改写的莎士比亚的《罗密欧与朱丽叶》，1920年《妇女杂志》的《结婚日的早晨》《情敌》《一百块钱》

则是翻译戏剧了。而在1920年《新妇女》所登载的聚焦社会阶级矛盾、女性婚姻自由的原创话剧《新旧家庭》《山脚下》等,就是在借鉴西方话剧艺术形式的基础上,展现了中国本土的深层社会问题。但剧作者常常急于在结尾处解决所有问题,造成了观念的先行和情节的刻板化。

综上所述,在初始期中国女性期刊中,可以清晰地看到从传统戏曲走向现代戏剧的过程,当时期刊所载的传统戏曲、翻译话剧、原创话剧,展现了抒情与叙事并举的艺术特质,透射了时代的思想文化变迁。

第四章　初始期中国女性期刊小说、戏剧的现代性

初始期中国女性期刊中的小说和戏剧较早地反映了时代的脉搏、更快地发生从形式到内容的转变。接续第二章、第三章对初始期中国女性期刊小说、戏剧的研究，本章将探讨其现代性。第一节研究小说、戏剧作为现代文学体裁概念的生成在初始期中国女性期刊中的体现，第二节研究初始期中国女性期刊小说、戏剧中的女性与作者、读者和作品的关系，第三节关注初始期中国女性期刊小说、戏剧的时代精神。

第一节　从说部到小说、从戏曲到话剧

从经史子集的传统体系，转变为以小说、戏剧、散文、诗歌为四大体裁组成文学的系统，这一转变就大概发生在清末民初。在《中国小说史略》中被称为小说的文学作品，在魏晋被叫作志人、志怪；在唐朝被称为传奇；在宋元多被称为话本、拟话本；在明清被称为某某演义、某某传、某某言、某某惊奇、某某记、某某外史、某某外传、某某全传。"小说"原为子部之下的二级类目，

且居于各类目的末位，属于班固所言"诸子十家"中"可观者九家"之外。《汉书·艺文志·诸子略》："小说家者流，盖出于稗官。街谈巷语，道听途说者之所造也。孔子曰：'虽小道，必有可观者焉，致远恐泥，是以君子弗为也。'然亦弗灭也。"①小说与说部混用，来与诗、赋、文相并列，是清末开始的事。而小说最终取代说部，成为现代文学体系下与戏剧、散文、诗歌并列的体裁概念，在清末民初期刊的栏目名称变化中也有体现，从中我们可以看到"小说"概念的内涵与外延的塑形过程，这一过程，也是小说这一文体、传统文学本身发展嬗变的过程。

初始期中国女性期刊的小说所属栏目、小说数量、容量在这二十多年中有许多具体而微的变化，这显现了期刊编者对于小说文体的理解的发展变化。现将期刊小说所属栏目的具体情形作以概述。为了有助于了解当时期刊对小说的认知状况，行文中会提到某些特殊情形的作品。

1904年《女子世界》所设的小说栏目到1905年后改成文艺、附录。每期有一二篇小说。1904年中，有将传奇放入小说栏目的现象，说明时人对于小说、戏剧的分界是含混的。这种情况在1905年不再出现。另外，1905年《女子世界》第2期刊载的短篇小说《女子世界》，实际上是一个介绍《女子世界》杂志源起的通讯。文中谈到美国延续《排华法案》，激起华人不满，因此而聚集一班热心社会的女性力量，组成中国妇女会，开创《女子世界》杂志，并出到了第13期。这是对《女子世界》的阶段性

---

① 班固《汉书》，清乾隆武英殿刻本，卷三十。

回顾总结，但编辑把它放置在文艺栏目，标记为短篇小说了。可见小说、散文、戏剧在当时，分野还比较模糊的。1907、1908年的《中国新女界杂志》《中国女报》《女学生》杂志均设小说栏目，《中国女报》仅出了1期，有1篇小说，即挽澜女士的《女英雄独立传》。《女学生》杂志并非每期都有小说。其中1911年第2期的《女律师》，被列入小说栏目，但实际上是翻译话剧，译自莎士比亚的《威尼斯商人》，译者并没有标明此为译作。《中国新女界杂志》每期有一两篇小说，有的小说被放入附录栏目，如1907年第4期所登载的《空中军舰》，文中想象飞艇主导的世界大战故事。这篇小说标注为理想奇谈，也可以算作是我国较早的科幻小说。

1909年的《惠兴女学报》设杂俎、代论栏目登载小说，一般一期会有一篇小说，但并非每期皆有。它从8月连载到12月的《姊妹讲话》，标目是教育小说，但整体上更像是对于社会改革、女权女教的口语化的宣讲，其中加入了一些比较有故事性的情节，以达到更好的演讲效果。1909年的《女报》设小说栏目，每期3篇小说。1911—1917的《妇女时报》未设专门小说栏目，每期两三篇小说，在期刊内与其他内容交叉登载。《女铎》设小说栏目，1912—1916年前5卷，小说出现得比较少，1917年后开始，每期都有一两篇小说，其中1917年7月连载到11月的《公主之提倡女学》，标目为女校小说，实际上是女学教材的节译。1912的《女权》仅出一期，有一篇小说，即继欧的《女总统》。同年唐群英的《女子白话旬报》，在1912年第1—7期未设小说栏目，无小说。1913年第8—11期，设小说栏目，每期一篇小说。

1913年4月创刊的《万国女子参政会旬报》,在10月变更为《万国女子参政会旬刊》,设小说栏目,但小说出现得比较少,总共只有2篇。其中陈蜕盦的《香草集之寄托》,实际上更像是诗话词话。

1914年及之后创刊的女性期刊,基本上都设有小说或说部栏目,而且每期登载的小说,也基本上不再与戏剧、散文相混淆。1914年的《妇女鉴》,每期两三篇小说。1914—1915的《香艳杂志》,设说部,说部中列短篇小说栏,专门登载短篇小说;其他小说直属于说部栏目。1914年第10期后,其说部分成短篇小说、长篇小说两栏。每期一般有4—8篇短篇小说、2—5篇中长篇小说。其中长篇小说在说部短则连载两期,长则连载9期。1914—1916的《眉语》,设短篇小说、长篇小说两个栏目。它也是较早的以小说为主体的女性期刊。每期有7—10篇短篇小说、1—5篇长篇小说。1915年的《女子世界》设说部栏目,每期七八篇小说。1915年的《女子杂志》仅1期,设小说栏目,有4篇小说。1915年的《家庭》仅1期,设小说栏目,有4篇小说。1915—1916的《中华妇女界》未设专门小说栏目,每期两三篇小说,与期刊的其他内容交叉呈现。

1915—1921的《妇女杂志》设小说栏目,最初每期三四篇小说。1917年后,增设余兴栏目,登载童话小说,基本上每期1篇童话。每期共六七篇小说。1920年,小说栏目撤去,改设杂载——文艺栏。余兴栏目撤去,改设家庭俱乐部栏目以登载童话。每期小说数量减至2—5篇。1921年,小说栏目回归,家庭俱乐部栏目撤去。增设民间文学、读者俱乐部、读者文艺栏,每期小说数量又增至9—12篇。原因是民间文学、读者文艺栏目每期均会登2—4篇小说。1920年对小说部分的弱化在1921年又被扳回。而民间文学、读者文艺栏的设立，可以看出这时期刊开始加强与读者的互动并开始注重文学的阶级属性。1917年的《闺声》仅1期，设镜台片玉栏目，共有5篇小说。"镜台片玉"，出自唐朝徐贤妃徐惠的《进太宗诗》："朝来临镜台，妆罢暂徘徊。千金始一笑，一召讵能来。"①徐惠是历史上著名的才女。镜台片玉，可代指才人淑女自矜自得的作品。以此类喻语作为小说栏目的名称，是不大常见的，可见《闺声》的复古格调。1919年的《上海女界联合会旬报》比较特殊，小说共4篇，并非每期皆有。设小说栏目，一期1—3篇。1920年的《家庭研究》小说也比较少，共4篇，并非每期皆有。1920年的《新芬》仅1期，2篇小说。1920—1921的《新妇女》从第3卷第4期开始设专门小说栏目，25期中有6期未登载小说，其他每期1篇。1921年的《劳动与妇女》设小说栏目，有2期未登载小说，基本上每期1篇。1921年的《景海星》设说部，每期五六篇小说。

  一般来说小说是虚构的，有一定篇幅长度的散文。也有如拜伦的《唐璜》、普希金的《叶甫盖尼·奥涅金》，以诗结构全篇的小说。小说最重要特征是虚构和叙事。从上述初始期中国女性期刊小说所属栏目的变动过程可以看出，到1914年，期刊编者不再将非虚构的通讯、演讲、时评和非叙事的诗话词话标目为小说，或放入小说栏目。对于短篇小说、长篇小说的细分，也出

---

① 清徐倬编《全唐诗录》，卷一，清文渊阁四库全书本。

现在1914年。这说明开始出现以小说为主体的期刊，期刊编者、作者也开始认识到短篇小说、中长篇小说在创作、结构到最终呈现的显著区别，对于小说文体概念有了更明晰的认识。同时，在1914年之前的女性期刊每期一般有1—3篇小说，而1914年之后，女性期刊基本上每期小说数量多于5篇，有的女性期刊甚至一期有十几篇小说。对于童话、民间文学等小说所属栏目的单列，说明这时的期刊编辑开始注意小说的读者群体的定位。小说的社会改造功能被给予更大的寄望。回看整个初始期中国女性期刊小说每年的产出量，可以看到1915年所刊载的小说最多，1914—1915年是初始期中国女性期刊小说最为繁盛的时期，也是旧派小说的活跃期。到1919—1920年刊载量明显减少。这与《眉语》《香艳杂志》等以登载小说为主体的期刊结刊有关，旧派文学的第一个高潮结束。1921年女性期刊小说数量有所回升。这主要是因为《妇女杂志》重新重视小说这一板块。1920—1921年，一些新创办的女性期刊登载社会小说，即以阶级分析的眼光、关注劳动阶层的小说从而开始发力。此类期刊有《新芬》《新妇女》《劳动与妇女》。

再来看初始期中国女性期刊戏剧所属栏目、戏剧数量、单剧体量的变动情形。以1915年为界，之前的戏剧被列入小说、说部、文苑、戏曲。1915年及之后的戏剧被列入文苑、杂载——文艺、传奇、杂俎、余兴。戏剧在1915年之后不再被看作小说的一部分，基本上不再被列入小说、说部。从数量上看，1914年女性期刊戏剧有8种，1915年女性期刊戏剧有9种，1920年女性期刊戏剧高达19种。除此之外，每年期刊的戏剧数量是1—4种。

1914—1915年同样是女性期刊戏剧的繁盛期,这也是女性期刊登载传统戏曲最多的时期。1920年期刊戏剧的涌现因为新式话剧的增多,这基本都来自《新妇女》,其内容聚焦于家庭专制的压迫、社会阶级的不平等,呼唤、刺激女性的觉醒,鼓励她们走出家庭,追求个体的独立与自由。从单剧体量上看,1914—1915年《香艳杂志》连载的传奇《梅花簪》40出、1915—1916年《中华妇女界》连载的《麻疯女传奇》23出,是体量最大的两部剧作。其余年份的期刊戏剧,传奇一般是三折、杂剧一折,话剧则多为单幕剧,也有六幕、八幕的情况。总的来说,新式话剧多用几段情景对话表现一个社会的横切面,其叙事直接指向深层以解剖一种社会现象、人物心理,目的是某种理念观念的具现与证明。而传统戏曲中的长篇传奇,其叙事与抒情并重,倾向于展现完整和连续的故事情节,节奏比较缓慢。人物在剧中经历兴衰荣辱、世事变迁,剧作者立足于构建完整的时空体系,追求精神世界与现实世界的融合与圆满。古典戏曲重体验,现代话剧重批判,这其实表现了从传统到现代整个看待世界、社会人生的方式的不同。

  小说、戏剧经历从形式到内容的深刻扩张与变革,其概念本身的形成,又是在与西方同类艺术、文体的接触、引进、融合中形成的。这一时段文学的现代性及关于现代性的讨论集中于此。同时,这一时段中国社会的政治制度、经济结构、社会层级、思想文化发生了深刻而重大的变化,而相对于传统黏着性更强的诗文来说,小说、戏剧在其中更广泛地参与了社会变革、东西博弈,在社会遭遇和迎接的自由平等、民主、女权、无政府主义、自由主义、社会主义等思想观念的浪潮中,受其影响并对其发生影响。

这一时期,日记、笔记、书信等自言体、代言体小说大量涌现,体量庞大的心理陈述出现了对某一刻时间的无限延展和挖掘,或对几年、几十年时间跨度的跳跃或浓缩。与传统中以动作、语言、侧面描写、心理活动展开故事情节相比,文本的运行节奏与现实的时间基本一致,或者至少是拟现实的小说有比较大的不同。人物可以以比较自由的方式表达情绪、发表见解、传达思想,这是当时急于传播现代政治文化思想理念的作者采取的一种比较取巧的方式,其小说也经常会囊括太多长篇大论而忽视叙事逻辑、人物塑造、情节编织。但比较严肃的对社会、人生的思考,比较新锐的思想理念及对社会问题的体察被作为重要的写作目的进入了小说写作的视野。严肃的思想理论被前所未有地塞入了小说作品之中。此时大量出现的五花八门的小说功能标识,说明小说从传统单纯的娱乐功能,被赋予了全能"救世"的期待。政治经济、科学军事、思想文化,各个领域,种种从外界介绍过来的理论知识、人物实践,种种对这些知识和人物的理解和消化,都可以从这一时段的小说中找到痕迹。

家庭婚姻、爱情浪漫、空想、社会小说、政治小说等类型中,都有一部分直接在小说中大篇幅用人物对话、心理描写、书信等类文本方式阐述宣讲作者推崇的政治观念,如平权、女子教育、社会改造等。后期小说涉及对社会阶级阶层压迫的揭露与分析,对压迫与矛盾的层层转嫁。《劳动与妇女》杂志第1期的《一碗饭》就写了雇主压迫劳工、劳工压迫其妻子的一个日常片段,引起对人性更深层次的思考。

对西方小说的翻译、对西方小说理论的引介，使得本土小说的创作，包括伪翻译小说的创作题材所涉及的领域，构筑情节、人物、背景的技法，都发生了重大的扩展和变化。另外，小说写作的目的和态度也严肃化，干预社会现实、改革国民思想观念、凝聚国人心志情志等之前由传统经史的书写意图由小说承担。

期刊作为一种新的媒介，其较为固定的栏目设置、周期发布的特点，使得其中的小说、戏剧的形式出现一些比较有趣的特点。《眉语》从1914年10月第1卷第1号，到1916年第2卷第6号，基本上每期都有以七言诗句的一句为小说标题的情况。而第1卷第1—4号，每期都有至少一篇标题尾字为"来"的小说。第1号有吴佩华的《怎当他兜的上心来》，第2号有许啸天的《这相思苦尽甘来》，第3号有许啸天的《怎不回过脸儿来》、剑鹿氏的《难道是昨夜梦中来》，第4号有竺山樵隐的《一枝红杏出墙来》。这是把取尾字相同的诗题、众人作诗的活动移到了期刊小说的创作登载中。这5篇小说又都是在写男女婚姻爱情之事，显然是期刊的编者、作者所共同促成的集聚效果。1925年《妇女旬刊汇编》第1集中的小说栏目，《雪茄》《意外》《痴人之一日记》《乍逢》《日历》《月夜》这6篇小说都是多人联著，《雪茄》小说的联著作者多达9人。这种一人接续上一人的写作，最后组成同一篇小说的形式，就很像诗社的联句了。联句需要押韵，小说的联著则要更为自由。但多人的接续写作要最终创作出完整的有机的小说整体，也是很锻炼各位参与者的事。这种以联著方式写成的小说，在内容和形式上渗透多位作者的思想、情感和写作技法，其成品和写作过程本身，都有一种现代的特质。传统诗社的集会活动,诗人需要处于同时同地,而期刊的短篇小说系列,则可以持续相当长的一段时间,小说作者彼此之间的启发与激励,也使得期刊成为联结作者、读者、作品的磁力场。

在1898—1921年,小说和戏剧经历了传播媒介的变化,其概念的内涵、外延的变动,内容、题材的扩张,从外部人物行动到内部人物心理的写作技法有了大发展。它们作为传统中不登大雅之堂的文体,从茶酒佐食、消遣之物一跃而成为颇具革命性、神圣感的文体,也获得了颇深广的社会影响力。小说也许被当时的新派人物,如梁启超等,赋予了过于理想化的拯救使命,但对小说、戏剧的严肃对待,其地位的提升,改变了它们的面貌、功能、内核。翻译小说的引入与对小说功能地位的再认识合流,新的景观构筑了当时人们的一种对生活的想象。此时的流行人物已经不是忠臣孝女,而是怀揣枪、小说、诗集,便可以勇闯天涯,纵横天下的男女。中世纪至启蒙时代骑士小说的流行,塞万提斯作《唐吉诃德》以戳破;十七、十八世纪浪漫爱情小说盛行,福楼拜作《包法利夫人》以警示。然而这恰恰从反方向证明了类型小说具有的构筑并连接想象中的共同体的能力,虚构一种理想的人物形象、生活方式的能力,这种浸染和内化到了十九世纪末二十世纪初的中国,则在当时的阅读受众群中建立了一种革命家、虚无党、侠士侠女的群体想象,而真实历史中秋瑾的从容赴义、她身后的故事、她留下的诗词,当时的戏剧对她生平一而再、再而三的书写,都在现实层面回应了这种想象的呼唤。以此为开端,接下来在二十、三十年代又有了独立叛逆的新青年形象，又有了一代呐喊、彷徨、觉醒的年轻人的挣扎与希望。这二十年功能小说、类型小说的盛行，说明人们对小说的作用、功能的新的寄望及与社会文化的互动交流共鉴。而在戏剧中，戏剧所展现的内容与时代的大事件、新思想、新人物越来越近，舞台与人生、文本与人生互为模本，也互为砥砺。戏剧成为介入现实的重要工具。新话剧自不必说，传奇、杂剧的旧形式也在一点点改变，从而使之包蕴着新时代的思想内容和人物形象。小说、戏剧在中国，从未如此全情地介入广袤粗粝的现实，从未如此重要地影响、塑造、成全或辜负一代人。传统的小说、戏剧造梦以让人们忍受生活、捱过现实（如《南柯梦》《邯郸记》《西厢记》《牡丹亭》等），新时代的小说、戏剧造梦以让人们发现现实中不可忍受之处，进而改变它。这时候是先有了"梦"，才有了现实。文学在"梦"与现实之中流动、转换、生长，"梦"与现实也在这一过程中由梦想、现实的互动而发生着变转。

第二节 女性的妻职母职与自我实现

在本书引言部分，笔者总结推论出"女性期刊"的界定如下：女性期刊是以女性为目标受众和/或以女性思想生活为主要内容的周期性出版的刊物，编辑写作者一般为女性。前两个因素仅具其一，便可称其为女性期刊。而以女性为编辑和主要写作者的女性期刊，是更具备女性主体性的，因此也更值得注意。这其中涵盖了三种不同的向度：为了女性而写、写女性、女性写。女性期刊的小说、戏剧中，女性是作为读者、作者还是作品的主题出现或隐藏在文本中的呢？这是一个值得探究的问题。

叙述、书写是一种对现实的选择性构建。文艺作品中不写的部分有时比写的部分更能体现社会结构不平等中关系的张力。而女性曾在很长一段时间内被对象化，成为文本书写权利的"影子"。这"影子"在一定的社会条件下，也在夺取自我书写的权利。以下从两方面分析"女性期刊"中女性妻职母职与自我实现。

一、革命女性

革命从根本上否定不合理的社会现状、社会制度，并以和平或暴力的方式进行变革，追求人的自由解放、社会的平等等。而女性作为社会成员，被凝视、被阐述、被规训的不合理地位，自然使其拥有改变和叛逆现实的欲望和动力。这对于从三纲五常、三从四德走来的近代中国女性来说，更是如此。十九世纪末二十世纪初的中国历史变局达到了它的转折点，专制政治已经不能够得到拥护。强国强种也好，推翻帝制也好，伸张民权也好，革命与爱国被联系起来，成为一代人的愿望和激情。在社会变革的大潮中，女性也不可避免地加入洪流，虚构的文本也把目光投向了革命女性。希望能够用小说、戏剧改变思想观念、树立典范人物、最终影响现实世界。翻译小说中索菲亚、罗兰夫人等革命女性形象的引入，使得我国作者也开始在历史、现实、想象中寻找本国的带有革命性的女性形象。

总体上说，初始期中国女性期刊中体现革命思想、书写革命女性的是少数,其所具现的女性人物形象的主体仍是困于爱情、婚姻等现实生活的普通人。1904年的《女子世界》,1907年的《中国女报》《中国新女界杂志》,1911年的《女权》,1911—1912年的《妇女时报》,1912年的《女权》,1913年的《女子白话旬报》《万国女子参政会月刊》,此中的叙事文学中写革命女性的较多。1914年的《眉语》、1915年的《女子世界》中也有个别作品写革命女性。此后的女性期刊中几乎不再有革命女性的书写。到1920年的《新妇女》,出现了一些表现反抗旧家庭专制、反对包办婚姻的觉悟女性的话剧。

在革命女性小说中,写西方女杰的小说数量约为写中国女杰的2倍。其中多数写历史人物,如1913年《女子白话报》第11期中的《罗兰夫人》,写吉伦特派核心人物罗兰夫人;1913年《妇女时报》第10号中的《胭脂血》,写刺杀法国雅各宾党马拉的沙奴士①。1915年《女子世界》第2—4期中的《琼英别传》,写法国的圣女贞德。另有一种虚构革命人物的小说,如1911年《妇女时报》第4期的《虚无美人》,1912年《妇女时报》第9号的《绿衣女》,两篇小说的女主人公都是俄国的虚无党,小说都以其爱情故事为重要线索。异国革命女性的形象成为初始期中国女性期刊小说中所一再注目的类型。这种小说形象兼具道义上的无瑕、暴力鲜血的感官刺激、美丽自由的女性魅力,几乎成为一种被国人凝视的景观。而革命究竟是为什么,在当时的小说中是不大深入探讨的,最多的还是把女性的行动与国恨家仇

---

① 沙奴士的今译名为莎绿德,原名为Charlotte Corday。

联系起来,其革命行动大多类似于传统小说中除暴安良、替天行道的侠义。这也是对于国人来说比较熟悉、可以追溯的女性形象。此时中国女性期刊中写中国女杰的小说几乎全部为"空想"小说,其人物或者是历史人物的重新演绎,或者是生活在未来中国的女帝、女总统,或者是存在于模拟西方文明的世界中。历史人物如1907年《中国新女界杂志》小说栏《补天石》中的吕后、武则天。她们死后住在由妹喜、妲己、褒姒创建的会芳洞,将要被补天府的女娲派遣的班昭等收编,重新回到人间,振兴女权、强大国家。女帝、女总统如1904年《女子世界》小说栏《情天债》中的苏华梦、1912年《女权》小说栏《女总统》中的主人公。《情天债》写了50年后中国成为东方强国之一的愿景、写了苏华梦做女学生时参加爱国演讲等活动,就到此戛然而止了。《女总统》停留在写女主人公的恋爱场景,因所载的期刊只有一期,篇幅没有展开。1913年《万国女子参政会月刊》中的《平权国偕游记》,其小说背景模拟西方文明国家的社会环境,描写了平权下的社会中女性的自由。当时的小说作者多数把对国内革命女性的书写诉诸历史或未来的幻想,在现实中不能实现的行动与愿景,在虚构的小说世界中自由发抒,寄托着作者的意念与对现实的思考,在小说场中驰骋。

  初始期中国女性期刊写革命女性的戏剧中,基本上都是写国内人物。其中有两部写的是鉴湖女侠秋瑾,即1909年《女报》的《神州第一女杰轩亭冤传奇》、1915年《中华妇女界》的《秋海棠传奇》。《神州第一女杰轩亭冤传奇》实写秋瑾生平。《秋海棠传奇》虚写秋瑾被判决的原因,讲地府一位判官因为在二百年前赦还了《牡丹亭》的杜丽娘,被同僚构陷夺职,赋闲二百年,恢复官位后决意和光同尘、与时俯仰,不再秉持正义,刚好遇到秋瑾案,便判其死罪。接下来写秋瑾抗辩无效之后,大哭复又大笑,慷慨赴死,死后回归仙位,继续做秋海棠花神。作者对于官场黑暗有一定的体察、对人物心理有所挖掘,三折戏结构完整、思路清晰。但与《神州第一女杰轩亭冤传奇》一样,都只写了秋瑾兴办女学,暗示秋瑾并非要推翻清朝统治,是被冤杀的。秋瑾早入同盟会、光复会,其毕生志业当然是要推翻帝制、恢复中华。这种半藏半露的写作方式可能是当时时局之下的选择,一方面向读者宣扬了秋瑾真实人物的一面,另一方面戏曲形象的塑造也带有虚构的故事成分。另外一些写革命女性的戏剧多为虚构,如 1904 年《女子世界》的《松陵新女儿传奇》《女中华传奇》《同情梦传奇》,1920 年《新妇女》的《自决》《觉悟》。前两篇皆为虚构一位女性人物,然后由她独唱,唱词中包含着女性对世事的愤怒、对国事的忧虑、对女性奋起的呼吁。《同情梦传奇》稍具剧情,写女权事业遭遇挫折的尤素心女士在梦中坐船,看到自由女神,向其质问、哭诉、求肯,愿意以一己牺牲换来女界现状的改变,全国同胞的被拯救,在将要跳船时醒来。剧情虽然囊括在一场梦的故事结构中,作者的重点还是在于宣讲政治、抒发情绪。剧中人物的形象是比较单薄甚至单调的。后两篇原创话剧是一种目的先行的剧本。同样刊于《新妇女》的《新旧家庭》,剧中将知识分子家庭与商人家庭作对比展开剧情,身为表姐妹的二人分处于两种家庭之中,上学、婚姻接受了父母不同的安排,最终旧家庭的女儿在婆家备受冷遇、遇人不淑,郁愤而死,新家庭的女儿则人身自由、事业有成。这种以结果好坏证明道路正误的文本是一种简单的"新思想"的宣扬,在打动人心的效果上有待艺术性的提升。新家庭的女儿也并没有表现出对陷于旧家庭、不得上学、结婚之后每况愈下的表姐有多少思想上的影响与拯救努力。她所做的只是偶尔探望、有时劝解。她的新思想、新观念更像是人格的装饰,而并没有深入灵魂。她的探望、劝解甚至更像是对于"不觉悟者"窘困处境的一种隔岸观看。理念先行而不关注体察现实人生的作品,无法获得真诚的理解和动人的力量,也就无法达到宣扬理念的目的。

综上所述,初始期中国女性期刊的叙事文学中革命女性形象多来自西方的历史人物,对于国内的革命女性书写是很少的,表现她们的作品基本上依靠历史和设想。而叙写国内革命女性的戏剧,多成为革命观念的演说与证明宣扬,其中对现实中的革命女性秋瑾,戏剧对其人物的某些重要经历因时局所限隐而不谈,影响了以真人实事为原料的剧作所本该具备的艺术力量。

初始期中国女性期刊叙事文学对西方革命女性的引入和结撰,对西方政治文明的摹写、对现代理念的呈现,对当时的读者而言仍然开启了另一个目标性的理想标的,这种理想的呈现已经具备了不可代替的价值。

二、爱情、婚姻与自我

男性在成长中获得的丈夫、父亲的身份,增强了他作为个体的社会身份价值认同。女性则成为妻子、母亲,在此过程中,相夫教子,维护家庭、家族的运行成了女性的责任和义务。妻子、母亲的身份属性与社会文化心态结合,很容易盖过女性作为独立个体、作为社会人的身份属性。直到现在,这仍然是一个需要严肃对待的问题。在初始期中国女性期刊叙事文学中,女性的思想观念、情感意志是怎样被表现的,女性的爱情、婚姻与自我的关系又是怎样被架构的?我们通过这一时期的小说、戏剧来探讨。

1904年《女子世界》刊载的4篇小说、3篇传奇,基本上表现的都是自在自为的女性图景。即使是为主报仇的《侠女奴》,主人公虽身为奴隶,但聪明果敢、冷静理性,她为主报仇的动机是报恩的意识,而报仇这一行为本身就是对于个人意志的伸张。自我代入新女性角色的《松陵新儿女传奇》《女中华传奇》《同情梦传奇》,则是女性作为个体对国家民族责任的担当。这几篇传奇强调国家民族的主导话语,在一定程度上,个体在叙事逻辑中缺少鲜活的多面性,女主人公除了痛心国势、呼吁女性奋起之外,很少看到其生活、生命的其他面向,其个人面目是模糊的。不过,这种不在家庭藩篱之内而注目国家民族兴衰的女性形象,在传统叙事文学中是非常少见的。这已经带有了对女性的人生向度和社会空间的某种拓展。

1905年《女子世界》小说栏中,《好花枝》是女性抒发个人感想的一篇,文体散韵结合,偏重抒情;《女猎人》是英国星德夫人《南非搏狮记》的节译。一者述内心,一者写行动,表现的是面对社会环境、自然环境的女性个体。《天鹦儿》是雨果的《悲惨世界》选译,叙写芳汀被迫将女儿珂赛特寄养于别家,她以为女主人会像对待自己的儿女般对待珂赛特,结果却不自知地送女儿进入了无穷尽的受虐之地。珂赛特就在折磨与虐待中努力干活,默默生存。这里已经涉及自我的血缘之爱与社会环境对女性权利的剥夺,甚至是对其母亲、女儿身份的剥夺。柯南·道尔的《荒矶》,写"我"看淡人世所有感情,醉心学术,自我隔绝于苏格兰城堡。他救下一俄国少女、渐渐产生情意,而海边又送来的一个俄国人声称少女是他的未婚妻。但少女是被他掳掠、拘禁在身边的,于船难后才脱离其控制的。"我"决定保护少女,但终于在一天夜晚,少女重被掳走。第二天海浪送来二人的尸身,"我"带着安慰猜想,少女在最后时刻接受了绑架者的爱意,绑架者在死后面带比在生时更快乐的笑容。但这只是"我"的猜想,少女的未婚妻身份是她所拒斥的,她是否在最后关头对绑架者的情感发生了改变,只有她自己才知道。作者就这样轻易下了一个令人安慰的结论。这篇小说中,女性并非没有自己的声音,但作者自己都并不在乎有没有全部听见。当时以爱情、婚姻为主题的小说中,女性主人公常常处于这样的状况:她们对于爱情、婚姻没有主动权,甚至没有完整的拒绝权,她们的声音被选择性地显现或隐藏,其个体的真实意愿、情绪都笼罩在迷雾中,情境的重重累加之后,女性自己可能都无法完全探知自己的真实意愿和想法了。而小说中女性在面对各种情况做出回应时,是出于妻子、爱人的身份义务,还是内心的真实渴望,还是被严苛的社会教条所逼迫?往往是后天教养规训与先天的品性杂糅在一起,做出决定的好像并不一定是自己,而是自己所处的社会情境与读者期待。这种女性的被动性与客体化在1911年《妇女时报》的《落花怨》《虚荣》《卖花女郎》,1914年《妇女鉴》的

《丹枫庄》,《香艳杂志》的《鸾怨》,《眉语》的《悔教夫婿觅封侯》中都有体现。《落花怨》的黄女士不能拒绝爱;《虚荣》的云瘦不会表达爱;《卖花女郎》的尤琪尼亚为天主的爱,牺牲自己救酒鬼父亲的性命;《丹枫庄》女主人公在婆姑逼迫下改嫁,在婚礼前杀死即将成为丈夫的男子之后自杀。

《鸾怨》主人公因与恋人所属家族的矛盾不被允准婚事,在饱含挣扎的坚持中几乎被母亲的自我折磨击败,但最终击败她的是恋人的怀疑。最终她的婚事不谐,与恋人断绝往来。她的最后一封信写道:

> 尤痛心者,女子所以立于人世者,名节耳。君之掉头长往也,必有不信于兰之意……自外人视之,则以为兰与君早有瓜葛。……其刻薄者,谓兰终始参差,苍黄反覆,甚则谓兰必无行。以苛菲下体之嫌,致阴雨谷风之隙。不以兰为怨女,而以兰为弃妇,兰之名节扫地尽矣。复何面目立于人世乎?①

满腹才学、坚韧甚至坚忍的女主人公被想象出的社会议论所羞辱,终至绝望。她所推测的世人议论可能是准确的,可能是不准确的,但这并不是事情的关键所在。有可能引起这种社会议论本身,就已经是无法承受的精神压力。这是整个社会对女性规训的严苛,女性对于贞洁观念的自我内化造成的。

---

① 一修《鸾怨》,见《香艳杂志》第5期1914年,上海中华图书馆,第5页。

《眉语》和《香艳杂志》登载的小说中，以男女爱情、夫妻相处为主题的作品很多。《眉语》中的个别篇章，如《怎不回过脸儿来》《碧血鸳鸯》，稍显对夫妻间的爱、尊重、平等关系的伸张，即使是略有表现和追求。大多数小说仍然有比较浓重的夫权意识，女性的被动地位在整体上并没有改变。

　　1920年之后，《妇女杂志》中出现批判传统文化制度、思想观念的小说，如《礼教的梦》《这是贞节》等。

　　西方小说、戏剧中关注的重心是夫妻关系，这可能与西方社会价值观有关。一个女人在夫妻关系中，除了是妻子，还有一部分是她自己。在对夫妻关系的书写中，有精神的交流和理解，有礼貌的疏离，有物质生活的细节，也有激烈深刻的矛盾冲突。而这些冲突是女性在为别人的妻子和为自己的主宰两方面的撕扯所形成的张力。这些情况，在1911年《妇女时报》的小说《耐寒花传》《将奈何》，1920年《妇女杂志》的话剧《一百块钱》《情敌》《结婚日的早晨》都有或浅或深的体现。这就是清末民初翻译小说、翻译戏剧出现之后，带给我国文化心理的一个转变，女性慢慢发现自己除了奉养公婆、养育子女之外，与丈夫的爱情也是非常重要的部分；自己的感受和需求也是值得认知的部分；更进一步，妻职母职之外，自己首先是一个独立的人，要追求灵魂的自由和完整。"五四"之后对于"人"的重新发现，对个体的高举，是以此前的二十年对女性身份的思维扩展和深入思考为基础的。然后才会有1934年的戏剧《雷雨》，剧中女主人公繁漪，既是母亲，也是妻子，但她出于强烈的自我本能，将自己的追求、情感放在首位，甚至是可以把社会角色抛弃掉的，这富有魔力、不能简单用道德来评价的女性角色，在之前的文学作品中是不可想象的。

从《金瓶梅》《红楼梦》等全景式表现女性日常生活的小说中，我们可以看到明清中上层女性的社会娱乐活动主要就是看戏、去寺庙烧香拜佛、家族内部聚会、打叶子牌等。明清才女所结成的诗文团体，以家庭、家族、师生同门关系为基础，构成她们的社交和精神意义上的团体，构筑一种价值的共同体认，在世俗生活中嵌入比较"高级"的精神生活。但这是局限在家庭、家族范围内的，势必进入一种闭环。诗文团体的女性，又常常是排斥热衷世俗生活的女性的。两者之间当然有交集，但并不会发生较为深入的交流。这就是中上层女性所能够得到的公共空间。

初始期中国女性期刊在更广袤的世界中继承发展了上述功能，诗文酬唱赠答于文苑，娱乐欲望释放于时尚、余兴等，兼具文教与娱乐功能的是小说和戏剧。当连载小说作为期刊特有的文学形式拥有和吸引了一批欲罢不能的读者，当翻译、伪翻译小说将吻手礼、马车、轮船、直接的求爱、上帝的婚姻等异国图景展现在读者眼前，当传统中听唱词、看身段、演出帝王将相、才子佳人的戏曲变成了与时事如此贴近的悲秋瑾、叹国运、争取婚姻自由的读物时，当拥有不同文化品位、不同身份背景的读者在其中看到西洋东洋、看到自由平权、看到电报电话、看到集会游行、看到女学生、看到持手枪炸弹的金发美女、看到吻、看到爱，他们在其中看到的是与自己有关或者完全无关的东西，在这一不断生长的作者——编辑——读者网络中，他们共同生活在同一个复杂的环环相扣的文字世界，共同构建了一个激动人心又相互冲撞的想象图景,这图景远远超过了家庭家族的束缚和掌控,甚至不受地域时间的完全限制。在这样的观看游弋中,他们自然也成为了与"那个世界"更为相近的人,哪怕只是在头脑中。而正是在对广袤世界的观察与想象中,在对文本的人物与生活的模仿中,生发着读者和作者重新发现和构建自己的可能。

第三节 新旧并行、中西杂糅的时代精神

一、西方与东方

1907年《天义报》的创建者何震,在1904年的《警钟日报》曾发表这样的诗句:"献身甘作苏菲亚,爱国群推玛丽侬。"俄国虚无党人苏菲亚、法国吉伦特派罗兰夫人,成为出身大族、家教甚严的东方年轻女性何震的偶像。而在二十世纪之前的中国社会,女性所公推的偶像是班昭,是长孙皇后,以花木兰、秦良玉为偶像已是略微出格的了。时代的变迁,中西的交流,带来的是完全不同的对人的价值、人生的意义的思考。什么样的人生是值得过的? 在历史与现实的缝隙,有小说和戏剧给时人以启迪和指南。在二十世纪头二十年,初始期中国女性期刊引入了大量西方的小说、戏剧,为当时的读者提供了遥远奇异的陌生图景、大胆激动的崭新理念、浓烈饱满的异国人物,为读者带来了另一种人生、另一个世界的想象。而在这些翻译小说、戏剧中,也常常可以看到东方的叙事视角、审美风格、语言文化的印痕。我们来看初始期中国女性期刊翻译小说、戏剧的基本情况。

1905年初始期中国女性期刊共有4篇翻译小说,均出自《女子世界》,其中的《天鹚儿》未注明为译作,实为法国雨果《悲惨世界》的节译。《女猎人》未在篇名下标明为译作,而是在正文部分说明原著作者,此篇小说是改写自英国星德夫人《南非搏狮记》中的片段。说明此时的译者还不大有明确的标明译作、指明原著作者的意识。另两篇分别是英国柯南·道尔的恋爱奇谈《荒矶》和美国路易斯托仑的科幻小说《造人术》。《荒矶》原名为 The Man From Achemgle,译者萍云在前言介绍了小说作者,当时他的名字被译为陶尔先生。《女子世界》的这4篇翻译小说分属于不同类型,期刊编辑呈现了异国小说领域广泛的面向。之后3年的女性期刊无翻译小说。1909年的女性期刊有1篇翻译小说,是《女报》的女子探奇小说《美人岛》,注明是日本渤海次郎先生译著的转译,原著作者未注明。1911年有6篇翻译小说,均来自《妇女时报》,包括英、法、美作者的作品,其中的《侬之处女时代》的原著为法国女作者萧罗拉,写作者自己童年、入学、恋爱、结婚的经历。在选定婚姻对象时,作者的父亲对她说:"自由之权,操诸吾儿。"[①]这对于当时婚姻大事由父母全权决定的中国读者来说,无疑是强烈而直接的震撼。《妇女时报》第7号的《军人之恋》,是周瘦鹃译自柯南·道尔的作品。在这里被译为柯南·达利。周瘦鹃还在前言附加柯南·达利小传,赞扬柯南·道尔先生"挥其垂露之笔以陶铸国

---

① [法]萧罗拉著、周瘦鹃译《侬之处女时代》,见《妇女时报》第5号,1911年,上海妇女时报社,第38页。

民之新脑"①。1912—1913年的女性期刊有3篇翻译小说,分别是《恋爱之花(林肯之情史)》《铁血皇后》《胭脂血》,译者均为周瘦鹃。《恋爱之花》原著为美国的挨金生(艾金森)女士,《铁血皇后》原著为美国摩尔拔克,《胭脂血》原著为法国费奈。由此可略窥周瘦鹃对翻译小说题材的偏好,尤其是革命者、爱国者等人物类型小说。1913年的女性期刊另有2篇翻译小说,是《神州女报》的《黄奴碧血录》和《瞳影案》,前者原著为美国嘉德夫人,后者原著英魏瀚谡。至此我们可以说,1914年之前的女性期刊在翻译小说领域是很注重介绍女性作家作品的。

　　1914年之后,女性期刊介绍给读者的女作家还有乔治雪儿暾夫人(Mrs Georgie Sheldon)②、美国楷露灵女士(Caroline Lee Eent)、Beatrice Grimshaw女士③、英国近代女文豪Marie Corelli④、英国女文豪Louise De La Ramee⑤、赖霏白女史(E.M. Rafebal)、俄国男爵夫人碧那、英国曼丽哀奇华司(Maria Edgeworth)⑥、英国Hofland夫人、Alec-Tweedie女士⑦、英国勖

---

　　① [英]柯南·道尔著、周瘦鹃译《军人之恋》,见《妇女时报》第7号,1912年,上海妇女时报社,第57页。
　　② Mrs Georgie Sheldon,1843－1926,美国小说家。
　　③ Beatrice Grimshaw,1870－1953,爱尔兰小说家,后移居澳大利亚。
　　④ Marie Corelli,1855－1924,英国小说家。
　　⑤ Louise De La Ramee,1839－1908,英国小说家。
　　⑥ 玛利亚·埃奇沃思(Maria Edgeworth, 1767－1849),被誉为英国第一位一流的儿童文学女作家。她的《手铏》和《弗兰克》分别登载于1916年的《中国妇女界》和《妇女杂志》。《手铏》译者周瘦鹃称她为曼丽哀奇华司;《弗兰克》译者蕴空、小青称她为曼丽爱琪华史。
　　⑦ Ethel Brilliana Tweedie,1862－1940,英国小说家,Mrs Alec-Tweedie是她的笔名之一。

德夫人、比利时梅德林克夫人①、英国浦耐德夫人②。此时的期刊多引进她们的游记地理类小说、童话小说。

　　1916年开始有翻译的童话小说，首篇是《妇女时报》第19号的格林童话《白雪公主与七矮人》。《妇女杂志》于1917年后基本上每期会登载1—2篇童话，其中有少部分是翻译作品，比较著名的有1917年俄国托尔斯泰的《石》、1921年丹麦安徒生的《玫瑰花妖》《鹳》等。

　　《妇女杂志》在1917年后引入了更多名家作品。1917年引入俄国普希金的《渔父之妻》(《渔夫和金鱼的故事》)、印度泰戈尔的《盲妇》《雏恋》，1918年引入英国狄更斯的《星》，1919年引入法国小仲马的《九原可作》③、1920年引入法国莫泊桑④的《娼妓与贞操》(《羊脂球》)。1921年《妇女杂志》引入的翻译小说最多，仅名家作品就有俄国高尔基的《卖国贼的母亲》、契诃夫的《小猫》、法国左拉的《白尔大佐》、英国王尔德的《星孩》、托马斯·哈代的《儿子的禁令》、吉卜林⑤的《比米》、丹麦安徒生的《母亲的故事》、法国雨果的《孤雏奇遇》等。

　　整体来说，1914年之后女性期刊引入的翻译小说明显增多。当年翻译小说有7篇，1915年有17篇，1916年有5篇，

------

　　① Maurice Maeterlinck，1862–1949，比利时剧作家、诗人、散文家，1911年获诺贝尔文学奖。
　　② Mrs Frances Hodgson Burnett，1850–1924，美国小说家。
　　③ 小仲马的《塞尔万万大夫》，原名 *Le Docteur Servans*。
　　④ 原刊登载的作者名为莫泊三。
　　⑤ Joseph Rudyard Kipling，1865—1936，英国小说家、诗人。原刊登载其名为吉布林。

1917年有12篇,1918年有13篇,1919年有7篇,1920年有9篇,而1921年陡增至40篇。初始期中国女性期刊引进的西方小说囊括了十九世纪西方小说的重要流派,从现实主义、浪漫主义、自然主义到唯美主义,使得读者对西方小说的发展有了相对比较切实的了解。

初始期中国女性期刊共有7部翻译戏剧,分别是1909年《女学生》的四幕剧《女律师》(《威尼斯商人》)、1914年《眉语》的《怜我怜卿》(《罗密欧与朱丽叶》)、1916年《妇女杂志》的《捉迷藏》、1919年《妇女杂志》的六幕剧《堤之孔》、1920年《妇女杂志》的《结婚日的早晨》(Anatol's Wedding Morning)、《情敌》(The Stronger)、《一百块钱》。前两部都是对莎士比亚喜剧的本土化改编。译者对原剧情节的改动、语言的调整比较大。之后的翻译戏剧就比较接近于直译。

1920年《妇女杂志》登载的3部翻译话剧,集中讨论了婚姻问题。《结婚日的早晨》讨论开放式婚姻后爱情的自由面向。《情敌》中的女主人公维持着一段心照不宣同床异梦的爱情。从她与情敌的对话可知,她对丈夫的爱没有消逝,却只能将精力与情感投入到维持现状和与情敌的暗斗上。这部戏剧的作者August Strindberg(1849—1912),译者简称其A. Strindberg。他是瑞典剧作家、短篇小说家,擅长把心理学与自然主义融合到表现主义戏剧中。这部短剧也体现了他戏剧创作的特质。《一百块钱》讨论三口家庭和谐表象之下女性的财产权的失权、自由的限制、家庭劳动的不被承认等问题,其根本症结在于这里的夫妻关系实质上是温情脉脉面纱之下的权力控制。

综上所述,初始期中国女性期刊的翻译小说、戏剧,将十九世纪小说的主要流派及莎士比亚的经典喜剧、十九世纪末的表现主义戏剧纳入到了期刊读者的视野。另外,当时的期刊编辑、小说译者也比较注意西方女性作家作品的发掘与呈现。

二、情爱与政治

1898—1921年初始期中国女性期刊中,维多利亚式精神恋爱和互敬扶持的婚姻与东方式的理解,杂糅出一众爱情哀情小说。这一类小说中,主角又常常受过部分西式教育,对人格独立、爱情平等,对社会国家都有新的诉求,他们与周遭家庭、社会环境的冲突就在所难免。爱情加婚姻、爱情加革命,这一时期的爱情小说在此两个方向对后来的小说产生影响。例如二三十年代的鸳鸯蝴蝶派,张恨水的《啼笑因缘》《金粉世家》;同时的社会革命派,巴金的《家》《春》《秋》《雾》《雨》《电》。

但这一时期爱情小说的影响不止于此。它是将我国传统之"情"与西洋现代之"爱"结合,而构成了符合国人审美趣味的现代爱情的模板。将为恋人、为爱情献出生命看作一种荣耀、认为死得其所,是西方骑士小说的流风。而将深入灵魂的理解作为爱情的基础,是近代构建的共识。这一时期女性期刊的小说,慢慢就将这样的新型恋爱、婚姻观植入人心。这样的重视心灵交流的恋爱过程的叙写,主人公以爱情为最后和最彻底的反抗,在1905年《女子世界》的《荒矶》、1911年《妇女时报》的《鹃花血》《军人之恋》、1915年《眉语》的《碧血鸳鸯》中都可以看到。

爱情小说深受欢迎的一个重要因素,是传统诗意的历史背景下现代的爱情观,例如金庸的新武侠小说,一旦钟情定情,便可以生死相许,尤其男性可以为恋人出生入死,这被认为是理所当然甚至是一种荣光。如陈家洛为香香在悬崖上摘花,杨过为小龙女抛弃情花的解药等等。每个时代讲情,指向的可能是不同的问题。《诗大序》:"发乎情,止乎礼义。"情指向的是伦理政治。正因为个人的情感与情感的节制——礼义被儒家建构成社会秩序的基础,所以每当社会出现阶层松动、理念变革、文化革新等等,我们往往可以看到人对于情感的再阐释、再定义、再演绎。《世说新语》中的任诞与深情,王实甫《西厢记》的大胆谈情、汤显祖《牡丹亭》的生死以之、曹雪芹《红楼梦》的弱水三千只取一瓢,情感超越家族、功名、生死,构筑自有自足自证的书写世界。

  由此不难理解政治的变革、革命的话语都从情的重新定义、想象、书写出手。初始期中国女性期刊的小说、戏剧中,人们对情人的称谓,表达情感的方式,诉说情感的话语,回应与延续情感的理由,情感与理智的平衡,情感在家庭、社会、国家、时代中的境遇等等,都出现了与往昔不同的风貌。1911年《妇女时报》的《落花怨》,1915年《中华妇女界》的《麻疯女传奇》,1905年《女子世界》的《荒矶》,1912年《妇女时报》的《绿衣女》。而在1919年后新式、旧式女性的徘徊与选择,传统的回归或是革命的出走,大都以爱情婚姻的自主突破家庭、社会的桎梏,也成为了后期戏剧的主题。

  情感被施加如此多的功能和愿景,它的政治功能远远覆盖了它的抒情本质。此时的某些爱情小说,有时甚至更像是政治小说,失去了真实动人的力量。

三、文学与社会

十九世纪中期开始的"开眼看世界",从器物、服饰、技术到政治理念、文化思想、核心价值,此时的社会面临洋务运动的失败,甲午、庚子大败,使得清醒的一部分国人开始重新审视中学为体、西学为用的框架,在文学上,国人也在努力探寻与现实更为贴近的面貌和内核。《眉语》第1卷第1号的《桃花娘》开篇便是一个美丽女孩大谈婚姻爱情自由,这种场面在之前的类似文本中是不可想象的,封建道德伦理至少在纸面上已经岌岌可危。文字中显现的快感明显倾向于桃花娘这一边,道德训诫层面却又把她置于反面,所谓 guilty pleasure。这样的具有现代性的小说并非孤例,或多或少地,初始期中国女性期刊中的小说、戏剧都体现着时代的物质、文化新的成分。

女性问题与中国的现代化进程共行,中国女性期刊的叙事文学也自然地与女性平权、女性争取参政权、劳动妇女的运动等紧密缠绕。而文本留存了每个时代最为复杂细微之处,这细微的真实显现了现代话语的潜滋暗长,革命风潮的前所未有,在初始期中国女性期刊小说、戏剧中,以文本传递着现实的变化在文学艺术中的表现与理解。前期戏剧,如无瑕的《回甘果》,逃难中扶老携幼的群体中,赶走流氓的是大脚的妇女,小脚的妇女在经历差点被抢劫被侮辱的风险之后,非常应景地自叹小脚无用。后期话剧中,如严棣的《新旧家庭》《自决》,听从父母之命媒妁之言的女性多半遇人不淑、郁愤而亡,而在她坟墓前洒下眼泪的进步女性,伴随着一句为什么不醒觉的话语,提示着社会的变革势在必行。在1912年《妇女时报》第8号,卓呆与钏影合著的《侮辱》中,在工厂工作的妹妹看不起做舞女的姐姐,作者笔下的姐姐庸俗、令人生厌,成为主人公刻板晦暗的对比,这种审视的标签分类、口号式的话语规训,使得某些叙事文学失去艺术的弹性和对真实人生、复杂社会的考察,在主导性宣传话语中,缺少对女性更深切的精神世界、处境认知的社会层面分析,成了不怎么高明的类政治宣传。传统与现代、本土与外来,在新旧并行、中西杂糅的时代环境下,初始期女性期刊中的小说、戏剧诠释着女性与家庭、情爱与政治、文学与社会的功能和目的,而"人是生活在目的的王国中。人是自身目的,不是工具"[①],作为女性,在人的社会生活中,也在不断地突围与破茧,涅槃与重生,这才是一切的来处和归处。

---

① [德]康德著、韩水法译《实践理性批判》,北京:商务印书馆,1999年,第95页。

结　语

"女性期刊"这一概念的提出,本身就意味着性别意识、平权意识的觉醒和女性地位的现状,从初始期中国女性期刊中,我们可以看到小说、戏剧的复杂渊薮,文本呈现了女性作为主体与客体、象征体与本体的错综纠缠,他者的凝视,陌生的景观与大众欣赏趣味的彼此结合。期刊中回荡着时代之音与现代思想的小说、戏剧,是这一时期的期刊中最具价值的部分。

> 人们就是这样描绘历史天使的,他的脸朝着过去,在我们认为是一连串事件的地方,他看到的是一场单一的灾难。这场灾难堆积着尸骸,将它们抛弃在他的面前。天使想停下来唤醒死者,把破碎的世界修补完整。可是从天堂吹来了一阵风暴,它猛烈地吹击着天使的翅膀,以至他再也无法把它们收拢。这风暴无可抗拒地把天使刮向他背对着的未来,而他面前的残垣断壁却越堆越高,直逼天际。这场风暴就是我们所称的进步。①

本雅明以诗意笔触所描写"风暴",在十九世纪末的东方,经不断酝酿而至于暴烈。甲午中日战争失败后,所有关心国家民族命运的中国人,都已经确认了"过去"的荣光已永远属于过去,而"未来"新生是否会到来,则要看这场千年未有之大变局中国人的选择和作

---

① [德]汉娜·阿伦特编,张旭东、王斑译《启迪:本雅明文选》,北京:生活·读书·新知三联书店,2008年,第270页。

为。初始期中国女性期刊所囊括的是风雅的诗文传统恋恋不去、传统中国的文化风俗回光照影,而新的时代不可避免地来临,以西方的现代、科学、民主为中心的文明越来越扩大其影响的时代。在上文所探讨的中国女性期刊的小说、戏剧中,我们看到了一种想要努力在传统与现代观念中寻找平衡,唯恐失去自己的故园,又唯恐不能赶上世界潮流的态度和姿势。于此历史与现实的镜面、观念与物质的飓风中,我们一直在拼命奔跑,却又忍不住频频回头。

在纵向的历史坐标、横向的地理坐标的定位之下,女性期刊为当时的读者打开了广阔而陌生的世界。陆九渊曾说,东海西海,心同理同。十九世纪末二十世纪初的期刊编者、作者们,则用尽可能容易让国人接受的方式,从政治、经济、科技、文化、文学各方面介绍西方世界。而在对其思想理念、文学艺术的了解和思考中,当时的人也在重新记述我国的女性历史和文学史。同时展开了与时代紧密相连的叙事文学创作。

初始期中国女性期刊的小说关注女性的爱情婚姻、女性的志业与民族事业、女性的现实处境与社会状况;自由意志与环境的妥协与对抗,人的情感、欲望、尊严在虚构文本中压抑与张扬;在十九世纪末二十世纪初这一社会结构、思想理念、文化价值都出现重大变革的时代,女性的社会身份、权利义务、对自我的觉知和认知都经历着前所未有的重新定位和探索。女性与国家、社会、家庭、个体自我的关系也在重新被整合、塑造和书写。而这些体现在初始期中国女性期刊小说、戏剧中,我们就能够看到许多崭新的人物形象的塑造。如《情天债》中的苏华梦,作者简直想要将她打造成伊丽莎白一世与华盛顿的合体,虽然小说在开篇不久之后就中断连载了。《桃花娘》中的桃花娘,认为女子乃国民之母,在男朋友面前,笑言男子应该是女子的奴隶,其结局惨酷而屈辱,但这一类型的女性的出现在传统中国是不可想象的。女主角的美丽与自私在对封建伦理的破坏中,随社会风潮起舞浮沉,散发着反道德的艺术魅力。《绿衣女》中的绿衣女,以作为革命者扫平天下为生平唯一追求,不惜离开倾心的爱人和安宁和睦的乡邻。女性对于国家、社会的责任感,从未被凸显得这么重要。而这也是作者在了解到自西方小说、文论传入的苏菲亚、罗兰夫人、南丁格尔等与以往不同的女性形象后,才可能创作出来的。在一波波引进翻译小说的浪潮影响之下,这二十多年中期刊的小说从内容到形式都有了极大的拓展和深入。理念的先进与现实的种种桎梏的矛盾之下,女性的身份与角色、思想与行动中出现巨大的跨越中的失衡,痛苦中的反思,而小说既是这些矛盾与焦虑的催生之处、演练斗争之场,也是女性的思想、理念、情绪的释放之阶。初始期中国女性期刊的戏剧中,我们可以看到传统戏曲自身的进化和变更。《麻疯女传奇》《回甘果》中,都可以看到对新式女性角色的塑造,对西方科学、政治理念的吸收。即使是对前代戏曲的登载,在编辑对其的选取中,也可以看到对男女平等、女性独立等理念的标举。如《眉语》中的《瓶笙馆修箫谱——卓女当垆》,《香艳杂志》中的传奇《梅华簪》等。《梅花簪》中,女主人公女扮男装化名梅先春,与侠客郭宗解一文一武,出使日本,劝降日本国主,为中原解除心腹大患。其磊落大气与才华功业似乎更胜于她的情郎和丈夫徐苞,比起《再生缘》中的孟丽君,也至少在文本中拥有了更大的挥洒才华的场域。编辑将此部传奇全篇登载,当然是经过了精心的选择,有深远的寄望的。1914年之后,期刊引入的翻译话剧、登载的原创话剧增多,注重现代家庭、现代社会中女性与家庭、社会的关系,女性自身人生道路的选择,社会阶级阶层不公的揭露等,展现了更为广阔的社会图景、更为深刻的社会问题。

回溯初始期中国女性期刊的叙事文学,我们也可以看到小说、戏剧作为现代文体的概念初步形成的脉络。它们以丰富生动、新旧并行的内容,观照着由历史构建的现实,展望并参与塑造了未来的叙事书写。在这样的书写和塑造中,女性、女性个体、女性与社会是紧紧缠绕的命题,而人的自我实现、人的情感与希望、人的思想与梦想是其中最激动人心之处。现在的我们回望和思考在当时的文本中所构筑的未来,我们在过去者的"未来"中继续以文字构筑现在和未来,思考和疑问人与文学的命题。

> 光明灿烂的地球上,确有一部分的人,是禁锁幽闭,蜷伏在黑暗深邃的幕下;悠长的时间内,都在礼教的桎梏中呻吟,钳制的淫威下潜伏着,展开过去的历史,虽然未曾泯灭尽共支人类的女性之轴,不过我们的聪明智慧,大多数都努力于贤顺贞节,以占得一席,目为无上光荣。堪叹多少才能都埋没在柴米油盐,描鸾绣凤,除了少数垂帘秉政的政治家,吟风弄月的文学家。……相信我们的"力"可以粉碎桎梏!相信我们的"热"可以焚毁网罟!数千年饮鸩如醴的痛苦,我们去诉述此后永久的新生,我们去创造。……惭愧我们的才学,不敢效董狐之笔;但我们的愚志,希望如博浪之椎。①

---

① 石评梅《〈妇女周刊〉发刊词》,见《石评梅集(第 1 册 散文)》,太原:北岳文艺出版社,2017 年,第 12 页。

附　　录

Ⅰ：1898—1921年初始期中国女性期刊（报纸）目录

表Ⅰ分列1898—1921年中国女性期刊的刊名、出版周期、主办单位（或主办人）、出版地（出版者）、出版年月及其他信息。不详处暂付阙如。以期刊的创刊年月按升序排列。

1898—1921年初始期中国女性期刊（报纸）目录

序号	刊名	出版周期	主办单位（主办人）	出版地	出版年月（年/卷/期）	主编（主笔）	发行	其他
1	女学报	旬刊	中国女学会	上海	1898.7—1903.4	康同薇、李蕙仙等	苏报馆	
2	岭南女学新报	月	冯活泉	广州	1903.3—1903.9		广东美华浸信会印书局	
3	女子世界	月	常熟女子世界社	上海	1904.1—1907.6	丁初我、陈志群	①大同印书局②上海小说林③上海中国女报馆	①1904.1—1904.8（第1卷第1期至第1卷第8期）②1904.9—1905.3第

(续表)

序号	刊名	出版周期	主办单位(主办人)	出版地	出版年月(年/卷/期)	主编(主笔)	发行	其他
								1卷第9期至第2卷第3期；1906年第2卷第4、5期③1907.6第2卷第6期
4	妇孺报	月	广东省立中山图书馆	广州	1904.5—1905.1	陈荣衮	广州蒙学书局	
5	北京女报	日	北京女报馆	北京	1905.8—	张展云	北京铁老鹳庙聚兴报房	
6	中国女报	月	中国女报馆	上海	1907.1—1909	秋瑾、陈伯平	中国女报馆发行部	参见《辛亥革命稀见文献汇编》，北京：国家图书馆出版社，2011
7	中国新女界杂志	月	东京中国新女界杂志社	日本东京	1907.1—1907.6	炼石	东京代售处，各中国书坛，留学生会馆	
8	中国妇女界杂志		中国妇女界杂志社	日本东京	1907—1908			
9	天义报	半月	女子复权会	日本东京	1907.6—1908.3（第1—19期）	何震	日本东京女子复权会	

(续表)

序号	刊名	出版周期	主办单位(主办人)	出版地	出版年月(年/卷/期)	主编(主笔)	发行	其他
10	神州女报	月	上海神州女报社	上海	1907.12—1908.2；1912.11—1913.7	陈伯平、陈志群		1907.12—1908.2（共3期）；1912.11—1913.7（共4期）
11	女论		上海女报社	上海	1908			
12	惠兴女学报	月	惠兴女学校	杭州	1908—1910			
13	女报		日本东京女报支社、上海女报社	上海	1909.1—1909.10	陈以益等	东京女报支社、上海中华学社、上海女报社	陈以益（第1期），陈以益、谢震（第2—3期），上海女报社（第4期）湘灵子（第5期）
14	女学生	月	上海城东女学社	上海	1909.8—1911.9（第1—38期）		上海城东女学社	
14	女学生	合集	上海城东女学社	上海	1910.3—1912（共3期）	杨白民	上海城东女学社	
15	留日女学会杂志	季刊	中国留日女学会	日本东京	1911.5	唐群英	留日女学会杂志社	
16	妇女时报	月	上海妇女时报社	上海	1911.5—1917.4（第1期—21期）	包天笑	上海有正书局	

(续表)

序号	刊名	出版周期	主办单位(主办人)	出版地	出版年月(年/卷/期)	主编(主笔)	发行	其他
17	女铎	月	上海广学会	上海	1912—1950.12	亮乐月、李冠芳等	广学会发行所	
18	女权	月	女子参政同盟会	上海	1912.6—	张亚昭	上海女权杂志社	
19	女子白话旬报	旬刊	北京女子白话报社	北京	1912.10—1913.5[唐群英(1—2期),女子白话旬报编辑所(3期),沈南雅(4—7期),陈圣任(8—10期),女子白话报编辑所(11期)]	唐群英	女子白话报社	1913年1月第8期改名为《女子白话报》,1913年5月第11期停刊
20	神州女报	月	上海神州女报社	上海	1913.3—1913.6	杨季威	上海神州女报社	
21	万国女子参政会旬报	旬刊	万国女子参政会中国部	上海	1913.4—1913.5	张汉英	中华实业报社	1913年4月创刊,共3期;第4期起更名为《万国女子参政会月刊》
22	香艳杂志	月		上海	1914—1915	王均卿	上海中华图书馆	共出版12期

(续表)

序号	刊名	出版周期	主办单位(主办人)	出版地	出版年月(年/卷/期)	主编(主笔)	发行	其他
23	妇女鉴	月	妇女鉴杂志社	成都	1914.10—1914.12	佘畏尘	妇女鉴杂志社	
24	眉语	月	上海新学会社	上海	1914.9—1916.3	高剑华	上海新学会社	
25	女子世界	月		上海	1914.12—1915.7	陈蝶仙等	上海中华图书馆	陈蝶仙(1—4期),陈蝶仙等合编(5—6期)
26	女子杂志	月	女子杂志社	上海	1915.1		上海广益书局	撰稿人有徐白华、胡彬复、刘友梅、陈去病等
27	中华妇女界	月	中华妇女界社	上海	1915.1—1916.6		上海中华书局	第1卷共12期,第2卷共6期
28	妇女杂志	月	妇女杂志社	上海	1915.1—1931.12	王蕴章等	商务印书馆	王蕴章(1915.1—1915.12[第一卷]),朱胡彬夏(1916.1—1920.12[第2—6卷]),章锡琛(1921.1—1925.12[第7—11卷]),杜就田(1926.1—1930.6[第12卷第1期—第16卷第6期])

(续表)

序号	刊名	出版周期	主办单位(主办人)	出版地	出版年月(年/卷/期)	主编(主笔)	发行	其他
								叶圣陶(1930.7—1931.3[第16卷第7期—第17卷第3期]),杨润余(1931.4—1931.12[第17卷第4期—第12期])
29	家庭杂志	月	家庭杂志社	上海	1915.3	唐真如	上海东方书局	
30	家庭	月	家庭杂志编辑部	成都	1915.3—1915.4			
31	闺声	月	闺声杂志社	上海	1917.3	高剑华	上海群学社	
32	妇女旬刊	旬刊	妇女旬刊社	杭州	1917.6—1948.11			
33	北京女子高等师范周刊	周	北京女子高等师范	北京	1919			
34	北京女子高等师范文艺会刊	年	北京女子高等师范文艺会刊编委会	北京	1919—1923			
35	妇女(《北平日报》周刊)	周	北平妇女青年社	北京	1919—			

(续表)

序号	刊名	出版周期	主办单位(主办人)	出版地	出版年月(年/卷/期)	主编(主笔)	发行	其他
36	平民杂志	半月	天津女界爱国同志会	天津	1919.11—			共3期
37	上海女界联合会旬报	旬	上海女界联合会	上海	1919.10—1919.12			
38	景海星	年	景海女子师范学校	苏州	1920—1921.5			
39	新芬	半月	新芬社	上海	1920.1		新芬社	
40	新妇女	半月	新妇女杂志社	上海	1920.1—1921.5			
41	妇女评论	月	妇女评论社	苏州	1920.5—1920.11			
42	家庭研究	月	家庭研究社	上海	1920.8—1922.11			
43	劳动与妇女	周	劳动与妇女社	广州	1921.2—1921.4	沈定一	广州水母湾群报馆	
44	女子周刊(北京《益世报》副刊)	周	北京益世报馆	北京	1920.10—1921.7			
45	妇女评论(《国民日报》副刊)	日	上海国民日报馆	上海	1921.8—1923.5	陈望道		

Ⅱ：1898—1921年初始期中国女性期刊小说目录

表Ⅱ分列1898—1921年初始期中国女性期刊小说的发表时间、小说名、作者、译者、所在期刊名及卷/期、所属栏目、标目及其他需要注明的情况。以出版时间升序排列。

初始期中国女性期刊小说目录

时间	篇名	作者、译者	期刊	栏目	标目	其他
1904	情天债	东海觉我	女子世界 1,2,3,4	小说		未完
	松陵新女儿传奇	安如	同上2	小说		戏剧
	女中华传奇	大雄	同上5	小说		戏剧
	自由花	非想	同上5,6,7,10	小说		
	狮子吼	觉佛	同上6	小说		
	侠女奴	萍云	同上8,9,11,12	小说		
	同情梦传奇	挽澜	同上8	小说		戏剧
1905	好花枝	萍云	同上1	文艺	短篇小说	
	女猎人	萍云	同上1	附录	短篇小说	
	荒矶（The Man From Achemgle）	［英］柯南·道尔 萍云	同上2,3	文艺	恋爱奇谈	
	女子世界	志群	同上2	文艺	短篇小说	非小说
	造人术	［美］路易斯托仑 索子	同上4	文艺	短篇小说	

(续表)

时间	篇名	作者、译者	期刊	栏目	标题	其他
	天鹅儿(《悲惨世界》节选)	[法]雨果 黑石	同上5	文艺	短篇小说	
	美人妆	横	同上6	文艺	短篇实事	社会评论
1907	想	安素	中国新女界1,2,3	小说	社会小说	
	补天石	娲魂	同上2,3	小说		
	哀音	远庸录述	同上4,5	小说	短篇小说	
	空中军舰	佚名	同上4	附录	理想奇谈	
	女英雄独立传	挽澜	中国女报1	小说		
1908	白罗衫	笑	女学生1	小说	义侠小说	
	可怜之聋女	瑶珊	同上1	小说		实为话剧
	女律师	笑	同上2,16,17	小说		实为话剧
	女子实业竞争大会	湉大	同上2	小说	短篇小说	
1909	无题	逸	惠兴女学报13	杂俎	醒心小说	
	姊妹讲话	中权	同上18—20,22—28	代论	教育小说	未完
	美人岛	裘二乐译著	女报1/1	小说	女子探奇小说	未完
	白牡丹	懊侬女史述意 啸天生笔记	同上1/1	小说	女子教育小说	未完

(续表)

时间	篇 名	作者、译者	期 刊	栏目	标 目	其他
	非非传	颜祉维	同上1/1	小说	短篇小说	
1911	落花怨	周瘦鹃	妇女时报1		短篇小说	
	虚荣	卓呆述意 天笑润词	同上1,2,3,4,6		家庭小说	第2期起均无标目
	漆室女	朱惠贞	同上2			
	耐寒花传	[美]欧文 觉民	同上2			
	爱国花	周瘦鹃	同上3			
	玉蟾蜍	思蓼	同上3			
	将奈何	[美]诺顿 瘦鹃	同上4			
	虚无美人	[英]邱维年 觉民	同上4			
	侬之处女时代	[法]茀罗拉 周瘦鹃	同上4			
	鹃花血	泰兴梦炎	同上5			
	卖花女郎	[意]赖莽脱 周瘦鹃	同上6			伪翻译
	军人之恋	[英]柯南·道尔 周瘦鹃	同上7			
	无名之女侠	[英]哈斯汀 周瘦鹃	同上7			
1912	恋爱之花(林肯之情史)	[美]挨金生女士 周瘦鹃	同上8			
	侮辱	卓呆述意 钏影润词	同上8			

（续表）

时间	篇名	作者、译者	期刊	栏目	标目	其他
	铁血皇后	[美]摩尔拔克 周瘦鹃	同上8			
	战之花	张郁芛	同上9			
	绿衣女	周瘦鹃（假托英国亨梯尔所作）	同上9			
	胭脂血	[法]费奈 周瘦鹃	同上10			
	蚊	呆	同上11,12		家庭小说	
	义母报（The Widow's Reward）	佚名	女铎1/2, 8,12	小说	论道小说	第2期不标目
	女总统	继欧	女权1	小说	理想小说	
1913	瞳影案	佚名 涵秋译	神州女报1,2,4	小说		
	黄奴碧血录	[美]嘉德夫人 季威译述	同上3	小说	实事小说	该刊创办于1907
	小公主（Litter Princess）	周澈朗	女铎1/12	小说	短篇小说	
	昙花梦	记者（该报记者佚名）	女子白话旬报8,9			
	灵玉传	圣任	同上10	小说	短篇小说	
	罗兰夫人	心无	同上11	小说	短篇小说	
	香草集之寄托	陈蜕盦	万国女子参政会旬报1	小说		非小说

(续表)

时间	篇　名	作者、译者	期刊	栏目	标　目	其他
	平权国偕游记	陈蜕盦	万国女子参政会月刊 1	小说	才学小说	
1914	邯郸新梦	剑花	妇女时报 12		爱国小说	
	恨海绮愁鑑	佚名觉孙译 忆琴楼主润词	同上 13		短篇小说	
	幼芹惨史	衔冰	同上 14			
	冢中人语	蛰庵　钏影 同著	同上 14,15		奇情小说	
	恨海波澜	梁溪阿骥	同上 14			
	母……儿	蕉心	同上 15		家庭小史	
	马塞勒斯	周澈明	女铎 3/1	小说		
	真理鸟记	镇江女教员盛理明	同上 3/1	小说		
	郝然	纯玉	妇女鉴 1	小说	家庭小说	
	丹枫庄	畏尘	同上 1,2,3	小说	节义小说	
	孝女叩阍记	佚名奇硕	同上 2	小说	孝勇小说	未完
	烈女魂	余生	同上 3	小说		
	也有今日	德芳	同上 3	小说		
	耳聱	楚香	香艳杂志 1	说部—短篇	滑稽小说	
	雨消云散	佚名	同上 1	同上	恶感小说	

(续表)

时间	篇 名	作者、译者	期 刊	栏目	标 目	其他
	负心郎	楚香	同上 1	同上	哀情小说	
	鸳凤缘	见南山人	同上 1	同上	言情小说	
	罗巾媒	佚名	同上 1	同上	言情小说	
	罗浮续梦	佚名	同上 1	同上	神怪小说	
	约瑟芬	周槃	同上 1	同上	历史小说	
	月下梦	佚名	同上 1	同上	幻想小说	
	雪婚记	[俄]巴希琴（普希金）、[法]仲马（大仲马）转译、[英]哀林孙（艾迪森）转译、伯经转译	同上 1,2	说部		
	上海孽史	桂清	同上 1,2,4,5,6,7,8,9	说部		
	学海精卫	韫苏著、桂清润词	同上 2	说部—短篇	哀情小说	
	柳娘	王君	同上 2	同上	奇情小说	
	金钏缘	见南山人	同上 2	同上	武侠小说	
	赛青凤	见南山人	同上 2	同上	幻想小说	
	鸳怨	一修	同上 2,3,4,5	说部		
	官僚风流史	萼荪	同上 2,3,4,6,7,8,9,11,12	说部		

(续表)

时间	篇 名	作者、译者	期 刊	栏目	标 目	其他
	异梦记	怀瑾	同上3	说部—短篇	幻想小说	
	诗媒	见南山人	同上3	同上	婚姻小说	
	英雌	见南山人	同上3	同上	军事小说	
	妒花风雨记	病夫	同上3	同上	惨情小说	
	真珠箔	泣红	同上3,4,5,6,7	说部	怡情小说	
	卖鸡子者之母	聿修	同上4	说部—短篇	爱国小说	
	二红	聿修	同上4	同上	义勇小说	
	姗姗	见南山人	同上4	同上	艳情小说	
	伶侠	佚名	同上4	同上	义侠小说	
	一误再误	佚名	同上4	同上	哀情小说	
	断指团	佚名	同上4	同上	节义小说	
	二十鞭	佚名 颂西省吾口译 笔述	同上4,5	说部	家庭小说	
	一夕缘	佚名	同上5	说部—短篇		
	二十六年之忍辱	聿修	同上5	同上	哀烈小说	
	女暗杀家	聿修	同上5	同上	奇情小说	
	何倩姑	海昌死友	同上5	同上	艳情小说	
	迷魂三娘	建民	同上5	同上	滑稽小说	
	胭脂井	无愁	同上5	说部		

(续表)

时间	篇 名	作者、译者	期 刊	栏目	标 目	其他
	一声去也	许毓华	眉语1/1	短篇		
	桃花娘	许啸天	同上1/1	短篇		
	绣鞋儿刚半折	马嗣梅	同上1/1	短篇		
	婉娜小传	高剑华	同上1/1	短篇		
	一朝选在君王侧（参辑《对山笔记》）	梁桂琴	同上1/1	短篇		
	神骗	沈笑荷	同上1/1	短篇		
	每当他兜的上心来	吴佩华	同上1/1	短篇		
	黑盗	袁逋斋	同上1/1,2,3,4	长篇		
	流水无情	［英］培朗密福 袁若蓉	同上1/1,2,3,4	长篇		
	萧郎	柳佩瑜	同上1/2	短篇		
	爱之墓	餐英室主	同上1/2	短篇		
	于今三年	王蜷庐	同上1/2	短篇		
	同气连枝	梁桂珠	同上1/2	短篇		
	处士魂	高剑华	同上1/2	短篇		
	悔教夫婿觅封侯	冯天真	同上1/2	短篇		
	这相思苦尽甘来	许啸天	同上1/2	短篇		
	芳草恨	张军	同上1/2,3,4	长篇		
	他生未卜此生休	谢幼韫	同上1/3	短篇		

(续表)

时间	篇　名	作者、译者	期　刊	栏目	标　目	其他
	怎不回过脸儿来	许啸天	同上 1/3	短篇		
	郎欤盗欤	姚淑孟	同上 1/3	短篇		
	侬之心	孙青未	同上 1/3	短篇		
	春去儿家	高剑华	同上 1/3	短篇		
	难道是昨夜梦中来	剑鹿氏	同上 1/3	短篇		
	绮语禅	餐英	同上 1/3	短篇		
	侠骨柔肠	王玉婵	同上 1/3	短篇		
	菩萨心肠	李蕙珠	同上 1/3	短篇		
	环佩空归	谈蝶痕	同上 1/3—10	长篇		
	他之小史	漱馨女士口述　天虚我生(陈蝶仙)戏译	女子世界 1,2,3,4,5,6	说部	写情小说	
	十年一梦(又名妾之遭际)	湘筠述　指岩著	同上 1	说部	警世小说	
	恋者帝(The Wooing of Romantic Days)	[美] 挨金生女士　周瘦鹃	同上 1	说部	哀情小说	
	胡里氏之笑史	栩园造意 小蝶戏编	同上 1	说部	滑稽小说	
	玛珀奇缘	醉灵	同上 1	说部	侠情小说	
	怪指环 A Mysterious Wedding Ring	[美] 乔治雪儿暾夫人 Mrs Georgie Sheldon 常觉、小蝶合译	同上 1,2,3,4,5,6	说部	写情小说	

(续表)

时间	篇 名	作者、译者	期 刊	栏目	标 目	其他
1915	琴声	张毅汉	妇女时报 16		短篇小说	
	记某巫遇盗	梦莲	同上 16			
	后母	张毅汉	同上 17		伦理小说	
	鬼婿	Washinton Ivuing 仙舟	同上 17			
	菊缘	开伯撰意、伯经润词	香艳杂志 6	说部—短篇	奇情小说	
	电车姻缘	懒僧	同上	同上	艳情小说	
	第二鲁男子	柳崖外史	同上	说部—短篇	神怪小说	
	梦梅再世	董俞女士	同上 6,7	说部	艳情小说	
	吴宫秘牒	汉章	同上 7	短篇	历史小说	
	奇妓	砭史	同上 7	短篇	孝侠小说	
	圆实	柳崖外史	同上 7	短篇	艳情小说	
	秋水小姐	柳崖外史	同上 7	短篇	怪异小说	
	福尔摩斯探案集之一漂布泥	[英]柯南·道尔 蓬心	同上 7,8,9	说部		
	惧惧	曼仙	同上 8	说部—短篇	侦探小说	
	以嫖治嫖	曼仙	同上 8	同上	艳情小说	
	十九号	[英]奥斯蓬病侠、半废同译	同上 8	同上	侦探小说	

(续表)

时间	篇名	作者、译者	期刊	栏目	标目	其他
	二箸光	柳崖外史	同上8	同上	怪异小说	
	和尚婿	同上	同上9	同上	技勇小说	
	比目鱼	同上	同上9	同上	怪异小说	
	鞋杯	同上	同上9	同上	怪异小说	
	不可说	懒僧	同上9	同上	滑稽小说	
	佳名真不愧莺莺	薛振亚	同上9	同上	贞情小说	
	玉蟾蜍	漱芬女史	同上9	同上	贞义小说	
	黄衫女侠	雪梦女史	同上9,10	说部	侠义小说	
	红绫传	芜畴	同上10	说部—短篇	故事小说	
	疗妒术	柳崖外史	同上10	同上	家庭小说	
	虎妻	同上	同上10	同上	怪异小说	
	赵小姐	同上	同上10	同上	怪异小说	
	四娘	佚名	同上10	同上	贞义小说	
	轮影南飞记	肝若	同上10	说部—长篇	技勇小说	
	血绣	吕韵清	同上10	同上	妒杀小说	
	周莲芬	徐畹兰	同上11	说部—短篇		
	宛宛之惨死	孙韵楼	同上11	同上	哀情小说	
	蜗触蛮三国争地记	虫天逸史氏	同上11,12	说部—长篇	滑稽小说	
	情天逸史	徐畹兰	同上11,12	同上	技勇小说	

(续表)

时间	篇　名	作者、译者	期　刊	栏目	标　目	其他
	情殉	韵清女史	同上 11	同上		
	黄钟	李懿	同上 12	说部—短篇		
	莺儿	岳少伯	同上 12	同上		
	萍水缘	佚名	同上 12	同上		
	沈万三	无愁	同上 12	同上	札记小说	
	尹玉娘	梅魂	同上 12	同上		
	裸体美人语	高剑华	眉语 1/4	短篇		
	花落人亡两不知	徐啸天	同上 1/4	短篇		
	柳姝	剑鹿氏	同上 1/4	短篇		
	故宫花	吴佩华	同上 1/4	短篇		
	梦里成双觉后单	谈蝶痕	同上 1/4	短篇		
	君前泪史	浪布	同上 1/4	短篇		
	欧色夫人小传	集艳阁主	同上 1/4	短篇		
	女子无才岂是德	朱若依	同上 1/4	短篇		
	一枝红杏出墙来	竺山樵隐	同上 1/4	短篇		
	侬去矣	绮虹	同上 1/4,6	长篇		
	才子佳人信有之	柳佩瑜	同上 1/5	短篇		
	郎之血	钮芸珍	同上 1/5	短篇		
	他	吴佩华	同上 1/5	短篇		
	侬胡薄命	张庆珍	同上 1/5	短篇		

(续表)

时间	篇名	作者、译者	期刊	栏目	标目	其他
	此恨绵绵无绝期	许啸天	同上 1/5	短篇		
	玉人儿何处也	剑鹿氏	同上 1/5	短篇		
	爱国鸳鸯	范钟瑛	同上 1/5	短篇		
	别时容易见时难	楳夫	同上 1/5	短篇		
	摄魂花	兆初	同上 1/5,6,7	长篇		
	黄金美人	于贯一	同上 1/5—10	长篇		
	水晶帘下看梳头	姚辑荠	同上 1/6	短篇		
	木兰原是女儿身	张庆珍	同上 1/6	短篇		
	前度刘郎	许啸天	同上 1/6	短篇		
	合浦遗珠	王衡、李玄同著	同上 1/6	短篇		
	红冰忏语	曼沙	同上 1/6	短篇		
	如意花	李穆天	同上 1/6	短篇		
	京江女子	寄藕轩	同上 1/6	短篇		
	妾薄命	章蕙纫	同上 1/6	短篇		
	郎来矣	吴绮英	同上 1/6	短篇		
	太可怜	许啸天	同上 1/7	短篇		
	刘郎胜阮郎	高剑华	同上 1/7	短篇		
	箱笼闲煞嫁衣裳	李莳英	同上 1/7	短篇		
	想他	石铭	同上 1/7	短篇		

(续表)

时间	篇　名	作者、译者	期　刊	栏目	标　目	其他
	剩个凄凉我	璺石	同上 1/7	短篇		
	雌雄蝎	玉蝉	同上 1/7	短篇		
	不堪回首	张庆珍	同上 1/7	短篇		
	贤伉俪	章蕙纫	同上 1/7	短篇		
	镜中爱宠	佩华	同上 1/8	短篇		
	此际如何不泪垂	余菊秋	同上 1/8	短篇		
	破镜重圆	李蒂英	同上 1/8	短篇		
	遗帕	钮芸珍	同上 1/8	短篇		
	笑扑郎肩教抱牢	张庆珍	同上 1/8	短篇		
	太真还魂记	邹爱群	同上 1/8	短篇		
	哥哥	冯天真	同上 1/8	短篇		
	海天鸳侣	李穆天	同上 1/8	短篇		
	倩女离魂	剑毫	同上 1/8	短篇		
	风姨	［英］Mary B. pabke & Margery Deane 兆初	同上 1/8, 9,10	长篇		
	红粉飘零记	许啸天	同上 1/9	短篇		
	绣鞋埋愁录	高剑华	同上 1/9	短篇		
	美人梦	雪奴	同上 1/9	短篇		
	五见缘	侍仙	同上 1/9	短篇		
	第一夜	吴绮英	同上 1/9	短篇		

(续表)

时间	篇　名	作者、译者	期　刊	栏目	标　目	其他
	娇啼(The Call)	泊生、天放合译	同上 1/9	短篇		
	薄命侬甘作妾	一厂	同上 1/9	短篇		
	团情团思醉韶光	静江、天放同著	同上 1/9	短篇		
	沉珠	任淑云	同上 1/9	短篇		
	不了情	钟瑛	同上 1/9	短篇		
	宛转蛾眉马前死	许啸天	同上 1/10	短篇		
	蝶影	高剑华	同上 1/10	短篇		
	杜鹃声	一厂	同上 1/10	短篇		
	爱国欤爱妻欤	吴佩华	同上 1/10	短篇		
	孤儿泪	冰心	同上 1/10	短篇		
	落花有意	篷厂	同上 1/10	短篇		
	拣茶女	南溟	同上 1/10	短篇		
	珀钏女儿	徐张蕙如	同上 1/10	短篇		
	众香国	绮缘	同上 1/10	短篇		
	一度思怜胜旧时	一蝉	同上 1/10	短篇		
	情愫	冯天真	同上 1/10, 11, 12; 2/2, 3, 4, 5, 6	长篇		
	翠儿	钮芸珍	同上 1/11	短篇		
	洗炭桥	徐张蕙如	同上 1/11	短篇		

(续表)

时间	篇　名	作者、译者	期　刊	栏目	标　目	其他
	深院何人弄碧箫	璺石	同上 1/11	短篇		
	不是良缘是恶缘	一蝉	同上 1/11	短篇		
	哽咽声	瘦绿生	同上 1/11	短篇		
	剑光花影	癯仙	同上 1/11	短篇		
	透骨相思	龙惠	同上 1/11	短篇		
	青灯红泪录	灵仙	同上 1/11，12	长篇		
	青衫红泪录	许谨夫一厂著 傅炼卿女士校	同上 1/11，12；2/1，3，4，5	长篇		
	兰槎泛艳记	许啸天	同上 1/12	短篇		
	裙带封诰	高剑华	同上 1/12	短篇		
	有情者胜	钮芸珍	同上 1/12	短篇		
	玉环泪史	东亚我爱生	同上 1/12	短篇		
	韩牛	蕙如	同上 1/12	短篇		
	断肠声	妙香口述、灵仙笔裁	同上 1/12	短篇		
	姻缘误	傅炼卿	同上 2/1	短篇		
	毋忘此一夕话	范鸥斋	同上 2/1	短篇		
	哭夫忆语	未亡人	同上 2/1	短篇		
	素影	寄沧	同上 2/1	短篇		
	白兰氏奇案	慎初	同上 2/1	短篇		

(续表)

时间	篇 名	作者、译者	期刊	栏目	标 目	其他
	长恨君别传	忧患余生	同上 2/1	短篇		
	郎不依妻	雪芳	同上 2/1	短篇		
	还魂盆	陈仲澄	同上 2/1	短篇		
	梅雪争春记	高剑华	同上 2/1—6	长篇		
	邯郸道	竞父	同上 2/1,2,3	长篇		
	侍儿忏情记	许啸天	同上 2/2	短篇		
	卖解女儿	高剑华	同上 2/2	短篇		
	劫后鸳鸯	炼卿	同上 2/2	短篇		
	百年缘	无名	同上 2/2	短篇		
	子规声	王瘦桐	同上 2/2	短篇		
	帐底鸳鸯	梅倩女史	同上 2/2	短篇		
	好姻缘	灵仙	同上 2/2	短篇		
	夜阑人语	魂碟	同上 2/2	短篇		
	天长地久	王瘦桐	同上 2/2	短篇		
	印度女郎杀虎记	梅倩女史	同上 2/3	短篇		
	碧血鸳鸯	明道	同上 2/3	短篇		
	我之日本	二冬	同上 2/3	短篇		
	秋扇悲	颜五郎	同上 2/3	短篇		
	志士凄凉闲处老	梅倩	同上 2/3	短篇		
	三人冢	或厂	同上 2/3	短篇		

(续表)

时间	篇 名	作者、译者	期 刊	栏目	标 目	其他
	剩有红豆惹相思	悔初生	同上 2/3	短篇		
	余之姨	魂磲	同上 2/3	短篇		
	华发泪	王瘦桐	同上 2/3	短篇		
	可怜无定河边骨	侠儿	同上 2/3	短篇		
	好女儿 The Pet Beauty	[美]楷露灵女士 Caroline Lee Eent 野东	女子世界 2	说部	家庭小说	
	妻之罪	周瘦鹃	同上 2	说部	家庭小说	
	魔毯 Magic Carpet	[英]Brinsley Moore 太常仙蝶（陈蝶仙）	同上 2	说部	滑稽小说	
	琼英别传（敷演法国女英雄贞德故事）	小蝶	同上 2,3,4,5	说部	历史小说	
	美人与国家	太常仙蝶（陈蝶仙）	同上 3	说部	爱情小说	
	秋窗夜啸	韵清女史吕逸	同上 3	说部	言情小说	
	埋愁冢	咏霞女士	同上 3,6	说部	哀情小说	
	千金敌	周瘦鹃	同上 3	说部	社会小说	
	Faith	[美]意怜娜施冬 周瘦鹃	同上 4	说部	家庭小说	
	女郎露史传	太常仙蝶（陈蝶仙）	同上 4	说部	爱国小说	
	金缕衣	绿筠女史	同上 4	说部	埃及童话	

(续表)

时间	篇 名	作者、译者	期刊	栏目	标 目	其他
	爱子与爱国	屏周 周瘦鹃同著	同上5	说部	爱国小说	
	世界尽处	[英] Beatrice Grimshaw 女士 周瘦鹃	同上5	说部	忏情小说	
	石美人	太常仙蝶（陈蝶仙）	同上5	说部	爱国小说	
	琴师茄雪	醉灵	同上5,6	说部	滑稽言情短篇	
	情场趣史 A Romantic Man	梅郎	同上6	说部	写情小说	
	红粉剚仇记	屏周瘦鹃	同上6	说部	伦理小说	
	三百年前之爱情 Old-fashioned Fidelity	[英] 近代女文豪 Marie Corelli 周瘦鹃	同上6	说部	哀情小说	
	无恒之一千日	凰	女子杂志1	小说		
	涵元殿	小凤	同上1	小说		
	苦女	昭英	同上1	小说		
	珍姑	南华	同上1	小说		
	女小说家	天笑、毅汉同译	中华妇女界1/3	小说	社会小说	
	南山情碣	半侬	同上1/3	小说	爱国小说	
	赠书女	天笑、毅汉同译	同上1/4	小说	短篇小说	
	百褶裙	瓶庵	同上1/4	小说	成功小说	

(续表)

时间	篇 名	作者、译者	期 刊	栏目	标 目	其他
	分钿合钿记	佚名 周瘦鹃	同上 1/5	小说	家庭小说	
	儿童发育研究会	霆公	同上 1/5	小说	短篇小说	
	二十年前	佚名 周瘦鹃	同上 1/6	小说	伦理小说	
	双花斗艳录	佐彤	同上 1/6—12；(1916) 2/1,2,3	小说	家庭小说	
	安知非福	曙峰、半侬共著	同上 1/6	小说	哲理小说	
	妻之忏悔	周瘦鹃	同上 1/7,8	小说	家庭小说	
	孝女救亲记	曙峰、半侬共著	同上 1/7	小说	伦理小说	
	雷劫	叶碧芬女士	同上 1/9	小说	警世小说	
	贞义记	雪平女士	同上 1/10	小说	伦理小说	
	井中花	冻华、枕亚共著	同上 1/10	小说	短篇小说	
	奇囊	Jessic Phillps Morris 奚滇女士	同上 1/12	小说	神怪小说	
	烈女	墨青	同上 1/12	小说	警世小说	
	法兰达士之犬	[英] Louise De La Ratnee 莫西	家庭杂志 1/1	小说	家庭小说	
	小神仙	[英] 赖霏白女史 E. m. Rafebal 志坚	同上 1/1	小说	家庭小说	

(续表)

时间	篇名	作者、译者	期刊	栏目	标目	其他
	狂人语(西洋盗贼术)	[英]法兰克 Frank 慕西	同上1/1	小说	短篇小说	
	黄鹏语	红豆村人	妇女杂志1/1	小说		
	寒泉一掬	西神	同上1/1	小说		
	德皇之侦探	[英]William Le' Quenx 韵唐	同上1/1,2,4,5	小说		
	一小时之思潮	瞻庐	同上1/2	小说		
	碧栏绮影	鹓雏	同上1/2	小说		
	虎阜塔影	瞻庐	同上1/2	小说		
	红鹦鹉	鹓雏	同上1/3	小说		
	自由鑑	不才	同上1/3	小说		
	绣余语	鹓雏	同上1/4	小说		
	三面包	[俄]男爵夫人碧那天行	同上1/4	小说		
	塞垣花泪	鹓雏	同上1/5	小说		
	呜呼毒蛇	叶中泠	同上1/5,6	小说		
	我国之武士道	寒蕾	同上1/6	小说		
	髫龄梦影	玉俞女士(易仲厚)	同上1/6,7,8,9,10,	小说		
	雪莲日记	雪莲女史原著 李涵秋润词	同上1/7,8,9,10,11,12;(1916)2/6,7	小说		

(续表)

时间	篇 名	作者、译者	期 刊	栏目	标 目	其他
	弱女回天录	瞻庐	同上 1/7,8	小说		
	无才女子	寄尘	同上 1/7	小说		
	血海红鸳	韵唐、西神共著	同上 1/9	小说		
	神龙鳞爪	鹓雏	同上 1/10	小说		
	一朵云	西神	同上 1/10,11,12	小说		
	相御妻弹词	惜华	同上 1/10	小说		
	青衫残泪	鹓雏	同上 1/11	小说		
	霜整冰清录弹词	惜华	同上 1/11	小说		
	邯郸新梦	苏庵	同上 1/12	小说		规讽小说
1916	我负君矣	天笑、毅汉	妇女时报 18		哀情小说	
	家书	倚虹	同上 18		言情小说	
	祖国之女	微尘	同上 19		爱国小说	
	白雪公主与七矮人	[德]格林 崔弇、雁秋同译	同上 19		神话小说	
	不贞之夫婿	佚名 天笑、毅汉同译	同上 20		言情小说	
	中国女子未来记	倚虹	同上 20,21		理想小说	
	雪红惨劫	卞蕴玉女史著 幻影潘森润校	眉语 2/4	短篇		

(续表)

时间	篇 名	作者、译者	期 刊	栏目	标 目	其他
	故宫恨（希腊野史之一）	侠儿	同上 2/4	短篇		
	丽娘惨史	徐张蕙如	同上 2/4	短篇		
	倩女魂	悔初生	同上 2/4	短篇		
	海天情梦	颜五郎	同上 2/4,5	长篇		
	剑底销魂记	许啸天	同上 2/5	短篇		
	幽欢密恨录	钮芸珍	同上 2/5	短篇		
	错认桃源	一厂	同上 2/5	短篇		
	绿惨红愁	浣花 梅痕 合著	同上 2/5	短篇		
	灯前琐话	许情雏	同上 2/5	短篇		
	兰闺絮语	太戆	同上 2/5	短篇		
	嫁后之光阴	王瘦桐	同上 2/5	短篇		
	迷信小史	一螺	同上 2/5	短篇		
	沙场英雄谈（希腊、埃及、巴比伦诸国古史）	佚名 梅情女史译 顾侠儿润辞	同上 2/5	短篇		
	惨声	潘幻影	同上 2/5	短篇		
	秋水鸳盟记	许啸天	同上 2/6	短篇		
	枪声筝韵录	吴佩华	同上 2/6	短篇		
	恨不相逢未嫁时	钮芸珍	同上 2/6	短篇		
	化形姻缘	心父	同上 2/6	短篇		
	太多情	蝶狂	同上 2/6	短篇		

(续表)

时间	篇 名	作者、译者	期 刊	栏目	标 目	其他
	法兰西爱国儿女记	顾侠儿	同上 2/6	短篇		
	永别	潘幻影	同上 2/6	短篇		
	残花啼鹃录	王瘦桐	同上 2/6	短篇		
	相思债	桐阴	同上 2/6	短篇		
	手钏 The Bracelets	[英]曼丽哀奇华司 Maria Edgeworth 瘦鹃	中华妇女界 2/1,2	小说	女子德育小说	
	修道院之女郎	霆锐	同上 2/1	小说	忠义小说	
	媲婳将军	叶碧芬	同上 2/4	小说	爱国小说	
	赖丁格 Florence Nightingale	李张绍南女士	同上 2/5	小说	纪实小说	
	英国改良监狱第一人	李张绍南女士	同上 2/6	小说	历史小说	
	母教	清芬原稿,寒蕾润辞	妇女杂志 2/1,2	小说		
	慕凡女儿传	胡寄尘	同上 2/1—11	小说		
	爱丽宝玲合传	鹓雏	同上 2/1	小说		
	霜整冰清录弹词	惜华	同上 2/4,5,6,7,11	小说		
	赵璧如女士日记剩稿	赵璧如	同上 2/3	小说		
		廉江(字山渊)	同上 2/4,5,6	小说		
	铁中铮铮	寒蕾	同上 2/5	小说		

(续表)

时间	篇 名	作者、译者	期 刊	栏目	标 目	其他
	书焦烈妇	瞻庐	同上 2/7	小说		
	弗兰克	[英]曼丽爱琪华史原著 蕴空、小青同译	同上 2/7	小说	家庭教育小说	
	捉迷藏	佚名 伍孟纯女士	同上 2/8	小说	新剧	实为话剧
	玉京余韵	华潜鳞女史	同上 2/8—12	小说		
	马头娘	寒蕾	同上 2/9	小说		
	酒婢	汪芸馨女士	同上 2/9	小说		
	棋妻	汪芸馨女士	同上 2/9	小说		
	梅村侠女	瞻庐	同上 2/10	小说		
	兰质蕙心	君肥	同上 2/10	小说		
	机声灯影	君肥	同上 2/11	小说		
	母也天只	成舍我	同上 2/11	小说		
	爱儿	胡寄尘	同上 2/12	小说		
	春红雹碎	謇庵	同上 2/12	小说		
	势利镜弹词	惜华	同上 2/12	小说		
1917	云鬟重整记	钱掌珠	闺声 1	镜台片玉	冷馨女史之寓言	
	坠燕	朱玉华	同上 1	同上	飞霞郡主之闺中秘闻	
	闺中调笑记	太真女公子	同上 1	同上	太真女公子之清谈	

(续表)

时间	篇名	作者、译者	期刊	栏目	标目	其他
	情弹	梅倩女史	同上1	同上	梅倩女史之豪语	
	病榻缠绵记	纫兰女史口述 孤帆君述意	同上1	同上	纫兰女史之佳话	
	歌场喋血记	[英]梅丽柯丽烈女士 Marie Corelli 周瘦鹃	妇女时报21	小说	伦理小说	
	陈谟记	郑申华（又名霜怡、仰）	女铎6/1,2,3	说部		
	公主之提倡女学	[英]戴娜森编于1847年 佩芬译	同上6/4,5,6,7,8	说部	女校小说	
	主日学生	佚名 萧保灵	同上6/8	说部	短篇小说	
	秘园	佚名 许之业、周兆桓同译 李冠芳译	同上6/9—12,7/1—4	说部	警世小说	6/10起标目,译者作李冠芳
	杜鹃魂	寒蕾	妇女杂志3/1,2,3	小说		
	淑媛感遇记	寄尘	同上3/1	小说	教育小说	
	俄孝女复仇记	舍我	同上3/1			
	枫林鸳语	西神	同上3/1	小说		
	霜整冰清录弹词	惜华	同上3/1,3,4,5,6,7,10	小说		
	蔷薇花	鹓雏	同上3/2	小说		
	豆棚莺语	舍我	同上3/2	小说		

(续表)

时间	篇 名	作者、译者	期 刊	栏目	标 目	其他
	猿尾钓鱼记	西神	同上 3/2	余兴	童话	
	鹭与蟹	西神	同上 3/3	余兴	童话	
	红儿	胡寄尘	同上 3/4	小说		
	金钗沽酒录	Upton Sinclair 西神	同上 3/4	小说		
	黑夜明星	西神	同上 3/4	余兴	童话	
	懦夫立志记	John R. Caryell 西神	同上 3/5	小说		
	凤英惨史	瞻庐	同上 3/5—10	小说		
	鸦声	伍孟纯	同上 3/5	余兴	童话	
	有恒与无恒	伍孟纯	同上 3/5	余兴	童话	
	棣萼联辉	G. H. Grubb 西神	同上 3/6	小说		
	雏恋	[印度] 泰戈尔 天风、无我同译	同上 3/6	小说		
	动物报仇谈	[英] Ernest A. Bryant 谢寿长译	同上 3/6；(1918) 4/5,6	余兴	童话	
	卖果者言	[印度] 泰戈尔 天风、无我同译	同上 3/7	小说		
	洛宾之晚膳	伍孟纯	同上 3/7	余兴	童话	
	盲妇	[印度] 泰戈尔 天风、无我同译	同上 3/8,9	小说		

(续表)

时间	篇 名	作者、译者	期 刊	栏目	标 目	其他
	情海诡潮	保三	同上 3/8	小说		
	奢侈 A Government Affair	Thovaas L. Masson 舍我	同上 3/8	小说		
	双侠歼仇记	华璧女士	同上 3/8,9	小说	家庭弹词	
	家事	伍孟纯	同上 3/8	余兴	童话	
	啄木鸟	伍孟纯	同上 3/9	余兴	童话	
	犬与狼	乌蛰庐	同上 3/9	余兴	童话	
	雪儿 Syl	Mabel Dill 刘麟生	同上 3/10	小说		
	织机娘	寒蕾	同上 3/10	小说	实业小说	
	女小说家	拜兰	同上 3/10,11	小说		
	猾驴	吟痴	同上 3/10	余兴	童话	
	鸟类之化妆	天卧生	同上 3/11	小说	科学短篇	
	仇心	[英] 温斯洛、宽洛同著 天风、无我同译	同上 3/11	小说	纪事小说	
	霜猿啼夜录	若芸女士	同上 3/11,12	小说	哀情小说	
	姑恶鉴弹词	西神	同上 3/11	小说		
	渔父之妻	[俄] 普希金 吟痴	同上 3/11	余兴	童话	
	铁血女儿	佚名 拜兰	同上 3/12	小说	爱国小说	

(续表)

时间	篇 名	作者、译者	期 刊	栏目	标 目	其他
	女博士	朱敏娴女士	同上 3/12	小说	科学小说	
	英兵与雀	伍季真女士	同上 3/12	余兴	童话	
	石	[俄]托尔斯泰 寿白	同上 3/12	余兴	童话	
1918	七十岁之孩童	静妙园主	女铎 6/11	说部		
	律师之舍己	袁玉英	同上 6/12	说部		
	白朗多马在校历史	佚名 德馨节译	同上 7/1	说部	短篇小说	
	买锐欧之感化偷儿	佩芬节译	同上 7/2	说部		
	强自挫抑	李冠芳(仰)	同上 7/3	说部		
	若兰之宝盒	静妙园主	同上 7/4	说部		
	昙花泪影	沈咏裳	同上 7/5	说部		
	何密贵思 Grizel Hume	刘儒珍	同上 7/5	说部		
	问津处	佚名 李冠芳	同上 7/6—10,12	说部	醒世小说	连载
	圣诞老人	蔡	同上 7/9	说部		
	中国之女飞行家	谢直君	妇女杂志 4/1	小说	科学短篇	
	军人之妻	[英]Hofland 夫人 瞿宣颖	同上 4/1,2,3,4,5,6	小说		
	我是苍蝇	梅梦	同上 4/1	小说		
	黑珠案	佚名 拜兰	同上 4/1,3,4	小说		

(续表)

时间	篇 名	作者、译者	期 刊	栏目	标 目	其他
	胡四娘(事见《聊斋志异》)	梅梦	同上 4/1	小说		
	同心栀弹词(清代康熙奇女子吴绛雪)	程瞻庐(字文梣)	同上 4/1,2,3,4,5,6	小说		
	鸽群脱网记	独冥	同上 4/1	余兴	童话	
	敌	佚名 鸳湖寄生	同上 4/2	小说	家庭小说	
	春谯琐谈	叶圣陶	同上 4/2,3	小说		
	卖报女儿	华璧	同上 4/2,3	小说		
	大言之狼	伍孟纯	同上 4/2	余兴	童话	
	奇女	延陵	同上 4/3	小说		
	驴子剃头	伍孟纯	同上 4/3	余兴	童话	
	晨钟	徐蔚南	同上 4/4	小说		
	求福新法	胡寄尘	同上 4/4	小说		
	生死交情	济才	同上 4/4	余兴	童话	
	蔷薇花语	观钦	同上 4/5	小说		
	二商(事见《聊斋志异》)	梅梦	同上 4/5	小说		
	怪客	佚名 拜兰	同上 4/5,6	小说		
	一文钱	窈九生	同上 4/5	余兴	童话	
	后母	佚名 周瘦鹃	同上 4/6	小说	家庭小说	

(续表)

时间	篇名	作者、译者	期刊	栏目	标目	其他
	炉边之女英雄	Alec-Tweeclie 女士 天风、无我同译	同上 4/6	小说		
	烈妇救夫记	程淑勋	同上 4/7	小说		
	瓶中之书	佚名 拜兰	同上 4/7,8	小说		
	理想中之家庭	韦西	同上 4/7,8,10	小说		
	星	[英]狄更斯 烟桥、佩玉同译	同上 4/7	小说		
	哀梨记弹词	瞻庐(程文棪)	同上 4/7—12	小说		
	聪明知县	周介然	同上 4/7	余兴	童话	
	勇敢少年	周介然	同上 4/7	余兴	童话	
	纪念	王剑三	同上 4/8	小说		
	蚊之自述	梦梅	同上 4/8	小说		
	勤惰之结果	吟痴	同上 4/8	余兴	童话	
	报德	伍孟纯	同上 4/8	余兴	童话	
	慈母泪	Lieutenant Milutin Krunich 高君珊	同上 4/9	小说		
	蕙儿立志记	蒋曾淑温	同上 4/9	小说		
	悼亡	汪集庭	同上 4/9	小说		
	猴之故事其一	窈九生	同上 4/9	余兴	童话	

(续表)

时间	篇 名	作者、译者	期 刊	栏目	标 目	其他
	猴之故事其二	窈九生	同上 4/9	余兴	童话	
	畹儿	延陵	同上 4/10	小说		
	中秋月	梦梅	同上 4/10	小说	科学小说	
	盗与虎	观钦	同上 4/10	余兴	童话	
	英雄之魂	雄倡	同上 4/11	小说	欧战小说	
	三妇鉴	汪桂馨	同上 4/11	小说	家庭小说	
	镜中月	芝轩	同上 4/11	小说	儿童小说	
	贪丐	禹文	同上 4/11	余兴	童话	
	母心	高君珊	同上 4/12	小说		
	遗发	王剑三	同上 4/12	小说		
	蝶衣女	佚名 宗良译	同上 4/12	余兴	童话	
1919	小国旗	崇仁	上海女界联合会旬报 4	小说		
	小儿的新游戏	乐仙	同上 7	小说	短篇小说	
	寄宿舍一日的生活	佛	同上 7	小说	写实小说	
	稗官一得	[俄] Maria Moravsky 张毅汉译	同上 7	小说		
	问津处	佚名 李冠芳译	女铎 7/6, 7, 8, 9, 10, 12	说部	醒世小说	
	游子泪	郑申华	同上 7/10	说部		
	贪夫鉴	佚名 郑申华译	同上 7/11	说部	短篇小说	

(续表)

时间	篇 名	作者、译者	期 刊	栏目	标 目	其他
	绝处逢生	郑申华	同上 7/12	说部	短篇小说	
	九原可作	[法] 小仲马 林纾、王庆通同译	妇女杂志 5/1—12	小说		
	理想之家庭预算	张慧中	同上 5/1,2	小说	经济小说	
	敠凤哀音	西神	同上 5/1,2	小说		
	金屋	窈九生	同上 5/1	小说		
	亚梨	延陵	同上 5/1	小说		
	君子花弹词	瞻庐	同上 5/1—12	小说		
	土耳其法官	窈九生	同上 5/1	余兴	童话	
	奢	孟纯	同上 5/2	小说		
	缝工女	刘麟生	同上 5/3	小说		
	养蜂	公仁	同上 5/3	小说	家庭职业小说	
	虾蟆与田鼠	袁凤冈	同上 5/3	余兴	童话	
	舐犊镜	寒蕾	同上 5/4,5,7	小说		
	一篮花	佚名 伍孟纯	同上 5/4,5,7,8,9	小说		
	智鹅	[美] The Youth's Companion 云孙	同上 5/4	余兴	童话	
	杜鹃魂	寒蕾	同上 5/5	小说		

(续表)

时间	篇 名	作者、译者	期 刊	栏目	标 目	其他
	塔遁	鸣岐	同上 5/5	余兴	童话	
	风雨秋心	延陵	同上 5/6	小说		
	知礼与改过	慕鹤	同上 5/6	余兴	童话	
	贫贱夫妻	芝公	同上 5/8	小说	社会小说	
	报恩	君义女士	同上 5/8	余兴	童话	
	戒贪	君义女士	同上 5/8	余兴	童话	
	秋之夜	叶圣陶	同上 5/9	小说		
	飞机	云孙	同上 5/9	小说	科学小说	
	国民之敌	黄逸农	同上 5/9	余兴	实事小说	
	负义之蛙	马介贞	同上 5/9	余兴	童话	
	饲蚕者言	胡寄尘	同上 5/10	小说		
	虹	张盛之	同上 5/10	小说	科学小说	
	怪雌鸡	艾耆	同上 5/10	余兴	童话	
	悔之晚矣	成玉	同上 5/11	小说	纪实小说	
	寒山片石	君肥	同上 5/11	小说		
	我儿之日记	胡寄尘	同上 5/11	小说		
	汤儿	李王采南	同上 5/11	余兴	童话	
	名画	慧儿	同上 5/12	小说		
	秋声	王剑三	同上 5/12	小说		
	懒狐	电子	同上 5/12	余兴	童话	
1920	强迫的婚姻 *Compulsory Marriage*	A. Strindberg 冰	妇女杂志 6/1	杂载-文艺	小说	

(续表)

时间	篇 名	作者、译者	期 刊	栏目	标 目	其他
	归矣	佚名 冰文	同上 6/1	杂载-文艺	短篇小说	
	灯下	宛扬	同上 6/1,2,3,5,6,8,10,11,12	家庭俱乐部	新年小说	第2期起标"家庭小说"
	猴子的故事	谷青	同上 6/1	家庭俱乐部	童话	
	新年	明珠女士	同上 6/2	杂载-文艺		
	赤虎	谷青	同上 6/2	家庭俱乐部	爱之寓言	
	没用的美 The Useless Beauty	[法] 莫泊桑 泽民	同上 6/3	杂载-文艺		
	芽	宛扬	同上 6/3	家庭俱乐部	春之寓言	
	朴泼鼠的遇险	冰岩	同上 6/3	家庭俱乐部	春之童话	
	美的果	成玉	同上 6/4	杂载-文艺	教育小说	
	毒药	王剑三	同上 6/5	杂载-文艺		
	娼妓与贞操 Boule de Suig	[法] 莫泊桑 泽民	同上 6/5,6,7	杂载-文艺		
	大拇指别传	冰岩	同上 6/5	家庭俱乐部	不可思议	
	思子之泪	[法] 莫泊桑 周瘦鹃	同上 6/6	杂载-文艺	名家小说	
	啄木鸟的始祖	秋	同上 6/7	家庭俱乐部		

(续表)

时间	篇 名	作者、译者	期 刊	栏目	标 目	其他
	奢俭婚姻	贼菌	同上 6/8	杂载-文艺	家庭小说	
	小学生	赵君豪	同上 6/8	杂载-文艺	教育小说	
	我家的一个老妈子	成玉	同上 6/9	杂载-文艺	写实小说	
	礼教的梦	蒝蘅	同上 6/9	杂载-文艺	新体小说	
	这是什么会	度海	同上 6/9	家庭俱乐部	新小说	
	富翁子	李王采南	同上 6/9	家庭俱乐部	童话	
	贪猫	李王采南	同上 6/9	家庭俱乐部	童话	
	一个无父的小孩	胡天月	同上 6/10	杂载-文艺	小说	
	活泼的女学生	徐绿波	同上 6/10	家庭俱乐部	国庆小说	
	苦果	[英] Bruno Lessing 西巫时用	同上 6/11	杂载-文艺	小说	
	未必是	何简斋	同上 6/11	杂载-文艺		
	亚尔托罗	[俄] V. devjatuin 天月 (妃白)	同上 6/12	杂载-文艺	小说	
	爱国女子	Clive Holland 尹树汉	同上 6/12	杂载-文艺	欧战纪实小说	
	哎呀!哎呀!	心 (沈有琪)	新芬 1			

(续表)

时间	篇 名	作者、译者	期 刊	栏目	标 目	其他
	卖梨女孩	愕(狄绮君)	同上 1			
	五点	陆秋心	新妇女 1/2			第1期缺
	鸦……鸦……咳!	陆秋心	同上 1/3			
	送年礼	陆秋心	同上 1/4			
	悔	崔雁冰	同上 2/2			
	杜鹃	拯圜	同上 2/3			
	自由车	顾雁宾	同上 2/4			
	春风	陆秋心	同上 2/4			
	阿莲的苦	凌均逸	同上 2/5			
	打斗	狄绮君	同上 2/6			
	榴花世界	钱剑秋	同上 3/1			
	棒喝	严棣	同上 3/2			
	三影	近波	同上 3/4	小说		
	血	璧神	同上 3/5	小说		
	死!	严棣	同上 3/6	小说		
	活!	严棣	同上 3/6	小说		
	这种爹妈!	慧奇	同上 3/6	小说		
	急电	拯圜	同上 4/3	小说		
	雪夜	拯圜	同上 4/4	小说		
	一个养媳妇	严慧贞	同上 4/4	小说		
	钻戒	严棣	同上 4/5	小说		
	雨和雪	渊若	同上 4/6	小说		

(续表)

时间	篇 名	作者、译者	期刊	栏目	标 目	其他
1921	白尔大佐	[法]左拉 瘦鹃	妇女杂志 7/1,2,3,4	小说		
	嫁时日记	蒳蔷	同上 7/1	小说		
	制造金刚石的人	[英]威尔斯 配岳	同上 7/1	小说	科学小说	
	报复	游子	同上 7/1	小说	滑稽小说	
	两兄弟	仲持	同上 7/1	小说	亚拉伯神话	
	玫瑰花妖	[丹麦]安徒生 学勤	同上 7/1	小说	童话	
	骷髅头报恩	吴璞如	同上 7/1	民间文学	故事	
	狗耕田	云楼	同上 7/1	民间文学	故事	
	养媳妇	涤生	同上 7/1	民间文学	故事	
	卖国贼的母亲	[俄]高尔基 仲持	同上 7/2	小说		
	我的朋友黎梦	高常	同上 7/2	小说		
	懒惰美人	学勤	同上 7/2	小说	爱尔兰童话	
	聪明女郎	梅三	同上 7/2	小说	童话	
	人为财死鸟为食亡	胡帼英	同上 7/2	民间文学	故事	
	幸运的乞丐	仲持	同上 7/2	民间文学	故事	
	海公主	仲持	同上 7/2	民间文学	故事	

(续表)

时间	篇 名	作者、译者	期刊	栏目	标 目	其他
	家长	[俄]契科夫 卓呆	同上 7/3	小说		
	孤雏奇遇	[法]雨果 褚荚君	同上 7/3			
	顽童	[丹麦]安徒生 学憨	同上 7/3	小说	童话	
	白雪与红玫	佚名 韵兰	同上 7/3	小说	童话	
	国王与小屋	[俄]托尔斯泰 寿白	同上 7/3	小说		
	偷老虎的窃贼	涤生	同上 7/3	民间文学	故事	
	天财	仲持	同上 7/3	民间文学	故事	
	战士之妻 The interval	美 Vincent O'Sullivan 范足三	同上 7/4	小说		
	两家旅馆	[法]多德 毅夫	同上 7/4	小说		
	仙牛	[英]勋德夫人 封熙卿	同上 7/4	小说	童话	
	慈善家	佚名 愈之	同上 7/4	补白	俄国寓言	
	半身王	佚名 宗良	同上 7/4	小说	童话	
	彭祖	YB	同上 7/4	民间文学	故事	
	老虎外婆	忧患余生	同上 7/4	民间文学	故事	

(续表)

时间	篇名	作者、译者	期刊	栏目	标目	其他
	孤儿	[法]莫泊桑 袁弭、周秀琴同译	同上 7/5	小说		
	母亲的故事	[丹麦]安徒生 红霞	同上 7/5	小说		
	小猫	[俄]契科夫 克齐	同上 7/5	小说		
	盲人	卓呆	同上 7/5	小说		
	金发王女	佚名 寿白	同上 7/5	小说	童话	
	大话老	伍介石	同上 7/5	民间文学	故事	
	相骂本媳妇	WD	同上 7/5	民间文学	故事	
	光荣啊侥幸啊	何致堂	同上 7/5	读者俱乐部		
	妈的宝物	[美]波塞尔 Francis Buzzell 俞长源	同上 7/6	小说		
	密云	[美]弗兰末雷夫人 都良	同上 7/6	小说		
	孤女泪	熙卿	同上 7/6	小说		
	苎麻小传	[丹麦]安徒生 赵景深	同上 7/6	小说	童话	
	张不大	吴隼	同上 7/6	民间文学	故事	
	孙媳妇	镇海明	同上 7/6	民间文学	故事	

(续表)

时间	篇名	作者、译者	期刊	栏目	标目	其他
	母教	清芬稿 寒蕾润词	同上 7/6	民间文学	故事	
	青鸟 L'Oiseau Bleu	[比利时] 梅德林克夫人 仲持	同上 7/7, 8, 9, 10, 11, 12	小说		
	儿子的禁令 The Son's Veto	[英] 托马斯哈代 周瘦鹃	同上 7/7	小说		
	老街灯	[丹麦] 安徒生 伯恳	同上 7/7	小说	童话	
	月亮的故事	[美] 大卫森 Ollie Davidson Going 其善	同上 7/7	小说	童话	
	马郎	一茎雪	同上 7/7	民间文学	故事	
	龙蛋	枕云	同上 7/7	民间文学	故事	
	问活佛	吴燮臣	同上 7/7	民间文学	故事	
	恋爱之神	宗树男	同上 7/7	读者俱乐部		
	一段事实的回忆	隋廷玫	同上 7/8	小说		
	小芜蕗夫的木屐	[法] 考贝 伯冕	同上 7/8	小说		
	鹳	[丹麦] 安徒生 赵景深	同上 7/8	小说	童话	
	艾荻莎遇盗	[英] Mrs. Frances Hodgson Burnett 徐虑群	同上 7/8, 9	小说	童话	

(续表)

时间	篇 名	作者、译者	期 刊	栏目	标 目	其他
	三愚人	封熙卿	同上 7/8	小说	童话	
	直脚野人	黄泽人	同上 7/8	民间文学	故事	
	俊女婿	蔷婚	同上 7/8	民间文学	故事	
	喜鹊做媒	熊淑仪	同上 7/8	民间文学	故事	
	星孩 The Star-Child	[英] 王尔德 伯恩	同上 7/9	小说		
	虾蟆王子	封熙卿	同上 7/9	小说	童话	
	公主与小狐狸	公劲	同上 7/9	小说	日本童话	
	牛郎	洪振周	同上 7/9	民间文学	故事	
	大人国	涤生	同上 7/9	民间文学	故事	
	周九龄	爱真	同上 7/9	民间文学	故事	
	这也难怪他了	洪为法	同上 7/9	读者文艺		
	嫁后	杜鹃	同上 7/9	读者文艺		
	这是贞节	王逸轩	同上 7/9	读者文艺		
	总统夫人 Doge und Dogaressa	[德] 霍甫曼 艾伯	同上 7/10,11,12	小说		
	比米	吉布林 君韦	同上 7/10	小说		

(续表)

时间	篇 名	作者、译者	期刊	栏目	标 目	其他
	白蛇	[德] 格林 孙凤来、赵景深同译	同上 7/10	小说	童话	
	一滴水	[丹麦] 安徒生 石麟	同上 7/10	小说	童话	
	落星石	一茎雪	同上 7/10	民间文学	故事	
	黄金与盐草	伍介石	同上 7/10	民间文学	故事	
	上课	楠香	同上 7/10	读者文艺	小说	
	一个缠足的学生	奕涛	同上 7/10	读者文艺	小说	
	无聊	赵君豪	同上 7/10	读者文艺	小说	
	雨	丹轩女士	同上 7/10	读者文艺	小说	
	情死	[法] 多德 翟毅夫	同上 7/11	小说		
	魔术博士	[德] 佚名 灏川、钰孙同译	同上 7/11	小说	童话	
	一荚五颗豆	[丹麦] 安徒生 赵景深	同上 7/11	小说	童话	
	十个怪孩子	陈复	同上 7/11	民间文学	故事	
	皮匠驸马	黄祖德	同上 7/11	民间文学	故事	

(续表)

时间	篇 名	作者、译者	期 刊	栏目	标 目	其他
	影	张秀逸女士	同上 7/11	民间文艺	故事	
	谁的罪恶	章忆萱女士	同上 7/11	读者文艺	小说	
	可爱的儿童们	褐之	同上 7/11	读者文艺	小说	
	母亲	叔侃	同上 7/12		小说	
	恶魔和商人	[丹麦]安徒生 赵景深	同上 7/12		小说	童话
	龙肝	熊钟璞	同上 7/12	民间文艺	故事	
	狌榕大姨	余竹籁	同上 7/12	民间文艺	故事	
	阿土的债	李虞琴	同上 7/12	读者文艺	小说	
	差两个铜元	宫蒔荷	同上 7/12	读者文艺	小说	
	蟋蟀	张友仁	同上 7/12	读者文艺	小说	
	养媳妇的梦	斐亭	同上 7/12			
	一个朋友的回信	家穆	家庭研究 1/3		小说	
	真幸福	庐隐	同上 1/3		小说	
	隔了一层墙壁	李少陵	同上 1/4		小说	
	爱之牺牲者	吕聪民	同上 1/5		小说	
	穷人底儿子	张慧奇	新妇女 5/1			

(续表)

时间	篇名	作者、译者	期刊	栏目	标目	其他
	倩儿	吴拯寰	同上 5/1			
	一顿饭	楚伧	劳动与妇女 1	小说		
	救孩子的谜	楚伧	同上 2	小说		
	大了还了得么？	曲公	同上 3	小说		
	跟着走吗？	楚伧	同上 4	小说		
	一个自杀者遇着一个疯子	双明	同上 5	小说		
	你底妈	玄庐	同上 7	小说		
	表链和木梳（取材于 O Henry's The Gift of the Magi）	曹爱芳	景海星 2	说部		
	彭杰明林珊传	佚名 张菡初	同上 2	说部		
	噫,吾误矣	程宝雯	同上 2	说部		
	老妪失子	周咏南	同上 2	说部		
	大施主	张芸庄	同上 2	说部		
	一个樵夫的故事	戴志贞	同上 2	说部		

Ⅲ：1898—1921年初始期中国女性期刊戏剧目录

表Ⅲ分列1898—1921年初始期中国女性期刊戏剧的发表时间、剧名、作者、译者、所在期刊名及卷/期、所属栏目、标目、其他需要注明的表况。以出版时间升序排列。

初始期中国女性期刊戏剧目录

时间	剧 名	作者、译者	期 刊	栏目	标目	其他
1904	松陵新女儿传奇	安如	女子世界2	小说		
	女中华传奇	大雄	同上5	小说		
	同情梦传奇	挽澜	同上8	小说		
1907	回甘果	无瑕	中国新女界2	文艺——戏曲之部		京调二黄新脚本
1909	可怜之聋女	瑶珊	女学生杂志1	小说		双口独幕剧
	女律师（威尼斯商人）	莎士比亚 笑	同上2	小说		四幕剧
	木兰从军	佚名	女报1	戏曲		未用宫调
	神州第一女杰轩亭冤传奇	湘灵子	同上5	传奇		
1911	童子军	佚名	女学生33,34,35,36	儿戏		

(续表)

时间	剧名	作者、译者	期刊	栏目	标目	其他
1914	怜我怜卿（罗密欧与朱丽叶）	莎士比亚 周梅云	眉语1/1；(1915)1/2,3,4	文苑		背景移至中国乡村
	瓶笙馆修箫谱——卓女当垆	铁云（清代舒位）	同上1/2	文苑		
	瓶笙馆修箫谱—樊姬拥髻	同上	同上1/3	文苑		
	瓶笙馆修箫谱—酉阳修月、博望访星	同上	同上1/4	文苑		
	念八翻传奇	蒲松龄	同上1/6—12	文苑		慈悲十种曲之一
	落花梦	陈蝶仙	女子世界1	说部	传奇	
	白团扇	东篱词客（吴梅改编）	同上3,4,5,6	说部		
	梅花簪传奇（1—25折）	清张坚	香艳杂志1,2,3,4,5	传奇		玉燕堂四种曲之一
1915	梅花簪传奇（26—40折）	同上	同上6—10	传奇		
	晋春秋传奇	看云主人	同上11,12	传奇		
	可中亭传奇	王蕴章	妇女杂志1	杂俎		
	中萃宫传奇	小凤（忏慧、韵清正谱）	同上2—5	杂俎		
	花月痕传奇（1—3折）	墨泪词人	同上1/10;11,12；(1916)2/6,7	杂俎		小说改编
	墙头记	蒲松龄	眉语1/14,15	文苑		

(续表)

时间	剧名	作者、译者	期刊	栏目	标目	其他
	秋海棠传奇	悲秋	中华妇女界 1/4	文中		秋瑾
	麻疯女传奇（1—8折）	莫等闲斋主人	同上 1/10,11,12	文中		小说改编
	麻疯女传奇（9—23折）	莫等闲斋主人	同上 2/1,2,3,5,6	文中		未完
1916	花月痕传奇（4—5折）	墨泪词人	妇女杂志 2/6,7	杂俎		未完
	捉迷藏	佚名 伍孟纯女士	同上 2/8	小说	新剧	
	梅喜缘传奇	陈潜翁	眉语 1/16,17	文苑		
	桂枝香传奇	佚名	同上 1/18	文苑		《品花宝鉴》改编
	童子针砭	鸦江鹨士（王蕴章评）	妇女杂志 2/1,2,3,4,5	余兴	警世新剧	
1917	合浦珠传奇	畏庐老人	同上 3/4,5,6,7	杂俎		
	吟凤阁传奇——寇莱公思亲罢宴	笠湖居士	同上 3/8	杂俎		
1919	堤之孔	佚名 彭彪译	同上 5/6	余兴	警世新剧	六幕剧
1920	贺年之客	谷青	同上 6/1	家庭俱乐部	少女趣剧	
	结婚日的早晨	[奥地利] Authur Schnitzler 冰译	同上 6/2	杂载—文艺	剧本	
	情敌	A. Strindberg 雁冰译	同上 6/4	同上	剧本	

(续表)

时间	剧名	作者、译者	期刊	栏目	标目	其他
	一百块钱	[美] Ida Lublenski Ebrlich 梁鋆立、万良濬同译、胡怀琛润词	同上 6/7	同上	短剧	
	剧中剧	郝素梨	同上 6/8	同上		
	国庆日的号外	谷青	同上 6/10	家庭俱乐部	独幕趣剧	
	醒了么?	凌均逸、陆秋心	新妇女 1/5,6			
	新旧家庭	严梀	同上 2/1,2			
	八点	陆秋心	同上 2/3			
	山脚下	拯圜	同上 2/5			
	自决	严梀	同上 2/6			
	心影	严梀	同上 3/1			八幕剧
	谁害我	庸觉	同上 3/2			三幕剧
	我明白了!	妙然	同上 3/3			
	觉悟!	杰人	同上 3/3			
	软化吗?	钱剑秋	同上 3/4		剧本	四幕剧
	生死关头	慧奇	同上 3/5			
	毒!	严梀	同上 4/1,2			四幕剧
	遗产	严梀、慧奇同著	同上 4/5,6			四幕剧
1921	最短的剧本	愈之	妇女杂志 7/4		补白	

参考文献

目录书及汇编文献：

［1］全国图书联合目录编辑组.1833—1949 全国中文期刊联合目录［M］.增订本.北京：书目文献出版社,1981.

［2］［日］樽本照雄.新编增补清末民初小说目录［M］.贺伟译.济南：齐鲁书社,2002.

［3］刘永文.晚清小说目录［M］.上海：上海古籍出版社,2008.

［4］刘永文.民国小说目录（1912—1920）［M］.上海：上海古籍出版社,2011.

［5］中国近现代女性期刊汇编（全一四八册）［G］.影印本.北京：线装书局,2006.

［6］中国近现代女性期刊汇编二（全七十二册）［G］.影印本.北京：线装书局,2007.

［7］中国近现代女性期刊汇编三（全八十五册）［G］.影印本.北京：线装书局,2008.

近现代女性报刊（1922—1949 年）（按,1898—1921 年参见附录I）

［1］云南省立女子师范中学.女学界［J］.1923—1924.

[2] 女权杂志社.女权[J].范新懿印.1923.7 创刊.

[3] 妇女周刊[N].《京报》附刊,孙伏园主编.1924.12—1926.

[4] 广西妇女联合会.妇女之光[J].1925.12 创刊.

[5] 浙江妇女学社.妇女旬刊汇编[J].1925—1926.

[6] 蔷薇:《世界日报》周刊之二[N].陆静晶,石评梅主编.北京:蔷薇社,1926.11—1934.2.

[7] 上海妇女运动旬刊社.妇女运动旬刊[J].上海:妇女运动旬刊社,1927.7.

[8] 新女性[J].章锡琛主编.上海:开明书店,1926.1—1929.12.

[9] 河南省政府放足处.放足丛刊[J].1928.

[10] 蔷薇杂志[J].黄有邻主编.成都创刊,1928.6—1928.7.

[11] 妇女共鸣[J].上海:妇女共鸣社,1929.3—1944.12.

[12] 妇女生活图画杂志[J].陆浩荡主办.上海:浩荡刊行社妇女生活社,1932.6.

[13] 安徽皖二女中.皖二女中校刊[J].安徽:皖二女中,1932.12.

[14] 女子月刊[J].上海:女子月刊社,1933.3—1937.7.

[15] 北平中华公教进行会总监督处.公教妇女[J].北京:中华公教进行会总监督处,1934—1939.

[16] 上海民立女子中学.新女性[J].上海:民立女子中学,1935—1937.

[17] 妇女生活[J].沈兹九主编.上海:上海书店,1935—1941.

[18] 四川妇女抗敌后援会.妇女呼声[J].朱若华主编.成都:星

芒周刊所,1937.10—1938.7.

[19] 妇声[J].南昌:妇声社,1938—1940.

[20] 妇女新运[J].重庆:新生活运动总会妇女指导委员会,1938—1948.

[21] 新妇女社.新妇女[J].王宾荪,康式如主办.北京:新妇女社,1939—1940.

[22] 中国妇女社.中国妇女[J].吴平主编.延安:新华书店,1939—1941.

[23] 新女性[J].王公望主编.上海:新女性杂志社,1940.10—1941.2.

[24] 新光杂志[J].雪芦主编.北京:新光杂志社,1940.4.10—1945.

[25] 妇女月刊[J].陆翰岑主编.重庆:妇女月刊社,1941.9—1948.6.

[26] 女声[J].左俊芝主编.上海:上海女声社,1942.5—1945.7.

[27] 现代妇女[J].曹孟君主编.(重庆)上海:现代妇女社,1943—1949.

[28] 苏青.天地[J].上海:天地杂志社,1943.10—1945.6.

[29] 职业妇女[J].杜君慧主编.重庆:职业妇女月刊社,1944—1946.

[30] 妇女[J].上海:中华基督教女青年会,1945—1949.

[31] 新妇女[J].北京:新妇女月刊社,1945.12—1946.5.

[32] 趣味——女友副刊[J].罗统邦主编.1946.6.

[33] 新妇女[J].桦櫓等编.广州:国际文化社,1946.5—1946.9.

[34] 妇声[J].葛育华主编.北京:妇声半月刊社,1946.10—1947.

[35] 李淑世编.妇女与家庭[J].李淑世主编.重庆:瑞华印书局,1946.5—1947.

[36] 新妇女[J].李雪荔、汤一雯编.南京:中国妇女建国会,1947.3—1948.

专著

[1] [德]康德.实践理性批判[M].韩水法译.北京:商务印书馆,1999.

[2] [德]马克思.1844年经济学哲学手稿[M].中共中央马克思恩格斯列宁斯大林著作编译局编译.北京:人民出版社,2000.

[3] [德]哈贝马斯.公共领域的结构转型[M].曹卫东等译.上海:学林出版社,1999.

[4] [法]西蒙娜·德·波伏娃.第二性[M].上海:上海译文出版社,2018.

[5] [英]弗吉尼亚·伍尔芙.伍尔夫读书随笔[M].刘文荣译.上海:文汇出版社,2012.

[6] 王德威.被压抑的现代性——晚清小说新论[M].宋伟杰译.北京:北京大学出版社,2005.

[7] [美]高彦颐.闺塾师:明末清初江南的才女文化[M].李志生译.南京:江苏人民出版社,2005.

[8] 吴敏娟.中国女性期刊史[M].北京:中国社会科学出版

社,2015.

［9］夏晓虹.晚清女性与近代中国［M］.北京：北京大学出版社,2004.

［10］薛海燕.民初女性小说作家研究［M］.北京：中国社会科学出版社,2015.

［11］马勤勤.隐蔽的风景：清末民初女性小说创作研究［M］.天津：南开大学出版社,2016.

［12］陈建华.紫罗兰的魅影：周瘦鹃与上海文学文化 1911—1949［M］.上海：上海文艺出版社,2019.

［13］左鹏军.晚清民国传奇杂剧文献与史实研究［M］.北京：人民文学出版社,2011.

［14］张福海.中国近代戏剧改良运动研究(1902—1919)［M］.上海：上海古籍出版社,2015.

期刊论文：

［1］夏晓虹.晚清女报中的国族论述与女性意识：1907 年的多元呈现［J］.北京大学学报(哲学社会科学版),2014(4).

［2］高伟云.中国女性期刊的发展和演变［J］.宁波大学学报(人文科学版),2010(5).

［3］乔玉钰.清代闺秀自我书写的矛盾与困境管窥：以桐城张令仪为例［J］.暨南学报(哲学社会科学版),2016(4).

［4］刘曙辉.启蒙与被启蒙：《妇女杂志》中的女性［J］.山西师大学报(社会科学版),2007(2).

［5］刘曙辉.中国启蒙图景中的女性：聚焦《妇女杂志》［J］.理

论界,2008(9).

[6] 陈晓华.中国近代报刊史上的一座里程碑:论辛亥革命时期的妇女报刊[J].社会科学研究,2003(6).

[7] 张春田."第四阶级女子问题":《妇女杂志》与"娜拉"讨论[J].枣庄学院学报,2009(1).

[8] 徐雁平.清代用《诗》与集序的"驱动"[J].中山大学学报(社会科学版),2015(6).

[9] 刘慧英.从《新青年》到《妇女杂志》:五四时期男性知识分子所关注的妇女问题[J].中国文化研究,2008(1).

[10] 潘少瑜.想象西方:论周瘦鹃的"伪翻译"小说[J].编译论丛,2011(2).

[11] 王秀田.章锡琛与《妇女杂志》改革[J].首都师范大学学报(社会科学版),2011(3).

[12] 殷晓燕.汉学视阈下的明清女性文学经典化探析:以美国汉学家孙康宜之观点为例[J].成都大学学报(社会科学版),2015(2).

[13] 李贵连.试论明清女性文学创作主体的家族化及其根本原因[J].内蒙古大学学报(哲学社会科学版),2011(4).

[14] 刘峰.《妇女杂志》(1916)视阈下的欧美镜像[J].武汉科技大学学报(社会科学版),2011(5).

[15] 赵叶珠,韩银环.外国思潮对"五四"前后妇女解放运动的影响:对《妇女杂志》(1915—1925年)的文献计量学分析[J].云南民族大学学报(哲学社会科学版),2012(4).

[16] 刘慧英."妇女主义":"五四"时代的产物——"五四"时期

章锡琛主持的《妇女杂志》[J].南开学报(哲学社会科学版),2007(6).

[17] 范喜茹.明清之际士人夫妇生活管窥:以王崇简为例[J].安徽史学,2015(2).

[18] 张伯伟.明清时期女性诗文集在东亚的环流[J].复旦学报(社会科学版),2014(3).

[19] 王萌.论《妇女杂志》中的贤母良妻主义及其影响下的文学创作[J].中州大学学报,2006(4).

[20] 杜若松.中国近代女性期刊所展现的文学性别空间[J].编辑学刊,2013(3).

[21] 杜若松.前"五四"时期女性期刊中的女性自叙体叙事创作[J].海南大学学报(人文社会科学版),2014(4).

学位论文:

[1] 白蔚.传媒中的中国女性与现代性[D].上海大学,2007.

[2] 崔琇景.清后期女性的文学生活研究[D].复旦大学,2010.

[3] 尹晓蓉.清末民初女性期刊的演化与传播探析[D].西北大学,2007.

[4] 尹深.中国近代妇女报刊与妇女解放思想[D].内蒙古大学,2013.

[5] 李谢莉.中国近现代妇女报刊研究(1898—1949)[D].四川大学,2003.

[6] 黄慧.《妇女杂志》与女性意识的觉醒和徘徊[D].山东师范大学,2012.

[7] 金润秀.《妇女杂志》(1920—1925)的"新女性"形象研究[D].复旦大学,2012.

[8] 魏茹冰.近代女性社会角色的建构:以商务印书馆《妇女杂志》为讨论中心(1915—1920)[D].华中师范大学,2004.

[9] 代敬华.《妇女杂志》与陋俗问题研究[D].河北师范大学,2013.

[10] 刘方.《妇女杂志》女性观研究[D].吉林大学,2012.

[11] 汪文静.《妇女杂志》的民国女性视觉文化研究(1915—1931)[D].西南大学,2013.

[12] 王思侗.《妇女杂志》(1915—1920)女性叙事研究[D].苏州大学,2011.

[13] 范蕴涵.《妇女杂志》研究[D].山东师范大学,2009.

[14] 邱志仁.从《妇女杂志》看1920年代的城市妇女[D].上海师范大学,2007.

[15] 王萌.禁锢的灵魂与挣扎的慧心:晚明至民初女性创作主体意识的萌发[D].河南大学,2003.

[16] 秦红梅.从《妇女杂志》看"五四"时期的女性价值观[D].陕西师范大学,2006.

[17] 任淑静.《妇女杂志》(1915—1919)英美作品译介中女性形象的构建[D].贵州大学,2009.

[18] 赵立军.20世纪初女性报刊——《女子世界》研究[D].东北师范大学,2010.

[19] 张蕊蕊.民初《女子白话报》研究[D].郑州大学,2011.

[20] 陈启明.清代女性诗歌总集研究[D].复旦大学,2012.
[21] 何楠.《玲珑》杂志中的30年代都市女性生活[D].吉林大学,2010.
[22] 韩燕.论前"五四"时期男性作家的"女子救国"想象[D].河北大学,2013.

后　记

最近看到元代刘因的《人月圆》"茫茫大块烘炉里,何物不寒灰",又想起贾谊《鵩鸟赋》里的"且夫天地为炉兮,造化为工。阴阳为炭兮,万物为铜"。古往今来世事浮沉,雁阵长飞惊鸿照影,都化为尘与土,但也许会有些东西留下来,留下来的是什么?

这可能是我选择中文专业的原因之一,想到易朽的生命会创造传递不朽的文字,总有种不可思议的幸福。

此书是在我博士学位论文的基础上修改而成的。选择中国近代女性期刊作为论题,从当时的期刊文学作品的文学性来讲,少有第一流的杰作,虽然导师说二流的作品也可以做出一流的研究,但我还是很犹豫啊。直到有一篇文章《告全国女子(录十一月初五日俄事警闻)》触动了我,此文发表在1904年《女子世界》第1期,是一篇新闻评论,作者童莲贞。开篇完全是旧式女子的语气,"寓沪浙江识字女子童莲贞,写信呈上各省各府各州县太太、奶奶、娘娘、师母、小姐们请看",讲的内容却是心焦于当时日俄战争对中国东三省主权的侵害,"该处地方的百姓痛苦也吃的不少了","我还要请问各位,究竟有知道此消息么?既知道此消息,有灾祸渐及于我之思想么?有劝劝丈夫设法挽救说话么?"她心痛于当时舆论对此事的麻木和冷漠,"大约总是不知不关、不能预闻、怕去预闻的意思……此正与时文、鸦片、裹足、自愚自弱,好待他人分割的一样意思。我见此情形,实在伤心极了"。她将八股、鸦片、女性裹脚、民智未开、国民意识薄弱等列为国家主权被侵犯而不能维护的原因,虽然有许多现在看来并不准确的归因,但我仍被这种苦口婆心感动得流下泪来。生活在百年前的中国女性,还没有解开自己身上的束缚,已经想着为国家的安危忧患尽职尽责了。

沉积于历史中的女性期刊上的文字,让当时女性的思想感情、音容笑貌、服饰美学、生活琐细等全部因文字流传而活现起来,让当时社会的精神气质、文化风尚于今时今日相连接,我们与她们并没有那么多不同,而时代的文化积累关乎人们一脉相传的初心。

于是我首先整理了1898—1949年从产生到壮大的中国近现代女性期刊近五百种,对其作分期。然后选取中国女性期刊1898—1921年这一段,因其最能体现从传统到现代叙事文学的演进,考虑到叙事文学、现代性等要素,最后确定将研究重点限定在期刊中的小说、戏剧上。

当时的女性期刊文学中有什么?有新思想,有旧困惑,有平等的呼声,有权利的申张,有仁爱有暴力有鲜血,有不可到达的认知之雾,有不可相融的灵魂之墙……但文字也是最容易让灵魂更接近灵魂,让人更接近人的方式。我在翻看这些一百年前人们所写所作的诗词文章、小说戏剧时,曾经不止一次地痛哭过,因为他们在所处的年代和社会中被固定。但仔细想想,我们每一个人，不都被固定在所处的时代吗？而文字在传递着一种不朽的价值，与千百年之前的人相交，与千百里之外的人相会，与千百种不同的灵魂相识，文字支撑着我们看到雨后彩虹，看到阳光驱散阴霾，看到生机与希望。

在平凡的生活中，支撑着希望的，是爱。我大学二年级时，爸爸因病去世，妈妈全力支撑我们的家，支撑我的学业，让我有机会成为想要成为的人。感谢妈妈——史建枫女士，这本书的完成有您的辛劳，我永远爱您。

本书的完成，首先要感谢导师谈蓓芳教授的耐心帮助，没有谈老师的悉心教导，我可能无法完成该作。感谢我的硕士研究生导师孙小力教授，他在我选择中国古代文学专业研究道路上的鼓励和帮助居功至伟，也对我的博士研究论文修改提出了宝贵中肯的建议和切实的指导。也要感谢郑利华、陈建华、陈正宏、陈广宏、李振声等教授的诸般言传身教，各位老师对学术的严谨和诚挚令我心折。感谢我的室友罗紫鹏、陈静毅，师姐刘堃，师妹赵宝明、贺勤、王晓晨、孔令环，师弟江涛、赵海涛、郭乾隆。在复旦大学的日子里因为有你们而获得了太多不可磨灭的回忆，我会珍藏与诸位共度的美好时刻。尤其要谢谢宝明，你的开朗幽默、真诚率性、才华禀赋是惠赐的礼物，我也在与你的相处中重拾了许多许多的爱与开心起来的可能。

本书的序文承蒙我本科时的老师、清华大学新闻与传播学院周庆安教授俯允所请，不成熟的拙著能够得到周老师认真热忱的指教，惟有深深地感激。

本书的出版还要感谢上海大学出版社编辑贾素慧女士,她热情负责,严谨细致地对待全书的每一个细节,承蒙厚爱!水平所限,本书不足之处当复不少,恳切地希望各位学者和朋友不吝指正。

苏晨

2022年3月